修道女フィデルマの叡智《えいち》

ピーター・トレメイン

法廷弁護士にして裁判官の資格を持つ美貌の修道女フィデルマが，もつれた事件の謎を痛快に解き明かす傑作短編集。巡礼として訪れたローマの教会で，聖餐《せいさん》杯のワインを飲んだ若者が急死。居あわせたフィデルマが急遽謎を解く「聖餐式の毒杯」，殺人の疑いをかけられ窮地に陥った幼なじみを救うべく奔走する「ホロフェルネスの幕舎《ばくしや》」，偶然立ち寄った宿の幽霊騒動に巻きこまれる「旅籠《はたご》の幽霊」，アイルランドの大王《ハイ・キング》の王位継承をめぐる事件に挑む「大王の剣」，アイルランド代々の大王の廟所《びようしよ》で起きた不可解な殺人を解決する「大王廟の悲鳴」という，バラエティ豊かな5編を収録。

登場人物

フィデルマ……七世紀アイルランドの法廷弁護士《ドーリィー》

聖餐《せいさん》式の毒杯

ミセーノ……ローマの修道院長
コルネリウス……聖ヒッポリュトス教会の神父
タリウス……聖ヒッポリュトス教会の助祭
テレンティウス……警備兵
タロス……ギリシャ商人
ドッコ……ゴールの聖職者
イギエーリア……その妹
エノウドック……ゴールの交易船の船長

ホロフェルネスの幕舎《ばくしや》

リアダーン……………………フィデルマの幼なじみ
スコリアー……………………その夫。ゴール人
クーノベル……………………リアダーンとスコリアーの息子
イルナン………………………オー・ドローナの女性族長
コン……………………………オー・ドローナの族長の継承予定者《ターニシュタ》
ラーハン………………………オー・ドローナの裁判官《ブレホン》
ブラナー………………………召使いの娘

旅籠《はたご》の幽霊

ベラッハ………………………旅籠の主《あるじ》
モンケイ………………………その妻
ムグローン……………………モンケイの前夫
キャノウ………………………その弟

大王の剣

コルマーン……………………タラの大修道院長
シャハナサッハ………………アイルランド全土の大王
オルナット……………………その妹
アリール・フラン・エッサ……シャハナサッハの従弟《いとこ》
ケルナッハ・マク・ディアルムイッド……シャハナサッハの従弟
コンガル………………………大王護衛隊の護衛兵
エルク…………………………大王護衛隊の護衛兵
ロガラッハ……………………修道士

大王廟《びょう》の悲鳴

コルマーン……………………タラの大修道院長
トゥレサック…………………大王宮の護衛兵
イレール………………………大王護衛隊の隊長
ギャラヴ………………………大王宮の墓所の管理人

フィアク……………………アルドガールのブレホンの長《おさ》
エトゥロムマ……………………その妻

修道女フィデルマの叡《えい》智《ち》

——修道女フィデルマ短編集——

ピーター・トレメイン
甲 斐 萬 里 江 訳

創元推理文庫

THE POISONED CHALICE
AND OTHER STORIES
FROM HEMLOCK AT VESPERS

by

Peter Tremayne

目次

聖餐《せいさん》式の毒杯　一
ホロフェルネスの幕舎《ばくしゃ》　七
旅籠《はたご》の幽霊　三一
大王の剣　一七一
大王廟《びょう》の悲鳴　二三七
訳註　二八五
解説　村上貴史　二九八

聖餐《せいさん》式の毒杯

The Poisoned Chalice

永遠の都ローマに巡礼としてやって来た修道女〝ギルデアのフィデルマ〟は、自分がひっそりとした裏通りの小さな教会堂において殺人を目《ま》のあたりにしようとは、夢想だにしていなかった。

ローマ市民が皆予想していることであろうが、ローマを初めて訪れる、いやしくも審美眼をそなえた〝未開人《バルバロス》〟（ギリシャ・ローマ人にとっての異邦人）は、一人残らずこの都に感嘆する。フィデルマも、ご多分にもれず、ローマの壮麗な姿に強い感銘を受けた。しかし、この若い修道女はギリシャ人でもローマ人でもないものの、彼女を〝未開人〟と呼ぶのは、ずいぶん形式的な命名であろう。なぜなら、このアイルランド人修道女のラテン語は並のローマ市民よりも洗練されているし、ラテン文学に関しては著名な学者たちをしのぐ広い知識を持っているのだから。アイルランドには優れた教育機関がいくつも存在し、フィデルマもこうした学問所《カレッジ》の卒業者であった。これらの名声はヨーロッパ全土に名高く、たとえばダロウ（アイルランド中央部の古都の一つ。古くから修道院や附属学院で有名）の学問所一つをとってみても、ここに王子や王女、あるいは貴族の子弟を送りこんでいる国は、十八ヶ国をくだらない。いまだキリスト教に改宗していないアングロ・サクソン諸国の王子たちさえ、アイルランドで教育を受けることを誇りとしているほどであった。

フィデルマのローマ巡礼は、一つには、彼女が所属するキルデア（アイルランドの中央部）の聖ブリジッド修道院の『修道院宗規』に、ラテラノ聖堂（教皇宮殿。ローマ・カソリック教の大本山でもある）において、教皇のご認可と祝福をいただくためであった。すでに数日間、彼女は教皇庁の担当者に会う機会が与えられるのを待ち続けている。この待機の時間を、フィデルマは、この街にどっと流れこむ無数の巡礼者たちと同じように、古代ローマの記念碑や墳墓を見物してまわっていた。

聖女プラクセデス[1]を記念する小さな教会《エクレシア》のほど近くに、外国からの巡礼者のための、〈クセノドキア〉という名の宿屋が建っている。フィデルマもここを宿舎として、毎朝丘を下ってラテラノ宮殿まで歩いてゆき、その日、自分に面会が許されるかどうかを確かめるのを日課としていた。しかし、いっこうに許可の知らせがないままに日を重ねていると、次第に苛立ちが募ってくる。そうはいっても、彼女がその存在すら知らなかった国々も含めて、実に多くの国から、教皇に拝謁を賜ろうと、無数の人々がこの地へ押し寄せてきているのだ。それを考えれば、できるだけ冷静に構えて焦燥を抑えるしかない。フィデルマは毎朝、こうした諦めの心境でラテラノ宮殿をあとにすると、何か新しい興味の的を見つけようと、いつもローマの街の探索に出かけているのだった。

その朝、フィデルマは宿から歩いてすぐの聖ヒッポリュトス(2)に捧げられた小教会を訪れることにした。この教会の中に、ヒッポリュトスの墓がある。その日ここを選んだのも、そこに詣でるためにほかならなかった。ダロウの修道院長ラズランはフィデルマの恩師でもあるのだが、彼がこの初期キリスト教の神父の著作を賛美していることを、彼女は知っていた。霊的認識を説くグノーシス派に反対したこの神学者ヒッポリュトスについて師と議論をしたくて、フィデルマはその代表作『全異端反駁論《フィロソフオウメナ》』を苦心しながら読んだことがあった。このたび、彼女がヒッポリュトスの墓を訪れたと告げたら、恩師はさぞかし感銘を受けられることだろう。

聖ヒッポリュトス教会は、二、三十人しか入れないほどの小さな教会だった。フィデルマが入っていった時にはミサはすでに始まっていたのだが、頭《こうべ》をたれて司祭の唱える厳《おごそ》かな言葉に聴き入っている信者は、五、六人にすぎなかった。

フィデルマは、ともに参列している信者たちを、関心をもって眺めた。ローマで見聞きすることは全て、いまだに彼女にとって新鮮であり、興味がそそられるのだった。とりわけ最前列に坐っているごく若い娘が、彼女の目をひきつけた。おそらく美しい形をしているのであろう頭部は敬虔に頭巾に覆われているため、わずかに横顔が覗いて見えるだけだが、彫刻のようにくっきりとした繊細で魅力的な顔立ちであることは、十分見てとれた。フィデルマの目に、娘のつつましい美しさは、好ましいものと映った。その隣りは、僧服をまとった若い男だった。容貌全体を見ることはできないものの、美男子であり、娘の顔立ちともどこか似かよっているようだ。さらにその隣りには、風雨にさらされ日に焼けた肌をした、痩せ型の男が立っていた。服装からすると、船乗りらしい。それも、ゴール（ガリアとも。現在のフランス、ベルギー、スイスおよびドイツの一部をさす）の水夫によく見られる身なりだと、フィデルマは知っていた。見るからに、自分の人生に不満を抱いている若者である。眉根を寄せ、硬い表情をしている。三人の後ろには、高位聖職者の贅沢な法衣をまとった、背が低く、がっしりとした体軀の人物が立っていた。フィデルマはすでに何人ものローマの修道院長や司教たちを見かけているので、彼もそうした地位にある聖職者であろうと、察しがついた。もう一方の隅に立っているのは、神経質そうな顔つきをした、肌の浅黒い、でっぷりとした男だった。贅沢な服装である。どこから見ても、裕福そうな雰囲気を漂わせている。さだめし、ごく羽振りのいい商人なのであろう。礼拝堂の最後部にはもう一人、ミサの参列者がいた。ローマの法と秩序の番人たる警備兵《カストデス》の制服を着用した黒い髪の美男で、態度がどこか傲慢《ごうまん》だ。それが、軍務に就く人間としては、ふさわしいのかもしれないが。

ミサの儀式を手伝う助祭が小さなベルを鳴らすと、司祭として聖体拝領の儀式を執《と》り行なう神父が、まずワインを満たした聖餐杯《チャリス》を捧げて「この杯は、イエスの血なり」と聖別の言葉を唱え、それから助祭のほうへ歩み寄った。助祭はすでに聖別されたパンが載っている銀盆を取り上げていた。

小人数の会衆は、聖体《ホスチア》(3)を拝領するために、列を作って前へ進み出た。列の先頭に立ったのは、若い美男の聖職者だった。彼は助祭から聖体のパンを授かり、それを口に受け、ついで司祭が両手で捧げている聖餐杯のワインを拝受しようと、列を離れてその前に立った。代わって、彼の後ろに並んでいた同伴の若い女性が、次の聖体拝領者として列の先頭に進み出た。

ワインを拝受した若い聖職者は、会衆席へ戻ろうとしかけた。その時である、彼は突然顔を引きつらせ、息を詰まらせた。舌が、不気味に口からはみ出した。片手で咽喉《のど》をかきむしろうとしているうちに、苦悶にゆがむ赤い顔は、早くも蒼ざめてきた。張り裂けんばかりに見開かれた目が、空《くう》を凝視している。胸の奥から、奇妙な音がもれた。フィデルマに、死に瀕した豚の悲鳴を思い出させる音であった。

恐怖に凍りついたほかの信徒たちが見つめる中で、若い聖職者は床に倒れた。ほんのわずかの間、身もだえをし、手足が床を叩くように痙攣《けいれん》した。そして、ふっと身もだえがやみ、彼は完全に静止した。

しばらく、静寂が続いた。誰もが、衝撃のあまり、身じろぎ一つできなかった。

ついで、若い娘の悲鳴が、静寂を引き裂いた。彼女は死者に駆け寄るや、おおいかぶさるように跪《ひざまず》き、泣き声をあげつつ、異国の言葉で叫びだした。悲痛な嘆きのせいで、その言葉はいっそう聞き取りづらかった。

金縛りにあったかのように動くことさえ忘れているほかの人々の様子を見てとって、フィデルマは前に進み出た。

「そのワインとホスチアに、触れてはなりませぬ」とフィデルマは、まだ両手で聖餐杯を抱えている司祭に向かって命じた。「この方は、毒殺されています」

人々が頭をめぐらせて自分をじっと見つめるのを、フィデルマは見た、というより感じとった。彼女も、一同をぐるっと見まわした。彼らの面《おもて》には、戸惑いから驚愕までのさまざまな表情が浮かんでいた。

「そんな命令を出すとは、あんた、一体、何様《なにさま》のつもりだ、尼さん?」荒っぽい声が、彼女に食ってかかった。そう言いながら、ずいっと前に出てきたのは、傲慢な若い警備兵であった。

フィデルマは、きらっと緑色の目をきらめかせて、不信をあらわにしている兵士の黒褐色の目を見上げ、しっかりとそれを見据えた。

「私は、この土地では、なんの権限も持っておりません。そういう意味の質問なのでしょうね? 確かに私は、ローマを訪れているただの外国人にすぎません。でも私の国において、私はドーリィー[4]、つまりアイルランド全土のいずれの法廷にも立つことのできる弁護士です。したがって、劇毒の効果は、一目《ひとめ》で見てとれます」

「自分で言ってるように、あんたは、ここじゃなんの権利もないんだぞ」と、警備兵はふたたび彼女に咬《か》みついた。自分の地位とローマ人という国籍を、ひどく名誉としている若者であるらしい。「それに、俺は……」

「そうではあるが、この修道女殿が言っておられることは正しいぞ、警備兵よ」

静かな抑制のきいた、それでいて権威の重みの響く声が、警備兵をさえぎった。口をはさんだのは、背の低い、がっしりとした体格の男であった。

このような反対を予期していなかった若い警備兵は、まごついたようだ。

「私は、ここで、権限を持っておりましてな」と背の低い男性は、フィデルマに話しかけた。

「修道院長のミセーノです。この小さな教会を管轄しているのも、私です」

警備兵の反応を待つことなく、ミセーノ修道院長は、聖餐式を執り行なっていた司祭と助祭に視線を向けた。「この修道女殿のご指示に従うのだ、コルネリウス神父。聖なるワインとパンを下に置き、誰にもそれに触れさせるでないぞ」

司祭は機械的に命令に従い、助祭もそれに倣《なら》って、聖体のパンを載せた銀盆を祭壇の上に置いた。

ミセーノ修道院長はすすり泣いている娘に視線を向けると、身をかがめてその肩に手を置き、穏やかな口調で問いかけた。

「娘御よ、この御仁はどなたなのかな?」

娘は涙に濡れた顔を上げ、彼を見上げた。

「この御仁?」

ミセーノはさらに深く屈みこんで、若い聖職者の首に指をあてがい、脈を確かめた。実際には必要のない仕草だった。そのゆがみ強《こわ》ばった顔を一目見れば、彼がもはや人知の助けが届かぬ存在であることは、歴然としていたのだから。にもかかわらずミセーノが脈をとってみせたのは、おそらく娘に納得させるためだったのであろう。修道院長は、首を振った。

「もう、亡くなっておられるな、娘さん」と彼は、娘にはっきりと告げてやった。「で、この御仁は？」

娘はふたたび泣きくずれ、それに答えることができなかった。

「名前は、ドッコといいます。ゴールのプアンカからやって来た男なんです」

ミセーノの問いに答えたのは、若い聖職者と娘のそばに立っていたゴールの船乗りであった。

「そして、その方《ほう》は？」とミセーノ修道院長は、彼に問いかけた。

「エノウドックといいます。ドッコの友達で、やっぱしゴールから来ましたんで。この娘はイギエーリアで、ドッコの妹なんですわ」

ミセーノ院長は立ち上がり、顔をうつむけたまましばらく考えこんでいたが、やがて何か思いめぐらせているらしい目をフィデルマに向けて、彼女を推しはかるように見やった。

「少し私と一緒に、あちらへいらしてくださらぬか、修道女殿？」

そう言うと、彼は振り向き、皆の耳に声が届かないほど離れた会堂の片隅へと、フィデルマを先導した。彼女は好奇心をそそられて、彼のあとに従った。

礼拝堂の片隅へやって来ると、修道院長はフィデルマを振り返り、低い声で話しかけた。

「私は、五十年前にコロンバン[5]がアイルランドの修道士がたとともに建立なされたボッビオの修道院で学びましてな。その時、お国のことをいろいろと知りました。あなたがたの法制度やドーリィーの機能についても、承知しておりますよ。あなたは、本当にそのドーリィーでいらっしゃるのですな？」

「私は、我が国のいかなる法廷にも立ちうる資格を持った弁護士、すなわちドーリィーです」

フィデルマは、ミセーノが何を言おうとしているのかと訝《いぶか》りながらも、根拠のない誇りとは全く無縁に、ただ淡々と事実を答えた。

「それに、あなたのラテン語は、流暢《りゅうちょう》なものだ」何かほかのことに気をとられている様子で、ミセーノはそう付け加えた。

フィデルマは、辛抱強く、続きを待った。

「ドッコという名のこの僧が毒殺されたことは、明白ですな」少し間をおいたあと、ミセーノは言葉を続けた。「これは、偶発的な事件なのか、それとも何らかの意図のもとに行なわれた殺害なのか？　これをできる限り速やかに見定めることが、我々の務めでありましょう。もしこの件が外部にもれでもしようものなら、どのような臆測が飛びかうことか、考えるだに身震いが出ますわい。そうなると、人々は、尊《とうと》い聖餐を拝領するためにここを訪れることをやめてしまうかもしれぬ。だから修道女殿、我々が上層部に報告を提出する前に、あなたの知識をもって事の真相を解明していただけると、私にとっては、このうえもなくありがたいのですが」

「それは、あの若い警備兵にとっては、嬉しくなさそうですね」とフィデルマは、苛立ちをむき出しにしている若い警備兵を、かすかな身振りで示しながら、指摘した。「どうやら、自分こそ、その任務にふさわしい人間だ、と考えているようですから」

「あの男には、ここにおける権限は、何もありません。その権威を持っているのは、私です。いかがです、お受けいただけますかな?」

「調査してみましょう、修道院長殿。でも、結論が出るかどうか、お約束はできませんわ」と、フィデルマは答えた。

修道院長の顔にちらっと情けなさそうな表情が浮かんだが、すぐに彼は、いたし方あるまいというかのように両手を広げた。

「犯人は、この人々の中にいるに違いありませんわい。あなたは、このような探索に関して、訓練を受けておいでの専門家だ。だから、あなたが懸命に取り組んでくだされば、多分……?」

「よろしうございます。でも、私もこの人々の一人です。私が下手人でないと、どうして確信をお持ちになれます?」

一瞬、ミセーノ修道院長はびっくりしてフィデルマを見つめたが、すぐ顔に笑みを広げた。

「あなたは、聖餐のミサが終わり近くなってから、礼拝堂に入ってこられて、後ろのほうに立たれた。すでにワインとホスチアは祭壇の上に載っていて全員の目の前にあったというのに、それに毒物を混入することなど、どうすれば、おできになりますかな?」

「いかにも、おっしゃるとおりです。でも、ほかの人たちは、どうでしょう? 聖餐式の間ずっと、全員ここにいたのでしょうか？」

「ああ、いましたとも。そう思いますな」

「あなたご自身も？」

がっしりとした修道院長は、いささか皮肉な笑顔となった。

「私もあなたの容疑者にお加えなされ。私がそうでないと納得できるまでは、そうなさるがいい」

フィデルマは頷《うなず》いた。

「それでは私は、まず手始めに、毒物がどのように混入されたかを調べねばなりません」

「私は、あの苛ついておる若い警備兵に、あなたに敬意を払い、あなたの判断に従うよう、言って聞かせるとしましょう」

亡くなったゴール人のまわりに落ち着かなげに立っている信徒たちのところへ、二人は戻っていった。若い娘はすすり泣きながら、まだ死者の頭を抱きかかえていた。

ミセーノ修道院長は咳払いをすると、「私は今、こちらの修道女殿に、この死亡事件を調査し解明してくださるよう、お願いしたところじゃ」と、前置き抜きに一同に告げ渡した。「修道女殿は、このような任務に抜きんでたお方でな。皆の衆も」と彼はここで言葉をきり、若く不遜な警備兵にやや長く視線をとめたうえで、先を続けた。「この件に関して、修道女殿に協力的であってもらいたい。これが、私の祝福とキリスト教教会の権威のもとに行なわれる調査であることを、忘れぬよう」

しばらく、沈黙が続いた。何人かが、戸惑いの視線を彼女のほうへ投げかけた。

フィデルマは、前に進み出た。

「まず、この事態が起こる前に皆さんが占めていらした場所へ、それぞれお戻りください」そう指示しておいてフィデルマは、床に坐っている娘に、穏やかな笑みを向けた。「嫌なら、席に戻らなくても構いません。でも今あなたがお兄様のためにできることは、私の質問に包み隠すことなく答えてくださることだけなのです」

ゴール人のエノウドックが屈みこんで娘を立ち上がらせ、宥《なだ》めながら、彼女を兄の遺体から引きはなし、もとの席へと連れていった。ほかの人々も、フィデルマの指示に従って、気の重そうな足取りで、それぞれの席に引き返していった。

フィデルマは祭壇の前へ行くと、ホスチアを載せた銀の盆の上に屈みこみ、聖体として細かく切ってあるパンを一片つまみ上げ、用心しながらその匂いを嗅いでみた。残りのホスチアも調べてみたが、それとわかるような異常は、それらのいずれにも見あたらなかった。ついでフィデルマは、聖体拝領のためのワインがまだ一杯入ったままの聖餐杯に向きなおり、そちらの匂いも確かめた。なんであるのか不確かだが、強い刺激臭がする。嗅いだだけで咽喉の奥までひりついた。彼女は思わず喘《あえ》ぎ、激しく咳きこんだ。

「想像していたとおりでした」と、彼女は一同に告げた。「ワインに毒が仕込まれています。

今この場で即座に毒薬の名を特定はできませんが、この刺激臭は、毒性を十分に物語っています。きわめて強い劇薬で、その即効的な効力は今目撃なさったとおりですから、わざわざ皆さんに警告を出すまでもありますまい」

彼女は一同に向きなおり、若い警備兵に視線を向けた。

「腰掛けを二つ持ってきて、それを……」と言いさして、彼女は礼拝堂の内部を見渡すと、少し離れた片隅に目をとめた。「あちらに置いてください。そのあと、私が呼ぶまでは、扉のところに立って、誰一人出入りしないように見張っていてもらいましょう」

若い警備兵は憤然として、修道院長を見た。しかし彼はさっと手を振って、若者にフィデルマの命令に従うように身振りで伝えただけだった。

フィデルマは、警備兵が運んできた腰掛けのほうへ行きながら、助祭に声をかけた。「まずは、あなたと話すことにしましょう」

フィデルマは腰掛けに落ち着くと、助祭を注意深く見つめた。二十歳そこそこといった年齢の若者だ。黒褐色の髪の、どちらかといえば不細工な容貌である。目と目の間隔が狭く、眉毛も太すぎるようだ。顎の辺りが青く見えるのは、丁寧に剃刀《かみそり》を当てていないせいだろう。

「名前を」

「タリウスと申します」

「ここで、どのくらい、助祭を務めています？」

「六ヶ月になります」

「司祭の祝福によって聖体となるよう、パンとワインを調《ととの》えておくのも、助祭としてのあなたの仕事ですね？」

「はい」

「ワインについて、話してください」

助祭は、戸惑ったようだ。

「と言いますと？」

「聖餐杯に注いだワインについて、聞きたいのです。あのワインはどこから来たもので、どのように聖餐杯に注がれたのか、それが一瞬なりと放置されていたことはなかったか、といったことについてです」

「ワインは、地元で求めたものです。私どもは、この教会の地下の倉庫にアンフォラ（古代ギリシャ風の両把っ手つきの壺）を数個そなえていまして、ワインはその中に蓄えておくのです。今朝も、私は地下倉庫へおりていって、アンフォラから水差しにワインをたっぷり注ぎ、あがってきました。それから、聖餐式の列席者の数を見てとって、人数分のワインを聖餐杯に注ぎ、司祭様が祝福をもって聖別なさり聖体となさるように、準備しておきました。これは、いつもやっている私どもの慣行です。パンについても、つまりホスチアについても、同じ手順です。ワインとパンは、祝福を受けるや化体《かたい》(6)が起こって、キリストの肉と血へと変わり、このあとは、一切れの肉、一滴の血も、棄てることはできません。全て聖体として拝領されつくすのです」

アイルランドのカソリック教会(7)においては、パンとワインを授かることは、キリストを偲《しの》ぶ象徴的な行為とされている。ところがローマ派のカソリック教会にあっては、司祭の祝福によって、つまり聖別によって、パンとワインという物質は、実際に、文字どおりのキリストの肉と血に変じる、と信じられ続けているのだ。フィデルマの面に、皮肉な笑みが浮かんだ。別に、ローマ・カソリック教のこの新しい教義解釈自体を侮《あなど》っての笑いではなかった。そうではなく、どうして毒入りのワインを救世主の実際の血であるとみなすことができるのであろう、という点についての皮肉な思いからであった。それに、一滴も残すことは許されず、全て拝受されねばならないとなると、一体誰が、この毒入りワインを拝受し飲み干す勇気を持つことになるのだろう？

「では、タリウス、あなたは何人の信者が聖体拝領に与《あずか》るかを確認したうえで、必要な分量のワインを水差しから聖餐杯へと移したのですね？」

「そのとおりです」

「その水差しは、今、どこにありますか？」

「聖具室に置いてあります」

「私をそこに案内して、見せてもらえますか？」

若い助祭は立ち上がり、祭壇の後ろのほうの扉へと、彼女を案内した。神聖なる器具類や司祭の式服などを収めておくための、礼拝堂の一隅に設けられている小部屋である。

フィデルマは、中を覗きこんだ。幅六フィート、奥行き十二フィート足らずの狭い部屋であった。この扉のほとんど陰になっているところにもう一つ扉があり、その先は薄暗い地下倉庫へおりていく石段になっていた。それとは別に、聖具室の奥にも第三の出入り口があり、その扉の中央には小さな菱形《ひしがた》の窓がはめこまれていた。この第三の扉からは、教会の外へ出られるようになっているらしいと、フィデルマは気づいた。聖具室の壁には、釘が打ちこまれていて、式服などが吊るされているほか、何枚かの聖画像《イコン》も掛けられていた。また、棚の上には、書物も何冊か載っている。腰掛けの上に、パンの塊《かたまり》が数個と、ワインの入った水差しが置かれていた。フィデルマは水差しの上に屈みこんで、匂いを嗅いでみた。水差しのワインには、あの刺激的な臭いはなかった。彼女は用心しながら中に人差し指をさしこみ、ワインに浸したその指先の匂いを嗅ぎ、さらに指をそっと唇の間にさし入れてみた。だが、舌を刺すような鋭い味は、しなかった。となると、毒は、明らかに聖餐杯に移されたあとでワインに混入された、ということになる。

「聞かせてください、タリウス、今日用いられた聖餐杯は、聖餐式でいつも使用されているものだったのですか?」

助祭は、頷いた。

「そして、その聖餐杯は、あなたが地下倉庫からワインを入れた水差しを持って戻ってくるまでの間、この聖具室に置かれていたのですね？」

「はい。私は、いつもどおり、ここへ来る途中でパンを数個買い求め、すぐにでも小さく切り分けることができるように、ここに置いておきました。それから地下の貯蔵庫へ行って、ワインを水差しに注いで戻ってくると、それを聖餐杯の横に置きました。そこへミセーノ院長様が入ってみえて、確かそのまま聖具室を通り抜けて礼拝堂にお入りになり、信者がたとご一緒になられた、と記憶しています。私は、今日の信者がたは少ないと判断して、その人数分だけ、ワインを聖餐杯に注ぎました」

フィデルマは、眉根を寄せて考えこんだ。

「そうすると、ミセーノ修道院長殿は、あなたが聖餐杯にワインを注ぐ前に、ここを通り抜けて礼拝堂の中へ入っていかれたわけですね？」

「そのとおりです」

「そしてあなたは、水差しに入れて地下から持ってきたワインを聖餐杯に注いだあとは、この聖具室から一歩も出ていないのですか？」

「私は扉のところから礼拝堂の中を覗いて、ミサの参列者の人数を判断していました。その間に、コルネリウス神父様が入ってこられました。院長様が入ってこられたすぐあと、と言っていいかと思います」

「コルネリウス神父殿は、この聖餐式を執り行なわれる司祭でしたね？」

「そうです。神父様はミサのために、ふだんの法衣を祭服に着替えられました。私は、その間に、ワインを聖餐杯に注ぎました。そのあと、もう一度礼拝堂に通じる扉のところに戻って、誰かが入ってきて信者の数が変わっていないかを、確かめました」

「では、その時あなたは、聖餐杯に背を向けていたことになりますね？　その間ずっと、聖餐杯はあなたの視野に入っていたわけではなかったのですね？」

「でも、聖具室には、ほかに誰もいませんでしたから。私と……」

「コルネリウス神父殿のほかには？」

助祭は急に口を固く閉じ、ただ憂鬱《ゆううつ》そうに頷いた。

「その場の状況を、私にはっきり把握させてください。コルネリウス神父殿は、あなたが礼拝堂に集まっている信徒たちの人数を確かめようと扉のところに立っている間に、祭服にお着替えになったのですね？」

「はい。ミセーノ修道院長様がすでに来ていらっしゃると、神父様にご注意したことを覚えています」

「ご注意した？」その言葉を、フィデルマは敏感に聞きとがめた。

「修道院長様は、この地区で、私どもの小さな教会のほかにも、いくつかの教会を管轄しておいでです。でも、院長様と神父様は……なんと言ったらいいのか……そのう、お二人の見解は、必ずしも一致していらしたわけではありませんでした。ミセーノ修道院長様は、コルネリウス神父様をここからお移しになりたがっておられたのです。これは、別に、秘密の話ではありませんが」

「その理由を知っていますか?」

「それは、私が申し上げるべきことではありません。ミセーノ修道院長様やコルネリウス神父様に直接お訊ねになるほうがよろしいのでは?」

「いいでしょう。それから、どうなりました?」

「コルネリウス神父様は、苛立っておいでのようでした。実のところ、入っていらした時から、ご機嫌が悪そうだなと、思っていました。とにかく神父様は、私を押しのけるようにして礼拝堂に入っていかれると、真っ直ぐミセーノ院長様のところへいらっしゃいました。お二人は話し始められましたが、楽しげな会話とは見えませんでしたね。ミサの開始の時間となりましたので、私はいつもどおりに鐘を鳴らしました。そこで神父様は祭壇のところへ行かれて、聖餐式をお始めになったのです」

フィデルマは、身を乗り出した。

「そこのところを、はっきり聞かせてもらいましょう。あなたは、コルネリウス神父殿が祭服に着替えていらっしゃる間に、ワインを聖餐杯に注いだ。それから扉のところへ行き、聖餐杯に背を向ける形でそこに立っていた、と言いましたね?」

「はあ、そうだったと思います」

「思います？　確かではないのですか？」

「さあ……」と、助祭は肩をすくめた。「はっきり誓うことはできません。もしかしたら、聖餐杯にワインを注いだのは、神父様が聖具室を出ていかれた直後だったかも」

「神父が出ていく前ではなかったと？」

「今となっては、定かでありませぬ。この出来事はあまりにも衝撃的だったもので、事の起こった順序については、いささか混乱しておりまして」

「聖餐杯にワインを注いだ時、中には何も入っていなかったと、はっきり言えますか？」

「聖餐杯は、きれいでした」この点に関しては、助祭の声にためらいはなかった。

「聖餐杯に、何かを塗りつけたような痕《あと》はありませんでしたか？　あなたが見落としたかもしれない透明な水滴が底についていた、ということは？」とフィデルマは、究明を続けた。

「そんなことは、絶対ありません。聖餐杯はきれいで、乾いていました」

「今、〝混乱して〟いたと認めたのに、どうしてそのように断言できるのです？」

「この務めを果たす助祭が誰しもしていることですが、聖餐杯にワインを注ぐ前に、助祭は小さな白布を手にして、聖餐杯の内側を磨くことになっています。ワインが注がれるのは、そのあとです」

フィデルマは、行き詰まった。

ワインには、毒が入っていた。毒はワインが聖餐杯に注がれてから、混入されたのだろうか？ それとも、その前に混ぜられたのか？ しかし、助祭の目が少しでも聖餐杯から離れたのは、彼の言うところによれば、コルネリウス神父が聖具室に入ってきてからのことなのだ。ところが助祭は、神父が聖具室から出ていったのは、助祭がワインを注ぐ前であったか後だったか、不確かだという。

「それから、どうなりました？」フィデルマは、タリウス助祭を促《うなが》した。

「ミサは、いつでも始められるようになっていました。私はパンを載せた盆を取りあげて、祭壇へ運びました。それから、聖餐杯を取りに戻って……」

フィデルマの目が、新たな興味にきらめいた。

「すると、あなたがパンを祭壇に運んでいる間、聖餐杯は誰にも見守られずに、聖具室に置かれていたのですね？」

助祭の答えは、弁解気味だった。

「はあ。でも、ほんの数秒ほどの間でしたし、礼拝堂との境の扉は、開けたままにしておきましたから」

「そうであっても、少しの間、聖餐杯には誰の目も注がれていなかった。その間に、誰であれ屋外に通じる扉から聖具室に入ってきてワインに毒を仕込み、あなたに気づかれる前に立ち去ることができたかもしれませんね」

「まあ、可能です」と、助祭はそれに同意した。「でも、それをやってのけるには、よほど敏《びん》捷《しよう》でないと」

「で、そのあとは？　ワインを祭壇に運んだのですね？」

「はい。それから、ミサが始まりました。ワインは、コルネリウス司祭様が聖別なさるまで、ずっと皆の目の前に置いてありました。そして、あのゴール人の聖職者が、聖体を拝領しようと、前に進み出られたのです」

「もう、結構です」

フィデルマは、小人数の信徒たちが無言のまま一かたまりになって待っているところへと、戻っていった。彼らの疑わしげな反感の視線が自分に注がれていることを、フィデルマは感じとった。彼女は助祭のタリウスを解放すると、次にコルネリウス神父に向かい、こちらへ来てくれるように、身振りで伝えた。

「コルネリウス神父殿でいらっしゃいますね？」

「そうです」彼の顔には、疲労と不安が浮かんでいた。

「どれほど、ここで司祭を務めておいでです？」

「三年になりますな」

「聖体拝領のためのワインに、どのようにして毒薬が投じられたかについて、ご意見は？」

「ありません。そのようなことは、あり得ません」

「あり得ない？」

「何者であれ、聖体のワインにそのような冒瀆《ぼうとく》を行なうなど、あり得ないことです」

フィデルマは、小さく鼻を鳴らした。

「それでも、誰かがそれを行なったのは、確かです。殺人という大罪を犯そうとする人間にとって、神聖冒瀆など、神の十戒の一つ〝汝、殺すなかれ〟を破ることに比べれば、取るに足りません」とフィデルマは、それに素っ気なく答えた。「助祭のタリウスがワインを聖具室から運んできた時のことですが、彼はワインを祭壇の上に置いたのですね？」

「そのとおりです」

「ワインは、あなたが聖別なさり、両手に捧げながら振り返られるまで、全員の目にさらされていたのですね？　それに近寄った者は誰一人いなかったのでしょうか？」

「誰もいませんでした」と、神父は断言した。

「誰が最初にホスチアを拝受するか、ご存じでしたか？」

コルネリウス神父は、顔をしかめた。

「私は、預言者ではありませんからな。信徒たちは皆、自分が望む時に自分の意思で進み出てきます。聖体拝領の列に、順序など、決まっていません」

「あなたとミセーノ修道院長殿との不仲の原因は、なんなのでしょう？」

コルネリウス神父は、目を瞬《しばたた》いた。

「どういう意味です？」

彼の声が、急に心配そうな響きをおびた。

「私のラテン語は、はっきりしていると思いますが」フィデルマは、感情を抑えた声で、それに答えた。

コルネリウス神父は、一瞬ためらいを見せたものの、すぐに肩をすくめて、彼女に答えた。

「ミセーノ修道院長は、私の地位に、ほかの人間を据えたいのですよ」

「なぜでしょう？」

「私が〝ヒッポのアウグスティヌス〟[8]の教えに、すなわち〝全ては前もって神によって定められている〟という説に、反対だからです。今では、アウグスティヌスのこの教えが、全キリスト教教会の教義となっている。しかし私は、男も女も、魂の救済へ向かおうとするもっとも根元的な第一歩を自らの努力によって踏み出すべきだ、と信じています。もし男であれ女であれ、自分の行なう善行や悪行に責任を問われないのであれば、人間が罪へ溺れようとするのを抑制する力は、何もなくなってしまう。アウグスティヌスのように、我々がこの世で何を行なおうと、神はすでに全てを決定なさっておられる、したがって我々の報いが天国にあるのか地獄にあるのかは、すでに完全に決定されているのだ、と説くのは、人間のあらゆる道徳律を危険に陥れることになる。こうした私の〝異端思想〟ゆえに、ミセーノ修道院長は私を解任したいのです」

彼の声には、激しい感情が聞き取れた。

「なるほど。では、ご自分をペラギウス(9)の信奉者と自認しておいでなのですね？」

コルネリウス神父は、背筋を伸ばして、それに答えた。

「ペラギウスは、道徳的な真理を教えられた。私は、男性も女性も、善なる存在となるか悪なるものとなるかを自らが選ぶのだ、と信じています。前もって定められていることなぞ、何もない。我々がいかに自らの生を生きるかによって、自分に与えられる報いが天国であるか地獄であるかは、決まるのです」

「でも、教皇イノセント（イノケンティウス）は、ペラギウスを異端者であると断じられましたね」と、フィデルマは指摘した。

「ところが、その後、教皇ゾーシムスも、彼を無実であると、宣告なされましたぞ」

「でも教皇ゾーシムスは、のちにその決定を否認なさいましたよ」とフィデルマは、うっすらと笑みを浮かべた。「しかし、そのようなことは、私にはたいして問題ではありません。ペラギウスは、私の国では、キリスト教神学思想上、特別な意味をお持ちです。信仰と民族の血を、我々アイルランド人と共にしておいでの方ですから。ミセーノ修道院長殿は、〝ヒッポのアウグスティヌス〟の教えを奉じておいでだということでしょうか？」

「そうです。そして、私がそうではないので、ここから追い出したがっているのです」

「でも、ミセーノ修道院長殿は、ご自分がお選びになりたい方をこの教会の司祭に任命する権限をお持ちなのでしょう？」

「そうです」

「となると、なんの論議もなしにあなたを解任する権限もおありだ、ということになりますか？」

「もっともな理由なしには、そうはいきませんよ。自分がとった処置の正当性を、司教様に申し立てねばなりませんからな」

「ああ、そうでした。ローマでは、司教が修道院長より権威をお持ちなのでしたね。アイルランドでは、違いますが。ともかく、ペラギウスは、たとえ正しい異端であろうと、異端とされているからには、ペラギウスの教えを奉じることは、十分に〝もっともな理由〟となるのでは？」

「でも私は、ペラギウスの教えを、いや、アウグスティヌスの教えもですが、公然と説いたことなど、ありませんぞ。これは、あくまでも私の心の問題なのですから。私は、信徒に対する自分の務めを十分に果たしています。信者たちから苦情を受けたことなど、一度もありません」

「では、ミセーノ修道院長殿に、あなたを解任するに足る〝もっともな理由〟を与えてはいないわけですね？」

「何一つ」

「それでもミセーノ修道院長殿は、あなたにこの教会の司祭職を辞任するよう、示唆しておられる？」

「そうです」

「でも、あなたはそれを拒否された？」

「もちろん」

「亡くなったあのゴール人を、ご存じでしたか？」

フィデルマの聴取の焦点がまたもや急に変わったもので、コルネリウスはふたたび目を瞬いた。

「数回、見かけたことがありますね」

「数回？」

「あのゴール人と妹の二人を。多分、〈クセノドキア〉近くに宿泊している巡礼だと思いますな。毎日、この教会の聖餐式に参列していますから」

「妹と親しげな、もう一人のゴール人のほうは？」

「一度、見かけただけですね。昨日のことです。ごく最近、ローマにやって来たのではありませんかな」

「わかりました」

「修道女殿、この出来事は、全くわけがわかりませんよ。一体誰がワインに毒を入れ、今日教会に集まっていた信徒全員を殺害しようとしたのでしょうな?」

フィデルマは、考えこみながら、コルネリウス神父をじっと見つめた。

「あのワインは、参列していた信徒全員に飲ませようと企まれていた、とお考えですか?」

「ほかにどう考えようがあります? 全員が、あの聖別されたパンとワインをいただこうとしていたのですぞ。それが、ミサにおけるしきたりですから」

「でも、全員が飲んだわけではありませんよ。毒はきわめて即効的なものでしたので、最初に聖体を拝受した人間だけが死亡するということは、はっきりわかっていたはずです。その死が警告となって、ほかの人たちはワインを飲むことなく、命拾いをするでしょう。現に、そういうことが起こったのです」

「もしワインがあのゴール人だけを狙ったのであれば、ワインに毒を混入した人間は、聖体を最初に拝領するのが彼だと、どうしてわかったのです?」

「いい着眼点です。あのゴール人は、よくここのミサに出ていたとのことですが、彼はいつも聖体を拝受していましたか?」

「していましたよ」

「礼拝堂の中では、いつも同じ席についていたのでしょうか?」

「はあ、そうだったと思いますが」

「いつも、どの時点で、聖体拝受のために前に進み出てきましたか?」

この質問について考えてみていたコルネリウスの目が、かすかに瞠《みは》られた。

「いつも、一番最初でしたな」と、彼は認めた。「彼の妹が、二番目でした。二人はいつも、祭壇のすぐ前の席に坐っていましたから」

「わかりました。ところで、礼拝堂には、聖具室から入ってゆかれたのですか？」

「そうですが」

「助祭のタリウスは、すでに聖具室に来ておりましたか？」

「はあ。信者の人数を確かめようと、扉のところに立っていました」

「彼は、聖餐杯に、すでにワインを注いでいましたか？」

「知りませんな」とコルネリウス神父は、正直に告げた。「タリウスが、もうミセーノ修道院長が来ていると教えてくれましたので、私はすぐに彼のほうへ向かいましたから。私が聖具室を出ていく時、タリウスは水差しを抱えていたような気はしますが」

フィデルマは、顎をこすりながら考えこんだ。

「これで、結構です、神父殿。ミセーノ修道院長殿に、こちらへと、お伝えください」

修道院長は、微笑みながらやって来て、腰をおろした。

「何か、聞かせていただけるのですかな？　もう解決間近、ということですか？」

フィデルマは、彼に微笑みを返そうとはしなかった。

「コルネリウス神父を解任なさりたかったようですね？」

ミセーノ修道院長は、顔をしかめた。奇妙な、警戒気味の反応であった。

「私には、その権限がありますのでな」彼の返事には、弁解めいた響きがあった。「それが、この件と、どう関わるのです？」

「コルネリウス神父は、司祭としての務めに、何か落ち度があったのですか？」フィデルマは、彼の質問は無視して、質問を続けた。

「私は、満足していなかった」

「なるほど。では、彼の解任を望んでいらしたのは、コルネリウス神父の個人的な信条のせいではない、ということですか？」

ミセーノ院長は、目をきつく狭めた。「あなたは、きわめて鋭い調査官でいらっしゃる、〝キルデアのフィデルマ〟殿。どうやって、そこまで探り出されたのです？」

「私の国のドーリィー、つまり弁護士の仕事振りについては承知している、と言っておいでしたでしょ。ご存じのとおり、質問をしてその答えから論理的に結論を求めてゆくのが、私の仕事です。もう一度、お訊ねいたします、コルネリウスの解任は、彼の個人的な信仰観とは関係ないのでしょうか？」

「正直に言いますが、こういった問題について、私は自由な見解を持っている人間です。しかしコルネリウスは、あなたに違うことを告げたのでしょうな」

「それでは、どうして彼を解任なさりたいのです？」

「コルネリウスは、この地位に就いて三年になりますが、私は、彼が職責を十分に果たしてきたとは、考えていない。妾《めかけ》を囲っているとの噂もあります。また、我々キリスト教会の教義を一つならず 蔑《ないがし》ろにしている、とも言われておるのです。この教会の信徒たちをまとめているのは、むしろ助祭のタリウスなのです。彼は、なかなかしっかりした男です。そして今回、キリスト御自《おんみずか》らが、コルネリウスは司祭としてふさわしくないと、お示しになられました」

「どういう形で、でしょう？」フィデルマは、ミセーノ修道院長の論理に興味を覚えた。

「聖体のワインが有毒であった、という事態によってです」

「コルネリウスが毒薬混入の下手人だ、と告発しておいでなのですか？」彼のあまりにもあからさまな告発は、フィデルマを驚かせた。

「いや、そういうことではない。しかし、彼がもし真《まこと》の司祭であれば、彼の聖別によって化体が起こっているはずで、ワインが有毒なものとなることなど、あり得なかった。ワインは、たとえ毒が入れられていたとしても、キリストの血となっていたはずだ。ワインは、聖別を受けたのですからな」

この理屈を聞かされて、フィデルマは当惑した。

「そうなると、本当に奇蹟ということになりますわ」

ミセーノ修道院長は、煩《わずら》わしげな顔をした。

「化体が起こるということは、奇蹟でなくて、なんです、修道女殿？　キリスト教国のあらゆる教会において、毎日起こっている奇蹟ですぞ」

「私は神学者ではありませんので。でも私は、聖別とは、現実の事態ではなく、象徴的なものである、と教えられてきました」

「では、誤りを教えこまれてこられたのだ。パンとワインは、祝福された純粋なる真の司祭によって聖別される時、実際に我らの救世主の血と肉へと化体するのです」

「教義解釈の問題ですね」とフィデルマは、これをさらりと受けながしておいて、ほかの人たちから少し離れたところに坐っている、贅沢な服をまとった肥《ふと》った男を指し示した。「あの人物に、こちらへ来るようにと、お伝え願います」

ミセーノ修道院長は、ややためらった。

「もう、私はよろしいのかな？」

「今のところ、これで結構です」

このように簡単に追い払われたことに鼻を鳴らしながらも、修道院長は立ち上がって、肥満漢のところへ行き、彼女の指示を伝えた。男は立ち上がり、ためらいがちに進み出てきた。

「この事件に、私はなんの関わりもありませんよ」と彼は、まず予防線を張るような言い方で、聴取の返答を始めた。

「なんの関わりもない？」フィデルマは、不服そうに口を尖らせている男を見つめた。「それで、あなたは……？」

「タロスと申します。商人でして、もう何年もこの小さな教会に通っている信徒ですわ」

「では、あなたは、私の質問に答えてくれる最適の人物のようです」と、フィデルマは励ました。

「なぜ、そうなりますので？」

「コルネリウス神父様を、かなり前から知っておいででしょう？」

「はあ。私は、コルネリウス神父様がこの教会の司祭になられる前から、こちらに通っとりますから」

「コルネリウス神父様は、よき司祭でしたか？」

ギリシャ商人は、びっくりしたようだ。

「この聴き取りは、ワインに毒が入っていたことに関してのお調べだと、思っとりましたが？」

「我慢してください」と、フィデルマは微笑んでみせた。「彼は、この職にふさわしい司祭でしたか？」

「もちろん」

「神父に関して、何か苦情はありませんでしたか？　彼には、司祭という立場にふさわしくない行ないがあったでしょうか？」

タロスは、当惑したように、足許に視線を落とした。フィデルマの目が、きらっと光った。

「私自身は、何も気づいておりませんでしたよ」

「でも、噂は耳になさったのですね？」とフィデルマは、質問を推し進めた。

「タリウスから聞いたのですが、いくつか苦情があったようで。でも、私には、不満はありませんでした。良心的にやっておいでだった、と思っとります」

「でもタリウスは、いくつも苦情が出ている、と言っていたのですね？　タリウス自身も、コルネリウス神父に不満を持っている人たちの一人なのでしょうか？」

「私が自分で気づいた、ということではありませんからね。しかし、こうした苦情を修道院長に伝えるのも、きっと助祭の仕事なのでしょうな。助祭は、自分の任務を良心的に行なっていた、ということでしょう。実のところ、彼には、そう努める理由もあるようですから」

「よくわかりませんが」

タロスは、顔をしかめた。

「タリウスは、司祭となるための勉強をしていて、明後日には叙品（司祭への任命の儀式）を受けることになっとるのです。彼は地元の若者で、いい家庭の出とは言えないが、それを乗り越えようと、野心に燃えとりますよ。ただ、悲しいかな、愛の神々は、あの若者に意地の悪い悪戯《いたずら》を仕掛けられた」

「どういう意味です？」

タロスは、驚いた様子を見せた。それに続いて、にんまりと笑みを面に浮かべた。

「我々は、世俗の輩《やから》だもので」という彼の返事には、わざとらしい卑下の色があからさまだった。

「タリウスは、異性より同性の友を好む、と言っておいでなのですか?」

「まさに、そのとおりで」フィデルマは、商人が非難の視線を礼拝堂の向こう端へ投げかけたのに気づいた。彼女は、振り向くことはせずに、ただ商人の視線を目で追ってみた。彼女の視線の先にいたのは、若い警備兵であった。

フィデルマは、軽く鼻を鳴らした。アイルランドの法律は、同性愛を禁じてはいない。ブレホン[10]もこれを認めておられる。

「では、タリウスは、叙品されたあと、自分が司牧する教会に移ることになるのですか?」

「私には、そこまではわかりませんな。多分、そうなのでしょう。この小さな教会に、二人も司祭はいりませんから。ご覧のとおり、ここの信徒は、大勢とは言えませんでね。ほとんどは、互いによく知り合っている人間です」

「でも、あのゴール人は、他所者《よそもの》ですよ」

「いかにも。しかし、亡くなった聖職者と妹さんは、道の向こう側の宿屋に宿泊していましたし、この一週間、ずっとこの教会のミサに出ていましたから。もう一人のゴール人のほうは、一度やって来ただけですが。今日は、もう一人、他所者がおりましたな——あなたですよ」

「あなたは、私の聴取に、もっともよく役立ってくださいましたわ、タロス。ご自分の席に戻られる時、ゴール人のエノウドックに、こちらへ来るよう、伝えてもらえますか？」

　タロスは立ち上がり、託された役目をごく気軽く片付けて、自分の席に戻っていった。

　ゴール人は、娘をなぐさめていた。屈みこんで、娘の片腕をしっかり握っている。娘のほうは、まるで熟睡しているかのように、深くうなだれていた。もう、すすり泣きはおさまっているようだ。

「〈ブレホン法〉の弁護士さんのことは、よく知ってますよ」と彼は、椅子にかけながら、愛想よく、そう告げた。「我々ゴール人も、尼僧様がたアイルランド人と、先祖だけでなく、法律に関しても、共通のものを持ってますからね」

「あなた自身について、聞かせてください」彼の親しげな前置きを無視して、フィデルマは事務的な口調で、相手を促した。

「名前は……」

「ええ、それは、知っています。また、あなたがどこから来たかも、知っています。それより、あなたがなぜローマを訪れたのかを、話してください」

　若者は、まだ感じよく微笑を浮かべていた。

「自分は、アルモリカ（フランスの西北部。今のブルターニュ地方の辺りの古い土地）のヴェネティの港町から海へ乗り出してゆく商船の船長でして、ローマへやって来たのも、交易商人としてです」

「ドッコというあの修道士とは、知り合いだったのですね？」

「おんなし村の出ですわ」

「そう。そして、イギエーリアという娘さんとは、婚約しているのですか？」

若者は、驚いて、顔をしかめた。

「どうして、そんなことをお訊きになるんで？」

「イギエーリアに対するあなたの態度は、見知らぬ人間のものでもなければ、単なる友達のものでもなかった。気遣いに満ちた恋人のような態度に見えましたから」

「尼僧様は、ずいぶん鋭い目をお持ちだ」

「で、そうなのですか？」

「自分は、あの娘と結婚したいと思っとるんですが」

「では、誰がそれに異を唱えているのです？」

彼は、ふたたび顔をしかめた。

「どうして、誰かが異を唱えてるって思いなさるんです？」

「あなたの言い回しが、警戒気味でしたので」

「ああ、なるほどね。自分がイギエーリアと結婚したいと望んどるのは、本当でさ。そして、あの一家の家長のドッコが、妹を俺と結婚させたがってなかったのも、これまた事実ですわ。

彼とは、同じ村で生まれ育ったんですがね、俺たちの間には、どうも面白くない感情があって」

「それでも、あなたは、ここ、ローマへやって来て、ドッコとイギエーリア兄妹と一緒に、同じ祭壇の前に立った」と、フィデルマは指摘した。

「自分は、ドッコとイギエーリアがローマに来てたことは、知らなかったんです。二、三日前、思いがけず二人に出会いました。そこで、自分の船に戻ってゴールへ帰る前に、もう一度ドッコと会って、この問題を話し合おうって決心したわけです」

「あなたがここでしようとしていたのは、それだったのですか？」

エノウドックは、肩をすくめた。

「まあ、ある意味では。この近くに宿をとっていましたからね」

「ちょっと待って。ローマにもっとも近い港というとオスティア（テーベレ川の河口の港町）ですが、それでもかなり離れていますね？ 船長であるあなたはオスティアへやって来たが、そこで偶然ドッコとイギエーリアがローマに来ていると耳にして、二人に会おうと、わざわざここまでやって来た、と言うのですか？」

「そうじゃないです。用件があって、ローマに来なけりゃならなかったんでさ。だから、オスティアで船をおりたんですわ。船荷のことで、ある商人と交渉する必要があったもんで。でも、イギエーリアとドッコをたまたま見かけたっていうのは、本当ですぜ」

「あなたは、この教会を前にも訪れたことがあると、耳にしましたが」

「はあ。でも、たった一回だけですわ。イギエーリアとドッコを、昨日、この通りで目にしたもんで、ここまでついてきたんでさ」

「珍しい偶然ですね」

「偶然っていうやつは、我々が思ってるより、もっと頻繁《ひんぱん》に起こるもんですよ。そこで自分は、昨日、二人と一緒にミサに出たってわけです」

「それで、あなたの訴えは、首尾よくいきましたか？」

エノウドックは、ためらった。

「いや、ドッコは、俺とイギエーリアの結婚に、これまでにもまして強く反対しました」

「にもかかわらず、今日も二人と一緒にミサに出たのですか？」

「自分は、今日、オスティアに発つんです。だから、もう一度、ドッコに頼みたかったんでさ。イギエーリアを、愛していますからね」

「それで、イギエーリアも、あなたを愛しているのですか？」

エノウドックは、顎をぐいと突き出した。

「ご自分で、イギエーリアに訊ねてみなさるといい」

「ええ、そのつもりです。今朝は、どこで二人に会いました？　三人一緒に、この教会へ入ってきたのですか？　それとも、別々に？」

「ミサに出る前に商談があったもんで、それを済ませてから、兄妹の宿へ行ったんでさ。でも、二人はすでに教会へ出かけたあとだったんで、俺もそのあとを追って、ここへ来たんです」

「ここについた時刻は？」

「ミサが始まるほんの一分かそこら、前でしたな」

「真っ直ぐ礼拝堂の中に入って、二人と一緒になったのですね？」

「はあ」

「わかりました。イギエーリアに、ここへ来て、この席につくよう、伝えてください」

エノウドックは、明らかにがっかりした様子で立ち上がると、娘のほうに戻っていき、彼女に話しかけた。しかし娘からは、なんの反応も返ってこないようだ。彼は片手を娘の腕の下にまわして立ち上がらせ、フィデルマが坐って待っているところへ導いてこようとしている。フィデルマは、その様子を見ていた。イギエーリアは、抗《あらが》うことなく、だが明らかにまだ呆然とした様子のまま、やって来た。

「私の求めに応じてくださって、ありがとう」と言いながら、フィデルマは手をさし伸べて娘の手を取った。「大変なショックだったでしょうね、よくわかります。でも、いくつか訊ねなければならないのです。まずは、おかけなさい」そう言うと彼女は振り返り、エノウドックに視線を向けて、「あなたは、もう結構です」と告げた。

ゴールの船乗りは、しぶしぶ立ち去った。

娘はフィデルマの前の椅子にすとんと腰をおろしはしたが、深くうなだれたまま、顔を上げようともしなかった。

「お名前は、確かイギエーリアでしたね？」

娘は、ただ頷いただけだった。

「私は、フィデルマと言います。あなたに、いくつか質問する必要があるのです」とフィデルマは、繰り返した。「私どもは、この恐ろしいことをやってのけたのが誰であるのか、見つけださなければなりませんので」

イギエーリアが、涙に濡れた顔を上げて、フィデルマを見つめた。娘の目の焦点がはっきりと結ばれるまでに、少し間があった。

「そんなことしてくださったって、ドッコは生き返りはしません。でも、できるだけ、お答えします」

「とてもお兄様が、お好きだったようですね？」

「ドッコは、あたしの全てでした。あたしたち兄妹は、親なし児だったんです」

「お兄様は、いつもあなたを庇《かば》っていらしたみたいですね？」

「あたし、ドッコより年下ですから……でしたから。フランク人の襲撃で両親が殺されてから、あたしを育ててくれたのは、ドッコでした。兄は、あたしたち一門の頭《かしら》でもありました」

「ローマへは、なんのために？」

「これ、あたしたちが長いこと夢見ていた巡礼の旅だったんです」

「エノウドックがローマにいることは、前もって知っていましたか？」

イギエーリアは首を振った。

「エノウドックを、愛しているのですか？」

娘はすぐには答えずに、ただフィデルマを一、二分見つめていたが、やがてゆっくりと首を横に振った。

「エノウドックは、あたしたちと同じ村の出です。小さかった頃、あたしたちは友達でした。エノウドックのこと、友達としては、好きです。でも、それだけ。そのうち、エノウドックは船乗りになって、今では商船の船長です。もう、彼とは、ほとんど会っていません。でも、たまに会う時、エノウドックは、なんだかあたしのことを自分のものだって、思っているみたいなんです」

「そのようですね。あなたを愛している、と言っていましたよ」

「ええ。私にも、何回か、そう言ってました」

「でも、あなたのほうは、愛してはいない？」

「ええ」

「彼に、そう言ったのですか？　はっきりと、そう告げました？」

「何回も。でも、すごく頑固な人で、自分の邪魔をしているのはドッコだって、思いこんでいるんです。ドッコがあたしに影響を与えて、あたしの気持ちを操っているんだって」

「なるほどね。つまり、あなたとの結婚を妨げている邪魔者はドッコだ、と彼は考えている
――ということかしら？」

イギエーリアは頷いた。だがすぐに目を、わずかに瞠った。

「尼僧様は、まさか……？」

「私は、ただ質問をしているだけですよ、イギエーリア。今日、エノウドックに会ったのは、いつでした？」

「エノウドックがミサにやって来た時です」

「あなたとお兄様は、その前に、もう礼拝堂に入っていらしたのですね？」

彼女は頷いた。

「あなたがたは、すでに前列の席についていらした？」

「はい」

「お兄様は、いつもあの席に坐られたのですか？」

イギエーリアは、軽く鼻を鳴らし、目許の涙を拭った。

「ドッコは、いつも聖体拝領を一番最初に受けたがって、司祭様のすぐそばに陣取ってました。兄の癖なのです。故郷にいる時も」

「わかりました。エノウドックは、どの段階で、あなたがたと一緒になったのです？」

「ミサの始まる二、三分前です。エノウドックの姿がないので、彼もやっと自分の立場をわかってくれたのかと、思っていたんです。ところが、ちょうどその時、彼は姿を現しました。大急ぎでやって来たみたいに、息せき切って、騒々しく。司祭のコルネリウス神父様は、彼のこと、お叱りになるかと思いました。彼が席についた時には、もうミサが始まってましたけど、ちょっと儀式をお止めになりましたから」

フィデルマは、眉をひそめた。

「どうしてでしょう？　私もミサにかなり遅れて入ったのですけれど、コルネリウス司祭様は儀式をとぎらせることなど、なさいませんでしたよ」

「だって、エノウドックは、祭壇の後ろから入ってきて、司祭様の前を突っ切って、信徒席に坐ったんですもの」

フィデルマは、一瞬、驚きのあまり、声も出なかった。

「エノウドックは、聖具室を通って礼拝堂の中へ入ってきた、と言うのですか？」

イギエーリアは、肩をすくめた。

「あたし、そんなこと、よくわかりません。ただ、入ってきたのは、あの扉からでした」と彼女は振り返り、聖具室の扉を指さした。

フィデルマは、しばらく沈黙を続けたが、やがて娘に告げた。

「ご自分の席にお戻りなさい、イギエーリア。私の仕事は、もう間もなく終わりますよ。エノウドックに、もう一度、私のところに戻ってくるよう、伝えてください」

エノウドックは、相変わらず愛想がよかった。

「あなたは、自分が話したい事実だけを、私に聞かせてくれたようですね、エノウドック？」と、フィデルマは口をきった。

若者は、顔をしかめた。

「どういうふうに？」

「イギエーリアとの結婚の前に立ちはだかっていた人間は、ドッコだけではなかったようですが？」

「ほかに誰がいたって言うんです？」と、ゴール人はフィデルマに迫った。

「イギエーリア自身です」

「イギエーリアが、そう言ったんですか？」若者の顔に、血がのぼった。

「ええ」

「イギエーリアは、本当にそう思っているんじゃないんです。そう言ったかもしれないけど、それはドッコがしゃべっていたんだ。今では、事情が違ってますさあ」

「あなたは、そう考えている、ということですね？」

「あの娘は、取り乱しとるんです。気持ちが落ち着いたら、イギエーリアにも、ちゃんとわかってくるはずでさ」彼は、自信たっぷりだった。

「そうかもしれません。でもあなたは、聖具室から礼拝堂へ入ったことには、触れませんでしたね？」

「尼僧様が訊かれなかったからですよ。それが、大事なんで？」

「どうして、そのように普通でない入り方をしたのです？」

「何も、おかしなことじゃないです。さっき言ったでしょうが。今朝、自分はある商人と会わなけりゃならなかったって。商談が終わってから、大急ぎでこの教会に向かいました。でも、自分がやって来たのは礼拝堂の正面扉じゃなく、その反対側なんだってことに気がついたんでさ。ミサの始まりを告げる鐘が、もう鳴ってました。教会の建物をぐるっとまわって正面へ行くんじゃ、時間がかかりすぎる。道路沿いがずっと柵で囲ってありますからね。だから、教会の裏側から正面扉までまわると、ひどく手間取ってしまう。でもその時、すぐそばに聖具室に入る扉があるのに気づいて、そこから入ったってわけです」

「でも、この教会に来たのは一度だけだ、と言っていましたね？　ずいぶん記憶力がいいこと」

「前の日のことを思い出すのに、それほどたいした記憶力なんぞ、いりませんよ。ここに来たのは、昨日ですから」

「あなたが聖具室に入っていった時、そこに誰がいました？」

「誰もいませんでしたよ」

「それで、あなたはどうしました？」

「ただ、通り抜けて、そのまま礼拝堂の中へ入っていきました」

「聖具室で、聖餐杯を目にしましたか？」

エノウドックは、頭を横に振った。だが、そのあとでフィデルマの質問の意味に気づいて、目を瞠った。一瞬、彼は口を一文字に固く引き結んで、黙りこんだ。日光にさらされた褐色の顔が、さっと赤らんだ。しかし、怒りを露骨に面にあらわすことはしなかった。

「すでに、祭壇の上に置かれていたはずですよ。なぜなら、自分が入っていった時には、司祭さんはもうミサを始めてましたからね」

フィデルマは、自分をじっと見つめる彼の視線を受けとめて、しばらく彼と見つめ合った。

「もう、席に戻って結構です」

フィデルマは、なおも考えこんでいたが、やがて立ち上がり、正面扉のほうへ歩み寄って、そこに立っている若い警備兵の前で足を止めた。若者は、目を細め、猜疑《さいぎ》の表情で、フィデルマを見つめた。

「名前は？」彼の正面に立って、フィデルマはまずそう訊ねた。

「テレンティウスです」

「この小さな教会のミサに、よく出ているのですか？」

「自分の家は、ここから歩いてすぐのところです。それに、この地区の法と秩序を維持することが、警備兵としての自分の任務ですからね」

「その任務を、どのくらいやっています?」

「もう、二年になります」

「では、この地区に来て以来、コルネリウス神父様をずっと知っていたのですね?」

「もちろん」

「コルネリウス神父様に対して、どのような意見を持っています?」

警備兵は、肩をすくめた。

「司祭として、彼にも彼なりの欠点がありますよ。どうして、そんなことをお訊ねなんで?」

「では、タリウスのことは、どう見ています? 助祭を知っていましたか?」

若者の顔がかすかに赤くなったことに、フィデルマは気づいた。

「タリウスなら、よく知っていますよ。この土地の生まれですから。助祭としての務めを、よくやっています。もうすぐ、司祭になる叙品の儀式を受けることになっているんです」

フィデルマは、その口調の中に、かすかな誇りを聞き取った。

「タリウスは、貧しい家庭の出だとか。もっとはっきり言えば、彼の家族は警備兵の間でかなり問題になっていたのでは、という気がするのですが?」

「タリウスは、そこから抜け出そうと、長いこと、努力してきたんです。そのことは、ミセーノ修道院長もよく知っとられますよ」

「今日、あなたがここに入ってきた時、すでにミサは始まっていたのですね？」

「ちょうど、始まったとこでした。ミサにやって来たのは、自分が最後でした……尼僧殿を除けば」

「あのゴールの船乗りは？　彼はもう礼拝堂に入っていたのですか？」

警備兵は、眉をしかめた。

「いや。そうだ、あの男、自分のすぐあとに到着したんだった。ただ、入ってきたのは、聖具室からでしたね」

「では、あなたのほうは、正面扉からだったのですね？」

「もちろん」

「あなたが礼拝堂に入っていったのは、ほかの人たちより、どのくらい遅れてでした？」

「そんなに遅れてはいませんでしたよ。自分がこの教会へと横手の道をやって来た時、教会堂の外においでの修道院長の姿を見かけましたからね。院長は、コルネリウス神父と言い合っとられました。自分が通りすぎようとした時には、二人は聖具室のすぐそばにおられましたが、そのあと院長はくるっと背を向けて建物の中へ入っていかれたし、コルネリウス神父のほうも、一、二分、立ち尽くしていたものの、すぐ、おんなしように中に入っていきましたよ」

「二人がどういうことを言い争っていたのか、知っていますか？」

若い兵士は、首を横に振った。

「そのあと、あなたは礼拝堂の中へと入っていったのですね？　ゴールの船乗りは、どうだったのでしょう？」

「彼が入ってきたのは、一分かそこら後です。コルネリウス神父が、ちょうどミサを始めた時でした。尼僧殿が入ってみえた時には、ミサはかなり進んどりましたね？」

「もう、これで結構です。今のところは」

フィデルマは深く考えこみながら向きなおり、ミセーノ修道院長のほうへ歩み寄った。

修道院長は、自分のほうへやって来るフィデルマを、苛立たしげに待ち受けた。

「我々、この件に悠長に取り組んでいるわけにはゆかんのですがねえ、フィデルマ修道女殿。ブレホンの法廷において、あなたがたアイルランドの弁護士はきわめて迅速に事件の真相を解明される、と聞き及んでいたのだが。もしあなたがあの外国人聖職者を殺《あや》めた下手人を特定おできにならないとなれば、その高い評価に傷がつきますぞ」

フィデルマは、かすかな笑みを浮かべた。

「私にこの事件を手がけるよう、あのように早々と提案なさったのは、そのような成り行きを期待なさってのことだったのでしょうか？」

ミセーノ修道院長は苛立って、顔を赤く染めた。

「あなたは、何を……」

フィデルマは、身振りで、彼の言いかけた言葉を退けた。

「言葉の意味合いをあれこれ論じて時間を浪費するのは、やめましょう。どうしてコルネリウス神父と聖具室の外で言い争っていらしたのです？」

ミセーノ修道院長は、顎をぎゅっと引きしめた。

「この教会の司祭職を辞任するよう、神父に求めておったのですわ」

「神父は、それを拒否された？」

「そのとおり」

「そのあと、あなたは聖具室を通って、礼拝堂の中へお入りになったのですね？　コルネリウス神父は、あなたのすぐあとに続かれましたか？」

「そうです。神父は祭服への着替えを済ませると、急に聖具室から出てきて、つかつかと私のところへやって来ました。ふたたび議論を蒸し返そうとしたのですな。だが、ちょうどこの時、運良くタリウスがミサの始まりを告げる鐘を鳴らしました。そこで私は、最後に言ってやりましたよ、私は自分の持てるあらゆる力を使って、彼をこの職から解任させるつもりだ、とな」

「あらゆる力を？」

ミセーノが、険しく目を狭めた。

「何を仄《ほの》めかしておいでなのかな？」

「コルネリウス神父をここから退けるために、どこまでなさるおつもりです?」

「そのようなことに答える気は、ありませんな」

「沈黙は、しばしば言葉以上に声高く物語ってくれるものですわ。どうして、それほどコルネリウス神父を嫌われるのです?」

「宗門の指導原理に背を向ける司祭は……」

「コルネリウス神父は、自分がペラギウスの教えを奉じているから、あなたに拒否されている、と言っておりましたよ。我々は、しばしば、そのような態度をとります。ところが、あなたは、彼をここの司祭にふさわしくないと考える理由はそういう問題ではなく、彼のもっと個人的な傾向のせいなのだ、とおっしゃった」

「どうして、そのようにコルネリウス神父について、こだわられるのです?」とミセーノは、逆に問い返した。「あなたの任務は、ゴール人聖職者の毒殺犯を見つけだすことだ。当然あなたは、殺害の動機を探すべきではないのですかな?」

「私の質問に、お答えください、ミセーノ修道院長殿。コルネリウス神父をここの司祭に任命なさった時には、彼に高く評価すべき点をお認めになったのだと思いますが?」

ミセーノは、肩をすくめた。

「そのとおり。三年前には、彼をこの職にふさわしい熱心な神父だと思いましたよ。私は、それを認めるにやぶさかではない。憂慮すべき報告がいろいろと入ってくるようになったのは、この六ヶ月のことです」

フィデルマは、下唇をつまみながら、考えに耽った。

「そうした報告の発信源は、どこでした？」

院長は、眉をひそめた。

「それは言えませんな。信頼を裏切ることになる」

「報告の源は、一ヶ所だったのでは？」

ミセーノの表情は、フィデルマの考えていることを、はっきりと肯定するものだった。

フィデルマの面に、冷たい笑みが浮かんだ。

「その報告は、全て助祭のタリウスからのものだったようですね？」

ミセーノ修道院長は、落ち着かなげに身じろぎをした。だが、口を開こうとはしなかった。

「よろしいでしょう。あなたが否定なさらなかったことを、私は肯定の表明ととることにしましょう」

「全て、おっしゃるとおり。いかにも、タリウスからの報告でしたよ。何か不都合なことがあれば、それを私に報告することは、助祭としてのタリウスの義務ですからな」

「そして、タリウスが正確な報告をあなたに伝えているかどうかを確かめるのが、あなたの義務です」と、フィデルマは指摘した。「その義務を、果たされましたか？」

ミセーノ修道院長は、眉を吊り上げた。

「報告の信憑性を確かめたかと、おっしゃるのか?」

「タリウスの言うことを、鵜呑みになさったのではありますまいね?」

「どうして彼を疑う必要があります? タリウスは、私の監督のもとで、正規の聖職者になろうとしている若者ですぞ。私は、タリウスの言葉を信じることができる」

「現在、司祭への叙品を受けようとしている人物の言葉だから信じる、と言われるのですか? そのような人間は、嘘をつかないと?」

「そのとおり。絶対、そのようなことは、あり得ない」

「でも、すでに叙品を受けて司祭となっている聖職者とて、偽りを口にすることがあるのでは? だからこそ、あなたは、コルネリウス司祭の言葉を信用なさらなかったのではありませんか? あなたの信条には、どう見ても矛盾がありますね」

「コルネリウスの言うことだから信じないなどと、私は言ってはおりませんぞ!」とミセーノ修道院長は、鋭い口調でそれに応じた。

「でも、どうしても、矛盾する態度をとっておいでのように見えますよ。あなたは、コルネリウスの言葉より、タリウスの言うことに、信をおいていらっしゃる」

「コルネリウスへの非難は、彼が妾を囲って、聖職者の職を汚している、というものだった」

「タリウスには、同性の愛人がいると、タロスが言っておりました。あなたも、このことを承知していらしたのでは? そこから浮かび上がってくるのは、あなたはコルネリウス神父に対する助祭の非難を鵜呑みになさっただけでなく、神父を女性《にょしょう》の愛人、あるいは妾を囲っているとの理由で強く咎《とが》めておきながら、若者のほうは、同性の愛人を持っているにもかかわらず、後援しておいでになった、という奇妙さです。どうしてあなたは、一方は咎めたてられるべきであり、もう一方は容認されうる、とご覧になるのでしょう？」

ミセーノ修道院長は、歯を固くくいしばった。

「あなたは、私をタリウスの愛人では、と仄めかしておられるのかもしれぬが、絶対そんなことはありませんぞ。彼は、私が保護者となっている若者だ。私の被保護者なのですぞ」

「タリウスは同性愛者ではないとおっしゃるのですか？」

「修道女殿は、すでにあの若い警備兵と話をなさっておられる」質問というより、指摘であった。

「ご自分の判断に偏見が入っていたと、お認めになりますか？」

「タリウスが私に虚偽を述べていた、と言われるのか？　もしそうなら、どういう証拠をお持ちです？」

「タリウスは真実を告げていた、とあなたが信じていらっしゃるのと同じほどの根拠が」

「タリウスが私に偽りを告げる必要など、どこにあります？」

「あなたは、間もなくタリウスを司祭に叙任しようとしていらっしゃる。どうやら、コルネリウス神父の代わりに、彼をここの司祭にしようとお考えのようですね？」

ミセーノ修道院長の顔は、フィデルマの推察が正しいことを告げていた。

「しかし、それがこのゴール人の死に、どう関わるのです？」

「あらゆる点で」とフィデルマは、受けあった。「私は、もうこれで、何が起こったかを説明する準備ができたと思います」

フィデルマは振り返り、祭壇の前に集まるようにと、皆に声をかけた。


「旅人としてこの国を、そしてこのローマの都を訪れていたドッコが、なぜ死亡したのか、また誰の手にかかって死んでいったのかを、今や私は皆様にお話しできます」彼女の声が、冷たく、はっきりと響いた。

全員、期待の色を面に浮かべて、波が打ち寄せるように一斉に進み出てきた。

「フィデルマ修道女様！」そう口をきったのは、イギエーリアであった。「兄の死を望んでいた人間は、ただ一人です。ほかのかたは全員、兄とは関わりのないかたがたです」

エノウドックの顔から、血の気が引いた。

「違う。俺は、誰一人、傷つけたり……」

「あなたの言うことなんか、信じないわ！」と、イギエーリアは叫んだ。「兄を殺したい理由を持ってた人は、あなただけよ」

「ドッコが、たまたま最初に聖体拝領に与ったから殺害されたとしたら、どうでしょう？」と、フィデルマが言葉をはさんだ。

辺りに緊迫した沈黙が広がった。

「先を、どうぞ」とミセーノ修道院長が、氷のような声で、フィデルマを促した。

「ドッコは、犠牲者として選ばれたのではありませんでした。犠牲者は、私どもの中の誰であろうと、構わなかったのです。その意図は、コルネリウス神父の信用を失墜させることだったのですから」

ミセーノ修道院長は、怒りの色がぎらりと光る目を細めて、フィデルマを見据えた。

「あなたは、今の告発に、責任をとらねばなりませんぞ」

「その用意は、できております。この恐ろしい犯行の真の動機がなんであるかを私に気づかせてくれたのは、実は修道院長殿が口になさった言葉でした。院長殿は、おっしゃいました、もしコルネリウス神父が真の司祭であるなら、彼が聖別したワインはすでに〈キリストの血〉へと化体しているのであるから、毒入りワインも完全に無害なものへと変化しているはずだ、と。この犯行の動機は、コルネリウス神父は司祭の地位にふさわしくない人物であると、暴露することにあったのです」

コルネリウス神父が立ち上がり、恐怖の目で、フィデルマをじっと見つめた。

フィデルマは、先を続けた。

「助祭のタリウスは、しばらく前から、コルネリウス神父の不品行について、ミセーノ修道院長に吹きこんでおりました。コルネリウス神父は、それを全てきっぱりと否定しております。しかしミセーノ修道院長は、こうした報告をすっかり信じこまれた。タリウスは、院長が後見しておられる若者です。院長の目には、タリウスは邪《よこしま》なことなどできるはずのない若者でした。さらに、ミセーノ修道院長は、タリウスを正式な聖職者に叙任しようとしておられました。タリウスも神父になれば、自分が司牧する教会が欲しいことでしょう。この小さな教会のミサを執り行なう司祭に任命してやることができれば、何よりです……もし、コルネリウス神父を司祭職から解任することさえできれば。しかし、コルネリウス神父は、一騒動なしには、引き下がりはしますまい。でも、不品行に関する落ち度があれば、それをこの地区の司教殿の前に持ち出して、司祭職からの解任を審議してもらうことができましょう」

「修道女殿は、誰を告発しておいでなのです？」とコルネリウスが話に割りこんで、フィデルマの返答を聞きたがった。「ミセーノですか、それともタリウスのほうですか？」

「どちらでもありません」

彼女の答えに、一同、呆気《あっけ》にとられた顔になった。

「では、誰なのです？」

「警備兵のテレンティウスです！」

若者は一歩後ろに下がって、儀仗用の短剣を引き抜いた。

「無礼にもほどがあるぞ、野蛮な異邦人め！」と彼は、激昂《げっこう》して喚《わめ》いた。「俺は、ローマ人だぞ。お前の言うことなんぞ、誰が信じるもんか！」

　その時、タリウスが進み出た。

「君は、一体、何をしたんだ？」と、タリウスは甲高い声で叫んだ。「ぼくは、君を、命より愛していた。それなのに、君は全てをめちゃめちゃにしてしまった！」

　タリウスは、まるで抱擁しようとするかのような仕草で、警備兵に駆け寄ろうとした。だが、踏み出した足が、凍りついたように止まった。明らかに、意図された出来事ではなかった。若い助祭は、警備兵が身を守ろうと体の前に構えていた剣に向かって、不注意にもぶつかっていったのだ。ごぼごぼというような音とともに、口から血があふれ出た。体が、前のめりに倒れこんだ。

　エノウドックが手を伸ばして、警備兵から剣をもぎ取った。なんの抵抗もなかった。警備兵は、衝撃のあまり、友の遺体を見つめて凍りついたように立ち尽くしていた。

「でも、君のためだったんだ、タリウス！」と彼は、泣き声で叫んだ。そして突然、床に跪《ひざまず》き、手を伸ばして、死者の手を取った。「君のために、したことだったのに」

　その少しあと、フィデルマは、コルネリウス神父とミセーノ修道院長の二人と一緒に、坐っていた。

「私には、これがタリウスとテレンティウスの共謀によるものかどうか、はっきりしませんでした。それどころか、ミセーノ修道院長殿、あなたも一枚嚙んでおいでなのかもしれないとさえ、考えておりました」と、フィデルマが口をきった。

ミセーノが、恥じ入るような表情を浮かべた。

「私は、愚かだったようですな。物事を正しく見極められない愚か者だった。でも、修道女殿、私は殺人者ではありませんぞ」

「どうやって、テレンティウスが殺人犯だと気づかれたのです?」と、コルネリウス神父は聞きたがった。「私には、そこのところが、わからない」

「まず最初は、動機でした。あのゴール人が意図された犠牲者である可能性は、簡単に退けることができました。ドッコを最初で唯一の犠牲者とするためには、あまりにも多くの不確実な要素に賭けねばなりませんから。つまり、あまりにも多くの偶然に頼る必要があるわけです。そこで私は、別の動機を求めねばなりませんでした。でも、それを見つけるのは、さして難しくはなかったのです。先ほど言いましたように、私が手掛かりを摑んだのは、ミセーノ修道院長殿の化体という秘跡についてのお考えだったのです。犯行の動機は、コルネリウス神父殿の信用を貶《おと》めることだった。それによって利益を受けるのは、誰でしょう? 明らかに、助祭のタリウスです」

「それなのに、どうしてタリウスは無実だ、と考えられたのです?」

「なぜなら、もし彼も犯行に関わっていたのであれば、もう少し明確に自分のアリバイを用意しておくはずです。初め、ワインに毒薬を混入する機会を持っていたのは彼だけだ、と見えたではありませんか？　その後、私は、タリウスが同性の愛人を持っている、と知りました。それが、警備兵のテレンティウスであることも、わかりました」

「なるほど。そうと知って、警備兵が犯人だと確信なさったのは、どうしてです？」

「タリウス以外に、機会を持っていた唯一の人間は、テレンティウスでした。それに、これはごく重要な点ですが、聴取における彼の陳述には、虚偽がありました。彼は、ゴールの船乗りの直前に、正面扉から礼拝堂内部に入った、と言いました。また、教会の側面に沿う道へやって来た時、聖具室の扉の外で言い争っているあなたがたお二人を目にした、とも」

「そう、それは本当ですわ。確かに我々は、言い争っていた」と、ミセーノは認めた。

「そうです、お二人は、言い合っておいででした。でも議論していらした〝聖具室の外〟というのは、エノウドックが私に言っていましたが、この小教会の裏手に位置しており、裏庭の小道で側面の道路に通じています。ここから正面扉に出るには、建物に沿ってぐるりとまわらねばならず、かなり歩くことになります。エノウドックは、その時間がなくて、聖具室に飛びこみ、そこから礼拝堂の中へ入ったのでした」

「話がよくわかりませんが」

「テレンティウスが道路からお二人を見たのであれば、彼は聖具室に通じる小道の入り口にいたことになります。ということは、この教会の敷地の一番はずれのほうにいた、ということです。彼は、そこで何をしていたのでしょう？　ミサがもう始まろうとしていると知っていながら、どうして彼は、エノウドックのように、聖具室を抜けて、中に入っていかなかったのでしょう？　聖具室に入れば、タリウスと少し時間を持つこともできたでしょうに。ところが彼は、そうはしなかった。正面扉から、遅れて入っていきました。

テレンティウスは、あなたがたの言い争いを目撃し、聖具室の戸口のそばまで行ってみたのです。そして、扉の小窓から中の様子をうかがい、タリウスが聖体用のパンを持って礼拝堂に出ていくのを待ってから聖具室に忍びこみ、ワインに毒を入れました。そうしておいて、聖具室を出ると、教会の側面の道路に戻って大急ぎで教会の正面へまわり、正面扉から中に入っていって、もっと早くから来ていたエノウドックより前に礼拝堂に来ていた、というふりをして、自分のアリバイを作ったのです」

「タリウスがこの教会でミサを執り行なう司祭になれるようにと、そのためだけに、テレンティウスはこの恐ろしい犯行をやってのけた、と言われるのですか？」とミセーノは、目を剝《む》いた。

「そうです。死ぬのが誰であろうと構わない、化体が起こらなかったことをもって、コルネリウス神父は司祭にふさわしくないとミセーノ修道院長殿が考えるようになりさえすればいい、とテレンティウスは考えたのです。そうなれば、タリウスがこの小教会の司祭職に就く可能性は、確実になってきましょうから。計画は、ほとんど成功しかけました。愛は、人間に狂気の沙汰を演じさせますわ、ミセーノ修道院長殿。パブリリウス・シーラス[11]ではありませんでしたかしら、〝神でさえ、恋をしながら、しかも賢明であるということは難しい〟と言っておりましたのは？」

ミセーノも頷き、「〝恋するものは、正気を失う〟」と、同じようにラテン語で、それに同意した。

フィデルマは、悲しげに首を横に振った。

「これは、哀しく、無意味な悲劇でした。それよりもっと大事なことだと思いますが、これは、象徴として意図されているものを実際の事実であると信じてしまうことの危険を、警告しているように思えますわ、ミセーノ修道院長殿」

「我々の神学は、聖体に関して、象徴ととるか、事実ととるか、という点で、大きな違いがあるようですな、フィデルマ修道女殿」と、ミセーノは溜め息をついた。「しかし、我々の信じるキリスト教は、さまざまな相違点をも包みこむほど広い包容性を持っておるのです。そうでなければ――きっと、滅びてしまいましょう」

「〝ソル・ルセント・オムニブス〟」とフィデルマは、静かに、しかしかすかに皮肉の響きを秘めた声で、それに答えた。「〝太陽は、万人の上に輝く〟、ですね」

ホロフェルネスの幕舎《ばくしや》

At the Tent of Holofernes

山道が峰の肩の辺りをぐるりとまわりこむと、修道女フィデルマは牝馬を止め、眼下の広やかな谷を見下ろした。この辺りの族長ドローンの領地オー・ドローナ〔イー・ドローナ〕の緑豊かな耕地が広がる谷である。その中を、穏やかな川が一筋、淡い空色に光る帯のようにうねうねと流れている。灰色の花崗岩の堡塁に囲まれたラー[1]〔砦〕も見える。それが目的地であった。旅の埃にまみれたその顔に、やや疲れた、でも待ち遠しげな微笑が浮かんだ。彼女はダロウの修道院から、四日も馬上の旅を続けてやって来たのだ。疲労も募っていたし、道中の土埃にも辟易《へきえき》していた。だが笑みが浮かんだのは、入浴と洗い立ての衣服と馬の背からの解放という心地よさを間もなく味わえる、という期待からだけではなかった。もうすぐリアダーンと再会できるという喜びが、あそこに待っているのだ。

フィデルマには兄弟はいるが、姉妹はいない。だから彼女にとって、幼なじみのリアダーンは、姉妹も同然だった。二人の絆は、強かった。やがて二人は、ともに〈選択の年齢〉[2]を迎えた。法律で成人の女性と認められる年齢である。この時、フィデルマはリアダーンのアナムハラ(3)〔魂の友《ソール・フレンド》〕となった。これは、アイルランドの信仰の世界の慣行にのっとった、〃精神的な導き手〃を意味する言葉なのである。

今、フィデルマの懐中には、一週間前ダロウに届いたリアダーンからの緊急の便りが収《おさ》まっている。それには、「すぐに来て！　私、大変困ったことになっています。リアダーン」と記されていた。そういうわけでフィデルマは、この旅路の終点を前にして、再会への期待とともに、不安をも感じていた。

この数年、フィデルマはリアダーンと会う機会がなかった。彼女は勉学を続けるために大《ハイ・》王《キング》の都タラへ赴《おもむ》き、リアダーンのほうは結婚という人生に入り、二人は異なる進路を進むことになったからである。

結婚することになった時リアダーンが示した動揺を、フィデルマはよく覚えている。その結婚は、キャシェル地方の小族長であったリアダーンの父親が、政略結婚として取り決めたものだった。リアダーンの夢は、教師になることだったのに。彼女は、ギリシャ語やラテン語、さらにはそのほかの教科に関しても、十分な知識を持っていた。結婚相手は外国人の族長で、名は〃フィエル・モーラのスコリアー〃。故国を逐《お》われたゴール人であった。彼は、アイルランドのラーハン王国（現レンスター地方）に亡命し、族長の一人ドローンによって避難の聖域《サンクチュアリー》を提供されて、その領地に受け入れられていた。リアダーンの父親に、ゴールの戦士と婚姻関係を結ぶことによって得られる政治的、財政的な利点を説き、娘をスコリアーに嫁がせるよう説得したのは、この族長ドローンであった。彼は、すでにスコリアーを自分の護衛隊の隊長に任命していた。

その頃フィデルマは、このような結婚を強いられている不幸な〈魂の友〉のことを思って、心を痛めていた。フィデルマは勉学を続けて、その時にはすでにアイルランド全王国の法廷に立つことができる弁護士であるドーリィーの資格を得ていた。二人は、ずっと、異なる人生を歩《あゆ》んでいたのである。

リアダーンの結婚後、フィデルマが友と会ったのは、ただ一度だけであった。その時のリアダーンは、幸せに満ちあふれていた。予想に反して、リアダーンは結婚相手に深い愛情を抱くようになっていたのだ。フィデルマは、友の変貌に驚かされた。リアダーンとスコリアーの仲は木とそれにまつわる蔓草《つるくさ》といった睦まじさだと、フィデルマは友の有頂天な様子から察したものである。フィデルマは、友の幸福そうな結婚生活と、二人にはすでに男の子が授かっていることを、心から喜んだ。その後も、彼女たちは異なる人生をたどり続けた。

今では、あの子も三歳になっているだろうと、馬をオー・ドローナ族長領の砦へと進めながら、フィデルマは思った。そのリアダーンがあのような便りを寄こすとは、一体どういう悩みを抱えているのであろう。

フィデルマが丘陵の肩の辺りをまわり、慎重に馬を進めつつ谷を下り、砦の厳《いか》めしい外壁近くまでやって来るのに、一時間はかかったろうか。その間ずっと、それを見守っている男がいることに、フィデルマは気づいていた。男は腕を組んで砦の正門扉近くの壁に凭《もた》れかかっていた。彼女が近づき馬を止めても、彼はその姿勢を変えようともせず、「ここに、なんの用ですかな？」と、無愛想に問いかけてきただけだった。

フィデルマは苛立ちを覚えながら、彼を見下ろして問い返した。

「ここは、オー・ドローナの砦ですね？」

男は、首の動きで、そうだと答えた。

「では、通してもらいます」

「なんの用で？」

「私の用事です」静かではあったが、危険を孕《はら》んだ声であった。

「俺の名は、コン。オー・ドローナの族長のターニシュタだ。だから、尼さんがここにどんな用があるかを知るのも、俺の役目だ」と、彼はあくまでもフィデルマに返答を求めた。族長のターニシュタというのは、すでに選出されている族長の後継者のことである。

それを聞かされても、フィデルマに、臆する様子はなかった。「リアダーンに会いに来たのです。私は〝ギルデアのフィデルマ〟です」

フィデルマは、男の表情が、一瞬、ちらっと動いたような気がした。しかし、それが安堵の色のように見えたのは、どういうわけだろう？　だがその表情は、彼女が確かめる前に消えていた。ターニシュタは、姿勢をただした。

「残念ながら、ご無理ですな。リアダーンは、こうして話している今も、ブレホン〔古代アイルランドの裁判官〕のラーハンの法廷で審理を受けようとしているところです、修道女殿」

フィデルマの表情が、驚きに変わった。

「審理を受ける？　リアダーンは、ブレホンの法廷に訴えを起こしているのですか？」

ターニシュタは、ためらいを見せた。「まあ、ある意味では。無実を主張しておりますからな」

「無実を？　リアダーンは、何について訴えられているのです？」

「夫、〝フィエル・モーラのスコリアー〟と、自分の実の息子の殺害についてです」

ブレホンのラーハンは、血の気のない蒼白な顔をした、長身瘦軀《そうく》の男だった。学識豊かなこの法官の半ば閉じた黒褐色の目の下には、たるみが頰に影を作っていた。それが彼に、常に不眠症に悩まされているといった印象を与えていた。顔に刻まれている皺《しわ》も、彼がほとんど諧謔《かいぎゃく》とは縁のない人間であると、語っているようだ。とにかく、なにやら苛立ちを抑えていることを思わせる容貌だ。不健康と不機嫌を絵に描いたような顔、と言ってもいい。

彼は、フィデルマが案内されて待っている部屋に入ってくるや、「一体、どういう権利あって、この裁きを邪魔立てなさるのじゃ、修道女殿？」と、苛立った声でフィデルマを詰《なじ》った。

フィデルマは、ドーリィーという自分の資格を名告《なの》ったうえで、彼に訊ねた。

「〝オー・ドローナのリアダーン〟は、弁護士によって陳述を行なっているのでしょうか？」

ブレホンの答えは、否定だった。「いいや。彼女は、陳述することを拒否しておりましてな」

「では、私が弁護人を務めましょう。私は、裁判官による審問の開催が二十四時間延期されることを要求したいと思います。リアダーンと話し合う時間を必要としますので……」

ラーハンは、自信なさそうに、顔をしかめた。

「それは、難しいでしょうな。それに、リアダーンがあなたを自分の弁護士として認めるかどうか、わかりますまい？」

フィデルマにきつい視線で見つめられて、ラーハンはそれを撥ね返そうとしたものの、結局は落ち着かなげに目を伏せてしまったが、それでも言葉を続けた。

「たとえリアダーンがあなたを弁護士として受け入れたとしても、すでに大勢の人間が審問を傍聴しようと、詰めかけておるのです」とラーハンは、確信ないままに説明を加えた。

「法廷の目的は、正義を行なうことであって、傍聴人の都合に合わせることではありません。審理の開始を遅らせることは、法によって認められております」

痩せたブレホンのくすんだ色の頬が、かすかに紅潮した。だが彼が口を開こうとしたちょうどその時、部屋の扉がさっと開き、若い女が現れた。フィデルマは、素早く彼女を見てとった。

際立った鷲鼻、浅黒い肌、黒い髪という、いささか異国的な容貌ではあるものの、魅力的な女性であることは確かだ。その黒い瞳は、生きいきと輝いている。何らかの社会的地位にある女性だということも、これまた確かだ。

「このように開廷が遅れるとは、どういうことです、ラーハン？」彼女の黒い瞳が、フィデルマの存在を捉《とら》えた。その目に、疑わしそうな色が浮かんだ。「これ、誰です？」

「こちらはフィデルマ修道女殿で、リアダーンの事件の弁護に来られたのです」とラーハンは、おとなしく問いに答えた。

苛立ちの色が、女性の頬を染めた。

「では、来られるのが遅すぎましたね、修道女殿」

フィデルマは、ほとんど気だるげな緩慢な動きで、小柄な女性の高慢な顔へと、視線を移した。

「そして、あなたは……？」フィデルマは静かにそう訊ねて、ブレホンのラーハンに、彼が客人を紹介するという礼節を忘れていることを思い出させたが、それは苛立っている女性の頬の赤みをいっそう濃く染める結果になった。

「こちらは、イルナン、このオー・ドローナ族長領の女性族長です」とラーハンが、自分の手落ちを急いで補った。「今修道女殿がおいでになるのも、このイルナンの砦でありまして」

フィデルマは唇の端に浮かべていたかすかな笑みを少し広げて頭を軽く下げたが、それは敬意の表現というより、イルナンの地位を認識したというしるしとしての頷《うなず》き方であった。

「肝要なのは、私が遅すぎたかどうかではなく、私が今ここに来ていること、そして正義は全《まっと》うされねばならないということ、この二点です、〝オー・ドローナのイルナン〟殿」フィデルマのように、アンルー〔上位弁護士〕という高い資格を持つドーリィーは、大国の王と対等に話すことができるだけでなく、アイルランドの諸王の上に立たれる大王の御前でさえ、大王に勧められれば、椅子に坐ることもできる地位なのである。フィデルマは、視線をふたたびラーハンに戻した。「私は、弁護の用意をするため、リアダーンと話さねばなりません。裁判の冒頭陳述を始める前に、私には審問開始の二十四時間延期が必要です」

「弁護？」イルナンが、苦々しい皮肉の響く口調で、フィデルマの言葉に口をはさんだ。「あの女に、どのような弁護の余地がありますの？」

フィデルマは、彼女にろくに視線を向けようともせずに、言葉を続けた。

「リアダーンに接見することができさえしましたら、私も法廷に自分の弁護方針を報告することができましょう」

「事件は、明白です」とイルナンが、嚙みつくように、ふたたび言葉をはさんだ。「リアダーンは、自分の夫と息子を殺したのです」

「どのような理由で？」と、フィデルマは彼女に問いかけた。

「二人の結婚は、父親の取り決めによるものでした。おそらく、あの女、スコリアーを憎んでいたのではないかしら」と、女性族長は鼻を鳴らした。「違います?」

「リアダーンは、法に訴えれば、結婚を解消[4]することができるのですから、それは理由として薄弱ですね。それに、どうして我が子を殺したりするでしょう? 実の子を殺害する母親が、どこにいましょう? もしあなたの言われるように、取り決めによる結婚であったがゆえに生じた不和であるのなら、どうして三年半もの結婚生活を送ってから、殺人にいたったのでしょう?」

イルナンの瞳に、抑えがたい怒りがきらめいた。その口調は、彼女が常にまわりを支配してきたし、いつも従順に従われつけてきた人間だと、フィデルマに告げていた。明らかにイルナンは、反論されることに慣れていないようだ。

「ここは法廷ではありませんのでね、そんな質問にお答えできませんわ、修道女殿」

「誰かが、こうした疑問点に答えなければならないのです」とフィデルマは、静かにそれに応じておいて、ふたたびブレホンに向きなおった。「そのために、延期をお許しくださいますね?」

ラーハンは、答える前に、ちらっとイルナンに視線を投げかけたようだ。フィデルマは、視野の端で、女性族長が肩をすくめるのを捉えた。ラーハンは吐息をつくと、肯定のしるしに、頷いた。

「よろしいでしょう、修道女殿。この告訴を審理する法廷は、開始を二十四時間延期すると、認めましょう。ただし、警告しておきますぞ、この告訴はフィンガル[5]〈肉親殺害〉に関するものであり、しかもきわめて悪質な犯行だ。したがって我々は、エリック〈血の代償〉という形での〈弁償〉[6]は、考えておりませんからな。もしリアダーンに有罪判決が下された場合、いたって禍々《まがまが》しい犯罪であるので、リアダーンは屋根も櫂《かい》も帆もない小舟に、食料も水もなしに乗せられ、外洋へ押し出されること[7]になりましょうな。もしリアダーンが生きのびれば、もしも主《しゅ》の御心《みこころ》によってどこかの岸に打ち上げられるならば、その土地の所有者が誰であれ、その人物がリアダーンの生殺与奪の権を持つことになる。これが、法律に明記されている判決です」

修道女フィデルマも、極悪なる殺人に対するこの刑罰のことは、よく承知している。

「ただし、リアダーンが有罪の判決を受ければ、の話ですね」とフィデルマは、そっと付け加えた。

イルナンが、けたたましい声で笑いだした。

「疑問の余地なしでしょうに」

そう言うや、彼女は二人にさっと背を向けて、勢いよく部屋から出ていった。あとに残されたラーハンは、気の重そうな戸惑いの顔で、その後ろ姿を見つめた。

女たち二人は、抱擁の腕をほどいた。友の顔を見守るフィデルマの目に、憂いの翳《かげ》がさした。リアダーンは、フィデルマより少し小柄だった。色白で、栗色の髪が豊かな、遠目には黒く見えるほど濃い褐色の瞳をした女性だ。その彼女の顔が、今はやつれ、目の下は心労に黒ずみ、肌も蒼ざめ、小皺《こじわ》もうかがえる。

「フィデルマ！　やっと、あなたをこちらへ寄こしてくださった聖者がたに、栄光あれ！　もう、来てくださらないのかと、諦めかけていたの。私、決してスコリアーや坊やのクーノベルを殺してはいないわ！」

「私に、それを強調なさる必要はないわ」とフィデルマは、即座に答えてやった。「私、裁判の日程を二十四時間延期させることができました。さあ、すっかり話して聞かせて。どのようにあなたを弁護すればよいか、考えなければなりませんから」

リアダーンの口から、短く嗚咽《おえつ》がもれた。

「私、スコリアーが死んだという恐ろしい知らせを聞いてからというもの、何も考えられないの。あまりの衝撃に、体も麻痺してしまったみたい。自分が告発されているということさえ、信じられない。そして、考えるの、これは……こうしたことは、全部夢なんだ、やがて目が覚めるのだって……」

声がとぎれた。あとが続けられない友の手を、フィデルマはしっかりと握りしめた。

「私が、代わって考えてあげます。ですから、あなたが知る限りの事実を、私に聞かせて」

リアダーンは涙を拭き、微笑もうと努めた。

「ああ、希望が出てきたみたい。でも、私、ほとんど何も知らないの」

「この前お会いした時、スコリアーとの生活はとても幸せだ、と言っていらしたわね。あれから、何が変わってしまったの?」

リアダーンは、首を激しく横に振った。「私たち、満ち足りた暮らしと、可愛い子供に恵まれていたわ」

「スコリアーは、ずっとオー・ドローナの女性族長の護衛隊で、指揮官を務めていらしたの?」

「ええ、一ヶ月前、イルナンが族長だった父親ドローンのあとを継いでこのクラン〔氏族〕の女性族長となってからも、スコリアーは隊長の地位に就いていました。でも、彼、戦士としての人生をやめて、自分の土地で働く農民の暮らしに入りたいと、考え始めていましたわ」

フィデルマは、口許をすぼめた。イルナンが見せたリアダーンに対する敵意を、思い出さずにはいられなかったのだ。

「誰かと、何か軋轢《あつれき》でもあったのかしら? ターニシュタとはどうなの? 族長位の次期継承者との間に、反目があったというようなことは?」

「コンと? いいえ、スコリアーとコンの間に、諍《いさか》いなど、何もなかったわ」

「わかりました。では、スコリアーとあなたの坊やの死について、うかがいましょう」友を慰めるのは、あとでいい。

「事件が起こったのは、一週間ほど前だったわ。その時、私はここにいなかったの」

「説明して。ここにいなかったというのに、どういう根拠で訴えられているの? 初めから、話して頂戴」

リアダーンは、途方にくれるといった様子を見せた。

「あれが起こった日、私はスコリアーと坊やをここに残して、病気の伯母のフリディアの見舞いに、一人で馬で出かけたの。伯母の具合はたいしたことはなくて、私があちらについた時には、もう峠を越して、ほとんど治っていたわ。ただの軽い風邪だったみたい。そこで私は帰ってきたのですけど、砦についたのは、日が沈んで一時間ほどたった頃だったかしら。砦の中の私たちの住まいに入ろうとした時、ちょうどコンが出てきて、私を捕らえたの」

「捕らえた？　どうして？」

「今になっては、全てがなんだかぼんやりしてしまって。コンは、叫んでいたわ、スコリアーが子供と一緒に殺されているって。私、信じられなかった。コンは、私が犯人だと言っているみたいだったわ」

「どういう理由で？」

「彼は、血のついたナイフと服を見つけたの。私の服を。私の部屋に隠されていたって。スコリアーと坊やは、私たちの住まいで、すでに見つかっていたわ――刺し殺されて」

「すぐに、自分の仕業ではないと、否認したのでしょ？」

リアダーンは、激しく頷いた。「母親が我が子を殺《あや》めるなんて、どうして考えられるの？」

フィデルマは口を閉じ、肩をすくめた。

「残念だけど、そういうことだってあるのよ、リアダーン。ですから、私たち、できるだけ論理的に、いろんな事実を見極めていかなければ。ほかに何か、あなたを告発する根拠があるのかしら？」

リアダーンは、一瞬、ためらいを見せた。

「もう一人、私に不利な証人が出てきたの。ブラナーという召使いの娘が、ちょうどあの日、スコリアーと私が言い争っていた、と証言したの」

「目撃したと？　本当に、見られたの？」

「もちろん、見られてはいないわ。あの日、私、ブラナーを見かけてさえいないんですもの」

「では、その娘が嘘をついた、というわけ？　その娘、どうして諍いを見たなどと言ったのでしょう？」

「ブラナーは、耳にした、と証言したの」とリアダーンは、ちょっと考えてから、フィデルマの言葉を訂正した。「あの娘《こ》は、寝室の前を通りかかり、私たちが声高《こわだか》に口論しているのを聞いたと言うの。でも、すぐ立ち去るほうがいいと思ったのですって。私は否定したわ。でも誰一人、私を信じてはくれないの」

「伯母様のお加減が悪いという知らせは、誰が伝えてくれました？」

「ここからさほど遠くないところにある聖モーリンの修道院の僧侶で、スアハーとおっしゃる修道士様が」

「伯母様を訪ねるために砦を出る時、誰か、それを見ていました？」

「大勢の人が。昼間でしたもの」

「では、あなたが砦を出たことは、よく知られていたのね？」

「そのはずよ」

「夕方、あなたが砦に帰ってきたところを目撃した人は？」

「もちろん、コンが。私を逮捕した時に」

フィデルマは、軽く眉をひそめた。

「コンは、あなたが帰ってきて門を入ってくるのを見た。でも、あとになって、あなたが自分たちの住まいに入ろうとした時になって、あなたを逮捕した、ということ？」

リアダーンは、戸惑いながら、首を横に振った。

「いいえ、コンは私の住まいの扉のところで、私を逮捕したの。その時に私を見た、という意味よ」

「では、あなたが到着したところを実際に見た人は誰もいない、ということなのね？　そうだとすると、あなたは、夕方、もっと早い時刻に帰ってきていた可能性がある、と見られてしまうわね。馬に乗って出かけたのでしたね？　厩番《うまやばん》の少年たちは、どうかしら？」

リアダーンは、心配そうに顔をくもらせた。

「ああ、あなたの質問の意味、わかったわ。あの時刻、厩には誰もいなかった。鞍《くら》も、自分ではずしたの。私が帰ってきたところを目にした人、誰もいないかも」

「でも、伯母様は証言してくださるでしょ、あなたが立ち去った時刻を？」

「伯母は、すでに砦に呼び出されて、聴取を受けているわ。でも、ブレホンのラーハンは、伯母の証言には、あまり意味がない、と言っているの。私が伯母に会いに出かけたことや、夕方帰宅したことは、誰も否定しようとしてはいないって。そうではなく、私はもっと早く帰宅していたのではないか、そして、すぐにスコリアーを殺し、我が子まで殺めてから、すでに暗くなっていた砦の外に秘かに忍び出て、二人の死体が発見された頃合を見計らって、ふたたび戻ってきたのだ、と皆は考えているのですって」

フィデルマは、唇を嚙みながら、じっと考えこんだ。

「どうやら、あなたの有罪に関して、審理の焦点となるのは、ブラナーのようね。スコリアーとの夫婦仲はあなたが言っているようなものではなかったという、殺人動機を提供する証言ですから。スコリアーとブラナーとの間に諍いがなかったのであれば、ブラナーの聞き違いか嘘だ、ということになるわ。ブラナーによって申し立てられているあなたがたの口論のあと、スコリアーは誰かに姿を見られているのかしら？」

「もちろん」とリアダーンは、すぐさま答えた。「あの日は、クランの集会があって、私が砦を留守にしている間、スコリアーは、クーノベルの子守りをブラナーに任せて、自分はイルナンの護衛隊長として、ずっと会議に出ていたのですもの。集会は、日没頃散会となったの。でも、私の部屋で発見されたナイフや血に染まった衣服は、どういうことかしら？」

「そのような証拠を見つかるように隠しておくなど、誰にだってできます。おかしなことが、ここに出てくるわ。だって、こうした証拠品を自分の部屋に残しておきながら、アリバイ工作としていったん夜の闇の中にこっそり抜け出すなどということ、あなたがするかしら？」

リアダーンは、この理屈をちょっと考えてみた。そして、弱々しい笑みを浮かべながら、頷いた。

「そんなこと、考えてもみなかったわ」

フィデルマは、励ますように、友に微笑みかけた。

「わかったでしょ、私たち、あなたに対する告発には論理的に欠陥があると、すでに発見したのよ。この告発は、状況から見ての判断にすぎませんわ。あなたがどうして自分の夫と愛児を殺害したのかという問題点を、誰か論じているのかしら？　彼らは、動機はなんだったと言っているの？　あなたが夫と子供を殺そうとした理由はなんだったと、言い立てているの？」

「ラーハンは、私が抑えきれない嫉妬に駆られたのだ、と信じているわ」

「それで、あなたには、何か嫉妬に駆られる理由があったのかしら？」とフィデルマは、柔らかな口調で訊ねた。

リアダーンは、顎を挑むようにつっと上げた。

「スコリアーのことで？　絶対、ないわ！」

「では、彼に敵はいなかったのかしら？　護衛隊の隊長として、あるいは、この国にやって来た外国人として、スコリアーは反感を持たれていたかもしれないでしょ？　その中に、特に思い当たる人物は？」

リアダーンは、眉根を寄せて、じっと考えこんだ。

「いいえ、誰の名前も、思いつかないわ。でもスコリアーは、二、三週間前から、暗い顔をしていたの。でも、何を悩んでいるのかは、聞かせてくれなかった。あの人が言ったことで覚えているのは、なんだか意味のわからない、おかしな一言だけ。彼がイルナンの護衛隊の隊長という地位を辞任することについて、二人で話していた時のことよ。先ほど言ったように、あの人、戦士としての経歴を諦めて、自分の土地で農業をやって暮らしてゆこうと、心を決めていました。でも、鬱々《うつうつ》として気落ちしている様子だったわ。そして、話の途中で、突然、こう言ったの、〝ジューエスに俺たちの平和をぶち壊されないで済めば、俺は農民になりたいんだ〟って」

フィデルマは、目を瞠《みは》った。

「〝ジューエス〟？　〝ユダヤの女〟ですって？　誰のことなの？」

リアダーンは、肩をすくめた。

「さっぱり、わからないわ。私、この国で、ユダヤ人の女の人など、誰も知りませんもの」

「もちろん、スコリアーに説明を求めたのでしょ？」

「もちろん。でも、あの人、笑って、なんでもない、ちょっとした冗談さ、と言っただけだった」

「スコリアーの言ったことを、一語一句、正確に繰り返せるかしら？　その時の態度も」

リアダーンは、そうしてみせた。でも、事態は一向明白になってはくれなかった。

修道女フィデルマは、眉を寄せたまま、立ち上がった。それから心配そうな友の顔をじっと見つめ、勇気づけるように微笑みかけた。

「ここには、何か謎がひそんでいるようね、リアダーン。何か、奇妙なことが。それが、まるで南京虫に嚙まれたみたいに、私の気持ちをちくちく疼《うず》かせるの。でも、まだ私には、それを掻くことさえできない。もっと調べてみなければ。心配しないで。万事、うまくいきますとも」

オー・ドローナ族領の次期族長継承者コンは、落ち着かなげに修道女フィデルマの前に立った。体重をかけた足を時々踏み替えながら、感情を面《おもて》に浮かべまいと努めている。金髪で、なかなかの美男子であった。

一方の端には、ブレホンのラーハンが坐っていた。法律の定めによって、被告以外のあらゆる証人に対する、正式の裁判に先立っての聴取の場に、彼は同席しなければならないのだ。しかし、裁判においては裁判官を務めるブレホンも、このようなドーリィーの事前の審問の場では、予備審問に関する法規によって、その任務は聴取の立会いのみ、と定められている。このような聴取会においては、ブレホンといえど、ドーリィーの許可がない限り、質問したり審理に参加したりすることはできないことになっている。

「まず、リアダーンを逮捕するにいたった事情を、全て聞かせてもらいましょう」

若い戦士は、咳払いをすると、まるで教科を暗唱するようなぎごちない口調で、それに答えた。

「私は、スコリアーを殺害したナイフを小部屋で発見し……」

「初めからです」とフィデルマが、それを苛立たしげにさえぎった。「最後にスコリアーを見たのは、いつでした？　むろん、生きている彼を、という意味です」

コンは、一瞬考えてから、それに答えた。

「スコリアーが殺害された日の夕方です。その日は、オー・ドローナのクラン集会の日であり、聖パトリック[8]の弟子モホタ[9]の祭日でもありました。その午後、スコリアーと私と、そのほか数人の戦士は、我々の女性族長イルナンに従って、集会広間にいました。集会は日没の一時間ほど前に散会となり、皆、暗くなる前に自宅へと帰っていったのです」

「それ以降は、生きているスコリアーを見ていないのですね？」

「そのとおりです、修道女殿。全員、家へ帰っていきました。しばらくして、使いの者がやって来て、イルナンにスコリアーを呼んでくるよう命じられたので彼を探しているのだ、と言うのです。その男の言うには、彼の住まいへ行ってみたが、誰もいなかったそうです」金髪の若い戦士は、そこで言葉をきると、顔をしかめ、まるで記憶を呼び覚まそうというかのように額をこすった。「私は、不審を覚えました。スコリアーには、子供がいます。もしスコリアーが留守であっても、細君と子供と召使いはいるはずですから」

ここでコンは、フィデルマの賛同を待つかのように、少し言葉をきった。しかしフィデルマは、先を続けるようにと身振りで告げただけであった。

「私は、使いの者とともに、スコリアーの住まいに出かけました。しかし我々が扉を叩いても、それに応える者は誰もいなかった。そこで私は、扉を開けて中へ入っていきました。どう言ったらいいのか、何かが変だと感じました。寝室には、小さなオイル・ランプが灯っていて、その光が扉の隙間から外へもれていましたので、私は扉の前に行き、ぱっと押し開きました」彼はそう言うと、膝を軽くかがめて、急いで胸に十字を切った。「そして、見つけたのです。床に俯《うつぶ》せに倒れているスコリアーを。首の恐ろしい傷口からは、まだ血が流れ出ていました」

「まだ血が流れ出ていた?」フィデルマが、さっと質問をはさんだ。

コンは頷いた。

「命を落としてから、さほどたっていなかったのは、明白でした。遺体を少し傾けてみると、咽喉《のど》が掻き切られているのが見えました。控えの小部屋の扉のところにスコリアーの息子のクーノベルが倒れているのに気づいたのは、その時です。子供も、死んでいました。胸に数ヶ所、傷を受けて。辺りの床一面、血が広がっていました」

族長継承予定者コンは、言葉をきり、喘《あえ》ぐように息を吸った。

「控えの小部屋は子供部屋であり、スコリアーの妻の化粧部屋も兼ねていましたが、その扉が大きく開いたままになっていました。そして、血痕が点々とその中へと続いているのに気づきました。そこで、それをたどっていくと、その先にあったのは、衣装櫃《いしょうびつ》でした。中には、まだ乾いていない血のついたナイフと、血に染まったリアダーンの長衣が入っていました」

コンは、そこで黙りこんでしまった。いつまでも沈黙が続くので、フィデルマは促《うなが》す必要を感じた。「それで？」

「私は、そこで発見したことをイルナンに報告させるために、使いの男を帰しました。そして、この恐るべき殺人を犯したのはリアダーンだと、確信したわけです」

「どうしてです？」

金髪の戦士は、驚いて目を瞬《しばたた》いた。

「どうして？」彼はそのような質問を受けたことに驚いた態《てい》で、フィデルマの言葉を繰り返した。「私は、ナイフと服を発見しとるではありませんか、修道女殿。この二つは、リアダーンの衣装櫃に隠されていたのですぞ。服は、リアダーンのものです。彼女が着ているところを、よく見ています」

「〝隠されていた〟というのは、正確な表現ではありませんね、コン」と、フィデルマは指摘した。「血の滴《しずく》が残っていたのですよ。あなたも、それをたどって衣装櫃に行きついたのでしよう?」

コンは、肩をすくめた。

「犯行の証拠の品を隠そうとして、うろたえたリアダーンが、血痕を見落としたのです」

「そうかもしれません。でも、それは推量です。もしあなたがこの犯行を行なったとしたら、自分の部屋に凶器や血のついた衣服を隠しにいきますか? たとえ血痕が残っていなくても、やがては必ず誰かが探索するに決まっていますのに?」

コンは、戸惑ったようだ。

「おそらく、おっしゃるとおりかもしれませんな、修道女殿。でも、ほかの誰にも、この犯行はやってのけられなかったはずだし、また、そう考えるれっきとした理由も、あるのですぞ」

フィデルマは、問いかけるように、眉を吊り上げた。

「理由?」

「スコリアーは、戦士でした。頑強だし、戦士としての技倆も身につけた男でしたよ。にもかかわらず、殺人者に背を向けて、相手に近づくことを許し、その結果、咽喉を掻き切られているのです。刃《やいば》は左側から右へと、首を真一文字に切り裂いていました。スコリアーがすっかり心を許している人間以外、そのようなことができる位置には立てませんよ。ごく親密な関係にある女でなければ、それほど信頼はされませんな」
二、三分、フィデルマは考えこんで坐っていたが、やがてコンに問いかけた。

「傷は、スコリアーの正面に立っていた左利きの人間によるもの、とは考えられませんか？」

コンは、ふたたび瞬《まばた》きをした。どうやらこれは、質問について考えている時に示す彼の癖であるらしい。

「リアダーンは、右利きです」

「そのとおりです」とフィデルマは、婉曲に指摘した。

「それに」とコンは、彼女の指摘には取り合わず、言葉を続けた。「もし殺人者がスコリアーの正面に立っていたのであれば、彼はいとも簡単に防御できたはずです」

フィデルマも、論理的には、コンの指摘を認めていた。

「先を続けてください、コン。使いの者をイルナンのもとへ走らせた、と言っていましたね。それから、どうなりました？」

「私が惨劇の現場を検分していた時、扉のほうで物音がするのに気づき、戸口へ行って、さっと扉を開きました。ちょうどリアダーンがこっそり中へ入ろうと試みているところでした。おそらく、ナイフと衣服を取り出そうと企んでいたのだと思われます」

「それは、あなたの視点からの推量です」とフィデルマは、彼を窘《たしな》めた。

コンは、無頓着に肩をすくめた。

「いいでしょう。私はリアダーンが扉の外に立っているのを見つけ、彼女を逮捕しました。そのすぐあとに、イルナンがブレホンのラーハンとともに入ってきて、リアダーンは連行されました。これが、私の知っている全てです」

「スコリアーを、よく知っていましたか？」

「よく、と言うほどでは。護衛隊の隊長だというほかは、たいして知りません」

「スコリアーに対して、嫉妬を感じてはいなかったのですか？」

この唐突な質問に、コンは戸惑ったようだ。

「嫉妬を？」

「スコリアーは、異国の人間です」と、フィデルマは言葉を補った。「ゴール人ですわ。それなのに、オー・ドローナの領内で高い公的地位に就いています。異国の人間がこのように優遇されることに、不満を覚えなかったのですか？」

「スコリアーは、いい男でしたよ。誉れ高い戦闘士でもありました。王であれ、オー・ドローナの氏族会議であれ、公的に決定されたことに異議を唱えるなど、私のすべきことではありません。第一、高い公的地位のことを言うなら、私は次の族長と定められている後継者ですぞ。どうしてスコリアーに嫉妬する必要があるのです？」

「あなたとリアダーンの関わりは、どのようなものでした？」

彼の頬に、かすかな赤みが広がったのではあるまいか？

「なんの関わりもありませんよ」と、彼は素っ気ない声で答えた。「リアダーンは、スコリアーの女房です」

「あなたの見るところ、いい妻でしたか?」

「そうだと思います」

「いい母親でしたか?」

「そのようなことは、私にはわかりませんな。独身ですから」

「あなたが考えておいでのように、リアダーンが夫を殺したとしても、彼女が自分の子供まで、三歳の男の子まで、殺害したという事実に、疑問は感じなかったのですか?」

コンは、かたくなだった。

「私は、自分が知っていることを申し述べただけです」

「スコリアーは、あなたに、ユダヤ人の女について、何か言ったことはありませんでしたか?」

コンは、またもや、質問の飛躍に戸惑ったようだ。

「いや、一度も。第一、この地方で、ユダヤ教を信じている女など、聞いたこともありませんよ。もっとも、南部の港町、シル・メルダーには、大勢のユダヤ商人が訪れるそうですが。イルナンは若い頃、そこでしばらく暮らしていましたから、それについては、彼女なら答えられるかもしれませんな」

召使いのブラナーは、骨っぽい顔立ちと若々しい肌、それに正直そうな青い目をした娘だった。顔には、常にまごついたような表情が浮かんでいる。〈選択の年齢〉に達して、まだ一、二年といったところであろうか。フィデルマは励ますように娘に微笑みかけ、椅子を勧めてやった。ブレホンのラーハンも、定めどおりに、ドーリィーの聴取の席に同席していた。ブラナーの母親がこの部屋まで娘に付き添ってやって来たが、フィデルマはこの老女には部屋にとどまることを許さず、隣りの小部屋へ引き下がらせた。ラーハンは、これに少し不満を覚えたようだ。フィデルマがこの娘にもう少し優しく対応して、母親の同席を許してやればよいものを、と感じたらしい。ブラナーは心細そうで、この法的な聴き取りに怯《おび》えていた。

「召使いとして、リアダーンとスコリアーに、どのくらい仕えているのです?」とフィデルマは、口をきった。

「あの、まだ一年にはなってません、尼様」娘は、頭をぺこりと下げて、椅子に坐った。彼女のおどおどと怖気づいている視線は、フィデルマから無表情なブレホンの顔へと泳ぎ、ふたたびフィデルマへと戻った。

「一年? 二人へのご奉公は、楽でしたか?」

「はあ、とっても。お二人は、よくしてくださいました」

「この仕事を、喜んでいたのですね?」

「はあ、とっても」

「リアダーンとも、スコリアーとも、よい関係だったのですね? 夫妻とお前との間に、諍いはありませんでしたか?」

「いいえ。あたし、幸せでした」

「リアダーンは、よくつくす妻、優しい母親でしたか？」

「はあ、とっても」

フィデルマは、質問を変えることにした。

「ユダヤ人の女性について、何か知っていることはありませんか？　スコリアーは、そういう女性を知っていませんでしたか？」

このとき初めて、ラーハンは驚いて眉を吊り上げ、フィデルマへちらっと視線を向けた。しかし、口出しはしなかった。

「ユダヤ人の女の人？　いいえ」

「スコリアーが殺害されたあの日、何があったのです？」

娘は、一瞬、困惑の表情を見せたが、すぐに明るい顔になった。

「あたしが聞いた喧嘩のこと、おっしゃってるんですね？　あの朝、あたし、いつもどおり、リアダーンとスコリアーの家に、お掃除に行きました。二人は寝室にいて、扉は閉まってました。でも、話し声が大きくなって、すごい大喧嘩みたいになってってたんです」

「何を言い合っていたのでしょう？」

「なんと言っているのか、はっきり聞き取ること、できませんでした。扉は閉まってましたから」

「それでも、二人の声は聞き分けられたし、激しく口論をしていることも、わかった――そうですね？」

「はあ、そうです。怒って、大声になっていく二人の声の調子だけ、わかりました」

フィデルマは、家事手伝いの娘の正直そうな顔を見つめた。

「閉ざされた扉越しの声を聞いただけではあっても、それがリアダーンの声だと、はっきり言いきれるのですね？」

娘は、勢いよく頷いた。

「わかりました。お前は、もう私の声を覚えたかしら？」

娘は、怪しむように少しためらったものの、頷いた。

「それに、自分の母親の声も、よく知っているはずですね？」

娘は、いかにもばからしく聞こえるこの質問に、不安げな笑い声をもらした。

フィデルマが、急に立ち上がった。

「私は、これから隣りの部屋へ行き、扉を閉じて、大声で話してみます。お前には、私が言ったことを聞き取ってみてほしいの」

ラーハンが、溜め息をついた。明らかに、フィデルマの調査方法はあまりにも芝居がかっている、と感じているようだ。

フィデルマは隣室へ入り、扉を閉じた。ブラナーの母親は、入ってくるフィデルマを見て、覚束《おぼつか》なげに立ち上がった。

「もう、聴き取りはお済みになりましたんで、尼様?」と老女は、戸惑った声で問いかけてきた。

フィデルマは穏やかな笑みを浮かべて、首を横に振った。

「なんでも構いませんから、思いついたことを、できるだけ大声で叫んで下さい。実験なのです」

老女は、この尼様は頭がおかしくなったのか、と思ったように彼女を見つめたが、フィデルマが頷くと、言葉の断片やわけのわからないたわ言をとりとめなく、だができる限りの大声で叫び始めた。やがてフィデルマは中止の合図を出し、扉を開けて、ブラナーに呼びかけた。娘は、おずおずと立ち上がった。

「さて」とフィデルマは、娘に微笑みかけた。「何が聞こえました?」

「はあ、尼様が大声で叫んでおいでなのが、聞こえました。でも、なんと言っていらしたのかは、わかりませんでした」

これを聞いて、フィデルマの面に、大きく笑みが広がった。

「でも、私の声は、聞こえたのですね?」

「はあ、もちろん」

フィデルマは振り返り、扉を大きく開けた。ブラナーの母親が、娘に劣らず戸惑いの浮かぶ顔で、進み出てきた。

「お前が聞いたのは、自分の母親の声だったのですよ、ブラナー。それでもなお、閉じた扉の向こうでスコリアーと言い争っていたのはリアダーンの声だったと、誓う気がありますか？」

リアダーンとスコリアーが暮らしていたのは、砦の中でも、正門の先のほうに建っている厩舎にほど近い区画で、三室からなる住居であった。居間と、その先の寝室と、それに続く小さな部屋の、三室である。その小部屋には、リアダーンの幼い息子の寝台が置かれていた。リアダーンは、自分の衣装も、この部屋に収納していたようだ。

これらの部屋には、かつては家庭的な心地よい雰囲気を醸《かも》していたであろうさまざまな調品がまだそのまま置かれていたにもかかわらず、今はどこも冷えきって寒々としていた。おそらく、炉には火がなく、空模様もどんより曇っているせいで、いっそうひんやりと感じられるのであろう。

居間は、煮炊きや食事の部屋でもあり、火が消えて白い灰しか残っていない炉の自在鉤《じざいかぎ》には、空《から》の鉄鍋が吊るされていた。ラーハンはフィデルマを案内して、居間を横切った。

彼は大きな寝室へと彼女を導きながら、「スコリアーは、この部屋で殺害されていました」

と、説明を加えた。

花崗岩の壁は、壁掛けで覆われていた。窓のない薄暗い部屋である。ラーハンが身をかがめて、獣脂蠟燭《じゅうしろうそく》を灯してくれた。その明かりで、彫刻の飾りをほどこした大きな寝台が見えた。寝台に乱れたまま載っている麻のシーツや毛布類には、明らかに乾いた血痕と見てとれるしみがついていた。

「スコリアーは、ここに倒れていました。クーノベルという子供は、小部屋との境の扉のところで、発見されました」と、ラーハンが説明を続けた。

フィデルマは、黒いしみが寝室の床を横切って、小部屋に続く小さなアーチ形の扉のほうへと、点々と延びているのを見つめた。乾いた血痕は、扉のところで少し大きく広がっていた。しかし血痕は、さらに小部屋の中へと続いていた。

フィデルマは、小部屋へ入っていった。ラーハンが蠟燭を高く掲げながら、あとに続いた。乾いた血痕は、コンが言っていた木櫃の前まで続いている。フィデルマは、血痕の中に、いくつか足跡が残っているのに気づいた。大きな足跡で、調査中にコンがつけたものであろう。お蔭で、本来あったはずの殺人者の足跡が、判然としなくなっていた。

「あれが、血のついたリアダーンの衣服とナイフが発見された木櫃です」と、ブレホンが告げた。「その横にあるのが、クーノベルの小さな寝台で、あの子はそこで眠っていたのでしょうな。寝台には血痕がついていないので、子供が殺されたのは死体が発見された場所でだったと、我々は結論を出しました」

フィデルマはそれには答えず、大きな寝室に戻って、もう一度調べ始めた。

「何をお探しですかな、修道女殿？」と、ラーハンが思いきって彼女に　声をかけてきた。
「私にも、わからないのです……今のところは」と言いかけてフィデルマは、はっと言葉をきった。木釘に掛けてある書籍収納鞄[10]に気づいたのだ。彼女は、中に入ってるものを取り出した。装飾的な装幀がほどこされている、中型の書籍だった。彼女はそれを興味深く眺めていたが、その丁寧に作られた美術的な革細工に、暗褐色のしみが二、三ヶ所ついているのに目をとめて、軽く眉をひそめた。

彼女は書物を丁重に傍《かたわ》らの机の上に置くと、ラーハンに灯りを高く掲げてくれるように合図をした。

最初のページを開いてみながら、フィデルマは「まあ」と呟《つぶや》いた。「これ、オリゲネス（二〜三世紀のアレキサンドリアの神学者）の『ヘクサプラ』[11]の写本ですわ。スコリアーにせよ、リアダーンにせよ、一体この本をどうしようとしていたのかしら？」

ブレホンは、やれやれとばかりに溜め息をついた。

「書籍を所有していたとて、法に触れはしますまい？」

「でも、これは普通の書籍ではありませんもの」とフィデルマは、ページを繰りながら、そう言い張った。『ヘクサプラ』というのは、ヘブライ語の宗教的な文書を、アレキサンドリアのキリスト教神学校の校長であったオリゲネスが、今から三百年前に写し取ったものである。彼は、『旧約聖書』のヘブライ語の本文とギリシャ語の翻訳数種を、平行する縦欄に対応させて記載したのであった。

突然、彼女は眉根を寄せた。「アポクルプト」という題名をつけられた文書中の一部に、誰かがしるしをつけているのだ。フィデルマは、自分のギリシャ語の知識を懸命に絞り出した。この題名は、〝隠された聖書〟、すなわち〝聖書外典《アポクリファ》〟という意味だ。彼女は眉をしかめて、文章を読んでみた。どのようにアッシリアの王ネブカドネザル[12]がイスラエルの民に向けて軍勢をさし向けたか、という話だった。アッシリア軍を率いていたのは、無敵の猛将ホロフェルネス[13]であった。アッシリア軍は、イスラエルのベスリーアという街の周囲に露営した。すると、そこへユーディス[14]というイスラエルの乙女がやって来た。彼女は捕らえられ、ホロフェルネスの前に引き立てられたが、その色香で将軍を誘惑し、彼が酔いつぶれて眠りこむや、その首を切り取って、同胞イスラエルの民のもとへ戻ってきた。イスラエルの人々はこの象徴的な行為に士気を鼓舞され、侵略軍に勇躍襲いかかり、彼らを撃退した、という物語だ。

フィデルマは、ひっそりと微笑んだ。いかにも古《いにしえ》のアイルランドの詩人たちに受けそうな物語だ。なぜなら、かつてアイルランドでは、魂は頭部に宿ると信じられ、敵の首を刎《は》ねることは、最大の敬意に価する行為の象徴だったのである。フィデルマは、突然、目を瞠った。ユーディス。彼女は視線をヘブライ語の文章からギリシャ語の欄へと移した。そして、息をのんだ。ユーディスという名前の意味に気づいたのだ。ユーディスとは、ジューディス、つまり〝ジューエス〟という意味だ――「ユダヤ人の女」の意だ。

でも、なぜこの文章にしるしがついているのだろう？　なぜスコリアーは、〝ジューエス〟に妨げられなければ、戦士としての人生を諦めて、農民になりたいなどと、リアダーンに告げたのだろう？　スコリアーは、異国の男だ。そして、彼もまた、ホロフェルネスと同様、一種の軍勢の指揮官だ。そのうえ、スコリアーの首は、ほとんど切断されていた。これには、何か不気味な意味があるのだろうか？

戸惑っているブレホンの見守る中、フィデルマは書籍をゆっくりと収納鞄に戻した。

「もう、検分はお済みですかな？」

フィデルマは頭を上げて、それに答えた。「オー・ドローナの族長の家系譜を拝見したいのですが」

「今度は、オー・ドローナの女性族長イルナナンに質問をなさりたいですと？　イルナナンがこの事件とどう関わっているのです？」

それから一時間後の今、ラーハンとフィデルマは、砦の大広間に坐っていた。

「それを見つけようとしているのです。私は、審理のために、女性族長のイルナナンを呼び出す権限を持っています。それを否定はなさいますまい？」

「まあ、いいでしょう」ラーハンは、見るからに気が進まぬ様子であった。「ご自分が何をしておいでなのかを承知しておられるようにと、願うとしましょう、〝キルデアのフィデルマ〟

殿」

気詰まりな空気の中で少し待たされたあと、イルナンが入ってきた。ラーハンは、さっと立ち上がった。

「どうして私が呼び出されるのです、ラーハン？」故意にフィデルマを無視してラーハンに問いかけるイルナンの声には、苛立ちが濃かった。だが、それに応じたのは、フィデルマであった。

「スコリアーは、どのくらい前から、あなたの恋人だったのです、イルナン？」

フィデルマのこの言葉のあと数秒ほど、針が落ちても聞こえそうな静寂が続いた。

イルナンの浅黒い肌から血の気が引き、唇が固く結ばれた。彼女の面には、愕然とした表情がくっきりと刻まれていた。

ラーハンは、今耳にしたことを信じかねるかのように、フィデルマを凝視している。

突然、全身の骨と筋肉が体を支えきれなくなったかのように、イルナンは手近な椅子に倒れこんだ。驚愕と怖れを浮かべたその目は、フィデルマの静かな顔に釘づけになったままだ。彼女から返事が返ってこないので、フィデルマが先を続けた。

「あなたが誕生される前に、お父上のドローンはシル・メルダーの港へ出かけられた、と私は聞いています。旅の目的は、ご自分のクランの商人たちに、異国との交易を奨励なさるためでした。港に滞在中に、ドローンは美しい娘を持ったフェニキアの商人と知り合って、やがてその娘と結婚し、女の子を一人儲けたとか。その子が、あなたです。母上の名はジューディス——つまり〝ユダヤの女〟という意味の名前です。ジューディスは、あなたを産み、そのあと二、三ヶ月で、亡くなられました。そこで父上は、あなたをここへ連れて帰り、ここでお育てになった」

「そのことは、別に秘密でもなんでもありませんよ」とイルナンは、鋭い語気で口をはさんだ。

「あなたは、きっと、系譜学者モルーアからお聞きになったのでしょうけど」

「スコリアーが、もうあなたを愛してはいない、隊長の地位から退き、ただの農民になりたい、と言いだしたのは、いつでした?」

イルナンは、もう落ち着きを取り戻したようだ。彼女は、温かみのない笑い声をあげた。

「全てをご存じ、とはいかないようですね、法廷にお立ちになるドーリィー殿。スコリアーは、私を愛していました。嫉妬に駆られた妻のリアダーンに殺されたあの日にも、彼はそう言っていました」

フィデルマは、イルナンが急に示したこの率直な反応に驚かされた。彼女は、それを面にあらわさないよう、自制しなければならなかった。

「スコリアーは、私を愛していました。でも彼は、名誉を重んじる男でしたわ」イルナンの声に、苦い思いが響いていた。「あの人は、リアダーンや幼い息子を傷つけたくなかった。だから、私に告げたのです、妻と離婚することはできない、自分は二人とともに暮らしてゆくと」

「となると、あなたには彼を殺害する動機があった、ということにもなりますね」と、フィデルマは指摘した。

「私は、スコリアーを愛していました。彼に危害を加えることなど、決してしませんわ」

「では、そういう状況を受け入れていた、とおっしゃるのですか？」

「彼がこの地にやって来たその日から、私たちは恋人になっていました。族長であった父は、そのことに気づいていました。父も、スコリアーを戦士として高く評価していました。でも、私を裕福なアイルランド人の貴族に嫁がせたがってもいました。私の母が外国の女だったからなのでしょうね。私に流れている異国の血を、そうすることによって薄めたかったのでしょう。そこで父は、スコリアーとリアダーンの結婚を、取り持ったのです。スコリアーは、リアダーンを愛してはいませんでした」

イルナンは言葉をきり、炉の火をじっと見つめながら、しばらく思いに耽っていた。やがて、その黒い目をフィデルマのなんの表情もうかがわせない彫像のような顔へ向けた。

「父が亡くなると、私が族長の地位を継承しました。私は、自分の望むままに行動できる、自由な立場となったのです。ですから私は、スコリアーに、リアダーンと別れてと強く求めました。リアダーンと子供には十分な保障を与えるという条件で、結婚を解消してほしいと。でも彼は、人の道を重んじる男でした。私の求めは、拒否されました。あの人は、リアダーンを傷つけたくなかったのです。そういうわけで、私たちは恋人のままでした。

そこへ、スコリアーと彼の息子が殺害されたという報告が届いたのです。誰が、どうして、そのようなことをしたのかは、明々白々です。リアダーンが私たちのことに気づき、嫉妬の激情に駆られて、スコリアーを殺したのです」

フィデルマは考えこみながら、イルナンを見つめた。

「それは、あまりにも単純な結論ではありませんか？　スコリアーの態度について、我々には、あなたの言葉しかありません。リアダーンに劣らず、あなたもしごく簡単にスコリアーを殺害できたかもしれませんわ。自分の愛を彼に拒絶された、という理由で」

イルナンは、挑むように顎を上げた。

「私は、嘘をついてはいません。私の言うことは、これで全部です」その言葉とともに、イルナンは立ち上がった。「あなたの聴取、もうお済みですか？」

「ええ、今のところは」

女性族長は、フィデルマや情けない顔をしているラーハンに、それ以上目をくれようともせず、さっと部屋を出ていった。

フィデルマは、溜め息をついた。何か、記憶に引っかかるものがある。

ラーハンが沈黙を破ろうとしたちょうどその時、扉が開いて、褐色の質素な法衣をまとった若い修道士が、遠慮がちに入ってきた。

「ブレホンのラーハン殿は、こちらにおいででしょうか？」修道士はおずおずと口をきったが、法衣姿のフィデルマの姿を目にすると、神経質そうに「〝ベネ・ヴォビス（お健《すこ》やかに）〟、修道女殿」と、ラテン語の定めの挨拶を述べた。

ブレホンが、彼に答えた。「儂《わし》が、ブレホンのラーハンだが。どういう用かな？」

「私は、聖モーリン修道院の修道士スアハーと申します。私どもの修道院がスコリアーにお貸ししました書籍をお返しいただこうと、出かけてまいりました。でも、返却していただくには、あなた様のお許しが必要だとのことで」

フィデルマは、さっと顔を上げた。

「スコリアーは、オリゲネスの『ヘクサプラ』を、あなたがたの修道院の図書室からお借りしたのですか？」

「はい、一週間ほど前のことでした、修道女殿」と、若い僧は肯定した。

「スコリアーは、自身でお伺いしたのでしょうか？」

スアハーは、その質問に驚きながら、首を横に振った。

「いいえ、便りを寄こされたのです。今度、誰かがオー・ドローナの砦に来る時に、その本を届けてほしい、とのことでした。私は、六日前、こちらにうかがわねばなりませんでした。リアダーンの伯母上が具合を悪くされて、姪御に看病に来るように伝えてほしいとお望みでしたので。その時、書籍も、リアダーンにお渡ししました」

ラーハンは、書籍収納鞄を修道士に渡した。

だがフィデルマは、礼を述べようとする使いの僧に、「何も異状はないか、調べてみるほうがいいのでは？」と、勧めた。

修道士は躊躇《ちゆうちよ》の色を見せたものの、革表紙の書籍を専用鞄から取り出し、両手にとって裏返して点検したあと、ページを開いた。

「ホロフェルネスの物語の箇所に、誰かがしるしをつけておりましたか？」と、フィデルマは促した。

「このしるしは、私がここにお持ちした時には、ついておりませんでした」と修道士は、彼女の指摘に同意した。彼はさらに、「それに……」と、言いにくそうに続けた。「革の表紙には、このような暗褐色のしみは、ついておりませんでした。なにやら、人の掌《てのひら》の痕《あと》のように見えますが」

フィデルマは、はっと息をのみ、盲目だった自分を秘かに責めた。彼女は書籍を手に取り、しばらくそれを見つめていたが、やがてその大きさを測ってみるために、その黒っぽいしみの上に自分の掌を当ててみた。

「迂闊《うかつ》だったわ！」と彼女は、独り言のような口調で呟いた。フィデルマはふたたび身を起こし、修道士に訊ねてみた。「オリゲネスの作品は、人気のある書物でしたか、スアハー？」

「いえ、人気はありませんでした。ご存じでしょうが、これは我々宗門の人間にとっては、ちらっと興味を惹かれる、といった程度の書物にすぎませんので。なぜなら、偉大なるオリゲネスがお取りあげになったヘブライ語の本文の中には、今日我々がギリシャ語で〝アポクルプト〟と呼んでおりますさまざまな物語も含まれておりまして、必ずしも全面的に信頼できるものではありませんから」

フィデルマは片手をあげて、もどかしげに彼を黙らせた。

「そのとおりですね。このユーディスとホロフェルネスの物語を記載している書物は、ほかにもありますか？」

「私の知る限り、ほかにはありません、修道女殿」

「リアダーンがあなたがたの修道院の図書室を訪れたことは、これまでにあったのでしょうか？」

スアハーは口許をすぼめて、考えこんだ。

「ありました。数週間前のことでした」

フィデルマは、沈んだ面持ちを、ラーハンに向けた。

「私の聴き取り調査は、終わりました、ラーハン。あとは、リアダーンにもう一度会う必要があるだけです。この事件は、明日、裁きの場で、審理されましょう」

「では、そこでリアダーンのために〝無罪〟を申し立てるおつもりなのですな？」と、ラーハンが訊ねた。

「いいえ。私は、〝有罪〟と申し立てるつもりです。リアダーンは、利巧でした。でも、十分に利巧だったとは、言えませんわ」

フィデルマは、今は護衛隊の指揮もとっているコンに、リアダーンの小さな独房への案内を頼んだが、房に入る前に振り向いて、彼を必要とすることがあるかもしれないので扉の外で待っているようにと、指示を与えた。

リアダーンは、顔に明るい期待の色を浮かべて、立ち上がった。だがフィデルマは、扉のすぐ内側に、両手を組んで静かに立ったままであった。

「リアダーン、私はあなたを弁護するつもりです」フィデルマは、冷静な声で、前置きなしに彼女に告げた。「でも、それは、いくらかの刑の軽減を求めるためです。あなたが、この悪辣な計画に私を利用しようとは、とても信じがたいことでした」

フィデルマの言葉の意味を悟るや、恐怖の色がリアダーンの面に広がったが、それでも、抗議をしようと、口を開きかけた。

「私には、全てわかっています」とフィデルマは、それをさえぎった。「あなたは、いくつもの偽りの手掛かりを用意して、私の知的虚栄心に働きかけました。それでもって、私の疑惑の目をイルナンに向けさせることができると踏んでのことでした。そのうえ、あなたは私の人間的な弱さをも利用しました。長年にわたる友情から、あなたはこのような行為をやってのける人間ではないと、私が確信するはず――そう見越しての企みでした」

突然、リアダーンの顔から、あらゆる感情が引き潮のように消え失せた。彼女は、小さな寝台にどさりと腰を落とした。

「あなたはスコリアーが自分を愛していないことに気づきました」とフィデルマは、非情に先を続けた。「また、彼がイルナンとずっと関係を持っていたことも、知りました。この犯行は、周到に計画されたものです。もしスコリアーを自分のものにできないのであれば、イルナンにもそうはさせない、ということですね。そのために、あなたは巧妙な二重の筋書きを練り始めたのです。あなたはスコリアーを殺害し、私を呼び寄せた。私に気づかせるための偽りの臭跡を調《ととの》えたうえで。こうしておけば、私がその手掛かりをたどってイルナンにたどりつき、自分の無罪を立証してくれる、と計算したのです」

「そのように手のこんだことが、どうしてこの私にできると言うの？」とリアダーンは挑むように反論してきた。

「あなたは、イルナンの両親の事情を探り出し、ホロフェルネスの物語のことを思いついたのです。あなたのギリシャ語は、たいしたものでしたから。あなたは、これを知的な釣の餌として使うことにしました。このような餌が私の想像力に訴えるであろうことを、あなたは承知していますものね。あなたはモーリンの修道院の図書室へ出かけて、オリゲネスの『ヘクサプラ』の中に出てくるこの物語を、確認しておきました。そして、好機を待ち、スコリアーの名でスアハーに使いを出し、この書物を届けてくれるように依頼しました。私との会話の中で、スコリアーが誰かユダヤ人の女に怖れを抱いていたとさりげなく仄《ほの》めかしておけば、この本は、私の注意をイルナンへ向けさせる次の手掛かりとなってくれるはずですから」

フィデルマは、ここでしばし言葉をきり、友を悲しみの視線でじっと見つめた。

「あなたは書籍収納鞄に入った書物を受け取ると、それを寝室の木釘に吊るしておきました。でも一つ、予期しなかった事態が生じました。スコリアーと口論をしているところを、召使いのブラナーに聞かれてしまったのです。でも、これは計画の支障とはならずに済みました。あなたの無実をあまりにも強く確信していた私が、自己満足のために、小賢《こざか》しく策を弄して、ブラナーの情報を無価値なものとしてしまったからです。先入観でもって才知を働かせると、恐ろしいことになるのですわ。

あなたは伯母様のところへ出かけました。でも、後刻、人目につかないように用心しながら砦に戻ってきて、自分たちの住まいへ入ったのです。家には、スコリアーがいました。彼には、あなたを怪しむ理由はありませんでしたから、彼の後ろへ近づき、殺害することは容易だったのです。おそらく、その時だったのでしょうね、あなたが思い出したのは……その朝の喧嘩にまぎれて、私に追求させるための大事な証拠の品を仕組んでおくのを忘れていたと。つまり例の書物の中のユーディスとホロフェルネスについての記述に、しるしをつけておくことを忘れていたと。そこであなたは、その細工を、この時、ほどこしたのです。なぜなら、あの書物の革の表紙に、血痕がついていましたから。あなたは気づかなかったようですが」

「そのあとで」とフィデルマは、容赦なく先を続けた。「あなたは厩舎に身をひそめて、コンが二人の遺体を発見するのを待ち、ちょうど伯母様のところから戻ってきたばかりだ、という振りをして、姿を現したのです。あなたは、自分が犯人として訴えられるであろうことを、承知していました。でもあなたは、すでに私に助けにきてと頼んでいましたし、私に発見させるための手掛かりも、抜かりなく仕込んでありましたから、犯人扱いをされても構わなかった。ただ、私を裁判に間に合うようにこちらに到着させるためには、殺人を実行する前に私への便りを出さなければなりませんでしたね。その点が、私の胸に引っかかっていました」

「そんなの、嘘よ」リアダーンの声は、泣き声になっていた。「たとえ私が嫉妬に駆られてスコリアーを殺したとしても、あなたの推理には欠陥があるわ。あなただって、秘かにそれに気づいているはずよ」

　フィデルマは視線を友の顔に向け、その目を見返した。友の目に、勝利の色が浮かんだのではあるまいか。

「どういう欠陥です?」と、フィデルマは静かに問いかけた。

「私には、自分の息子を殺すことなどできないと、あなたはわかっているはずよ。この疑念が胸にある限り、あなたは全力でもって私を弁護すべきだわ。そして私の無罪を勝ち取るべきよ」

「そのとおりね」と、フィデルマは認めた。「あなたには、我が子を殺すことなどできない。

そのことは、私にもわかっています」

フィデルマの耳が、独房の外の物音を捉えた。しかし彼女は、勝ち誇ったリアダーンの目から、視線を逸《そ》らそうとはしなかった。

「お入りなさい、コン」フィデルマは、頭をそちらにまわすことなく、静かに呼びかけた。

「聞かせてもらいましょう、なぜリアダーンの幼い息子を殺したのかを」

若い金髪のターニシュタが、抜き払った剣を手に、独房へ入ってきた。

「今、修道女殿を殺さねばならぬのと同じ理由からですよ」と彼は、冷酷に言い放った。「計画は、ほとんど、今あなたが言われたとおりだった。ただ一点、いささか異なるところがありますな。首謀者は、私ですよ。リアダーンと私は、深い仲なのでね」

企みがすでに見破られてしまったことを悟って、リアダーンはそっと泣き始めていた。「私は、コンのもとへ走るために、スコリアーから自由になりたかった。スコリアーは道義心の強い男だったから、決して離婚はしてくれないと、わかっていたわ。となると、こうするほか、なかったの。そのためには、スコリアーはイルナンと秘かな関係を持っていると、あなたに信じこませる必要があって……」

フィデルマは、皮肉な面持ちで、眉を吊り上げた。

「スコリアーとイルナンが、実際恋人同士だったことを、本当に知らなかったと言うのですか?」

リアダーンの激しく衝撃を受けた表情は、彼女がそのことに全く気づいていなかったことを、フィデルマに告げていた。

「では、もしあなたが求めさえすれば、スコリアーは喜んで離婚しただろうということを、知らなかったのですか？　それに、彼があなたと一緒に暮らしていたのも、そうすることがあなたと息子に対する自分の義務だと信じていたからだった、ということも？」

リアダーンは、恐ろしい真実に凍りついて、立ち尽くした。そして、「でも、コンが……コンが言ったの……ああ、神様、なんてことを！　もし、私がそれを知っていたら……こんなこと、犯さなくて済んだのに。コンと私、罪を犯すことなく、一緒になれたのに」

「そういうことではなかった。そうですよね、〝オー・ドローナの族長継承者コン〟殿？」

若者の顔にあるのは、暗く挑みかかるような表情だった。

「わかったでしょう？」とフィデルマは、リアダーンへ向かって話しかけ続けた。「コンは、あなたを利用したのです。あなたを誘導して、イルナンを巻きこむ計画を立てるよう、説得したのです。なぜなら、もしあなたが仕組んでおいた臭跡を私が追求して、これにはイルナンが関与していると、あるいは、少なくともイルナンがスコリアーの死亡事件の容疑者の一人であると証明することができれば、イルナンはオー・ドローナの族長の地位から退かねばなりますまい。族長たるもの、汚点がある人間、疑惑をかけられている人間であってはならないのですから。そのような事態になって得をするのは、ターニシュタ、すでに選出されている族長継承者以外に、誰がおりましょう？」

リアダーンは、信じかねるように、コンを振り向いた。

「どうか、嘘だと言って！」と、リアダーンは叫んだ。「言って、そのようなことはないと！」

コンは、傲慢《ごうまん》な態度で、肩をすくめた。

「ただ愛だけのために危険を冒す必要が、どこにある？　それと同時に、権力も手に入るというのに？　我々の計画は、ほぼ、あなたが今推理してみせたとおりでしたよ、〝キルデアのフィデルマ〟殿。ただ一つだけ、違うところがある。スコリアーを殺害したのは、私だった。そこへよちよちと、子供が出てきた。あの坊主を殺したのも、私だ。ちょうど今、あなたを殺害しようとしているのと、同じようにな」

コンが、剣を振りかざした。

フィデルマは、思わず怯《ひる》み、目を閉じた。リアダーンの悲鳴が聞こえた。だが、刀身は落ちてこなかった。そっと目を開いてみると、リアダーンが、剣を握るコンの手にかじりついていた。それと同時に、ラーハンが二人の戦士とともに独房へ押し入ってきて、暴れまわる若者の武器を取りあげ、独房から引きずり出していった。

リアダーンは、寝台に泣きくずれた。

ラーハンは賛嘆をその目に浮かべて、フィデルマの前に立った。

「いかにも、あなたは正しかった、〝ギルデアのフィデルマ〟殿。どうやって、そうと確信することがおできになったのです?」

「確信は、していませんでした。でも、本能が、はっきり、そうと告げていました。私は、リアダーンが我が子を殺害するはずはないと、信じていました。その一方、私に追求させるための手のこんだ偽りの臭跡を仕掛けたのは、こうしておけば謎を解明してみせるという私の虚栄心に訴えるはずと、十分に承知しているリアダーンのほかにいないという確信も、抱いていました。矛盾する二つの確信です。そうであれば、リアダーンには共犯者がいた、ということになります。その共犯者の中にこそ、動機が見つかるかもしれない。私は、コンを疑い始めました。可哀相なリアダーン、我が子がコンによって殺されたと知ったあとも、彼を愛するがゆえに、なおもこの計画を推し進めていったとは。盲目の愛とは、なんと強いものでしょう」

フィデルマは、悲しみの視線をちらっと友に投げかけた。

「書籍に残っていた掌の痕が男性のものだと気づいた時、初めていろんなことがはっきりと見えてきました。コンは、殺人現場の状況を作り上げるにあたって、リアダーンが手掛かりを適切に仕込んだかを確認せずにはいられなかった。そのために、かえって自分の痕跡を残してしまったのです。この計画には、偽りの臭跡を追いかける人間として、私の登場が必要でした。私の砦への到着は遅れてしまったのですが、コンは待ち受けておりました。私が到着した時、彼の顔に安堵の色が浮かんだような気がして、それも私を訝《いぶか》らせ、気持ちに引っかかっていました」

ラーハンが、軽く溜め息をついた。

「では、コンは、全ては二人の愛のためだと恋人に思いこませて、リアダーンを犯罪に引きこんだわけですな。その実、彼はずっと権力の座を狙っていたわけか」

「リアダーンは、罪を犯しました。でも、コンほど罪深くはありませんわ。コンは、ヴァイオリン弾きが楽器を操るように、リアダーンの愛情を操ったのですから。ああ、リアダーン、リアダーン！」とフィデルマは、頭を振った。「誰かのことを、自分ではよく知っていると思っていても、人間の胸には、親友でさえ捉えがたい暗い片隅があるのでしょうね」

「しかし、リアダーンは、あなたの命を救ってくれましたぞ。リアダーンが法廷で裁かれる際に、このことは考慮してやれましょう」

「スコリアーがリアダーンに対して正直であったなら」と、フィデルマは溜め息をついた。

「もしスコリアーがイルナンとの関係をリアダーンに告白し、離婚したいのだと告げてさえいたら、彼女も、このような恐ろしい罪に巻きこまれることはなかったでしょうに」

「スコリアーは、自分で自分の運命を招き寄せてしまったようだ」との感想を、ラーハンは口にした。

「多分、スコリアーは、感情に関する限り、臆病だったのかもしれませんわね」すすり泣くリアダーンを一人残してラーハンとともに独房をあとにしながら、フィデルマは彼に同意した。

「男性には、こうした傾向があるようですね。〝デウス・ヴルト〟」

「〝全ては、神の御心〟」とラーハンは、フィデルマのラテン語を彼らの言葉に言い換えて、うつろな木霊《こだま》のようにそれを繰り返した。

旅籠《はたご》の幽霊

Our Lady of Death

吹きすさむ疾風の咆哮《ほうこう》に、背筋を凍らせるような狼の遠吠えが重なる。この恐ろしい夜の狩《か》人《うど》たちは、ごく近くにいるようだ。修道女フィデルマはその気配を聞きつけていた。しかし彼らの姿は、顔に吹きつける冷たい雪のために、見極めることができない。氷のような雪片が小さな散弾となり、強風に煽られて旋回するちぎれ雲のように、絶えず顔に吹きつけてくるのだ。細かい氷の礫《つぶて》は、視野をかき消しているどころか、前へ伸ばした自分の指先すら、かすませる。

フィデルマも、モアン王国（アイルランド南東部。現マンスター地方）の王都キャシェルに赴《おもむ》かねばならぬ急務さえなければ、人を拒否するかのように立ちはだかるスリーヴタ・アン・コマラー(1)の峰を越えて北へと向かう険しい旅路をたどる気など、起こしはしなかったであろう。彼女は鞍《くら》の上に身を伏せるようにして進まねばならなかった。しかし、こうして馬に乗って旅ができるのも、彼女がアイルランド五王国のいずこの法廷にも立つことができるドーリィー〔弁護士・裁判官〕という高い資格をそなえている法律家であるからこそ許されている特例なのである。普通の修道士や修道女は、旅をするにも、馬という贅沢な交通手段を利用することはできない。ところがフィデルマは、キャシェルの先王の王女であるばかりか、古代アイルランドの全土を律する〈ブレホン法〉という法制度の中で、最高位に次ぐ資格であるアンルー〔上位弁護士〕の肩書きを持ったドーリィーなのである。次から次へと雪を吹きつけてくる風が、カヴァル〔修道女の被り物〕の下からこぼれ出た赤毛の房を、彼女の蒼白い額に貼りつける。ほんの束の間でもいい、風向きが変わってくれないものか。この烈風も、背中で受けとめるのであれば、少しはしのぎやすかろうに。しかし、荒れ狂う風はずっと北風だ。

旅人を慄《おのの》かせる狼の咆哮が、近くなってきたのでは？　人の気配の全くない山路に馬を進める彼女に向かって、彼らの声が近づいてきたようだ。それとも、気のせいだろうか？　思わず、身震いが出た。最後のブルーデン〔旅籠《はたご》〕に泊り、嵐がおさまるのを待てばよかったという悔いが、またもや胸をかすめた。しかし、吹雪は始まったばかりだ。天候が回復するには、あと数日はかかるだろう。遅かれ早かれ、嵐の旅は続けざるを得ないのだ。兄コルグーからの伝言は、母上危篤、急ぎ戻られたし、というものであった。だからこそフィデルマは、このような悪天候の中、雪に閉ざされた山中の、人を拒絶するばかりの険路をたどっているのだ。

激しく吹きつける雪をまともに受けて、フィデルマの顔は凍えきっていた。両手も同様だ。厚地の羊毛《ウール》のマントをまとっているにもかかわらず、歯ががちがちと鳴る。突然、雪の中から、黒い影がすぐそばに出現した。心臓が飛び出しそうになった。馬も、主《あるじ》に劣らず怯《おび》えてあとじさりをし、危うく蹄《ひづめ》をすべらせようとした。だが、姿を現したのは、堂々たる牡鹿だった。鹿は、数ヤード先からフィデルマをじっと見つめたかと思うと、さっと身を翻《ひるがえ》して、ふたたび辺りを閉ざす白い帷《とばり》の中へと跳躍し、かき消すように消え失せた。

さらに馬を進めて、峰の頂《いただき》と思《おぼ》しき辺りへと、たどりついた。そこでは、吹きすさぶ風はさらに激しかった。馬の背から引き剝《は》がされそうになる。馬さえも、頭を地面につかんばかりに低く下げているが、それでも氷のような寒風に翻弄されてよろめくのだった。猛吹雪の唸りと悲鳴の中を、粉雪がいくつもの煙のような冷たい雲のかたまりとなって、あちらへ、こちらへと、渦巻き流れている。

だがフィデルマは、目を瞬《しばたた》いた。確かに、前方に、辺りの地形がおぼろげながら見えたのだ。

灯りも、ぽつんと一つ、見えたような気がする。それとも、これまた気のせいだろうか？　もう一度瞬《まばた》きをすると、フィデルマはふたたび馬を進めつつ、さらに目を凝らして、それを見極めようとした。

そう！　確かに、見えた。まぎれもなく、灯火だ！

彼女は馬を止めると、するりと鞍から滑りおり、手綱をしっかりと腕に巻きつけた。積雪は膝まであり、ほとんど歩くこともままならない。それでもフィデルマは、まず自分で安全を確かめることなしに愛馬を吹き溜まりの中へ進めようとはしなかった。一、二分ほど進んだところに、木の柱が立っていた。渦巻く吹雪を透かして見上げると、風防ランターンが吊るされていた。それが激しく揺れているのが、どうにか見てとれた。

フィデルマは、驚いて辺りを見まわした。渦巻き流れる雪が、全てをかき消している。だが、この灯火がブルーデンの伝統的な目じるしのランターンであることは、確かだ。アイルランドでは、全ての宿泊施設は、夜間、あるいは悪天候の間じゅう、〝ここに宿屋あり〟と示すために、灯火を灯し続けねばならぬ、と法によって定められている。

フィデルマは、ランターンを吊るした柱をもう一度よく見なおして進む方向を見極め、そのうえで、深い雪に足を取られて難渋しつつも、雪の中を進み始めた。突然、一瞬だけ風が落ち、大きな暗い建物のおぼろな輪郭が、行く手に浮かび上がった。だがそれも束の間、吹雪はふたたび勢いを取り戻した。その中を、フィデルマは頭を低く伏せつつ、よろめきながら建物へと向かった。やがて彼女は、何かに導かれてというより、むしろ偶然のお蔭で、馬繋ぎ用の柵にたどりつき、それに自分の手綱を縛りつけた。それから、建物の冷たい石壁を手で探りながら、正面入り口へと向かった。

扉には看板が留めてあったが、よく判読できない。雪に覆われてほとんど隠れているが、輪に結んだ薬草《ハーブ》も吊るされていた。それがフィデルマの目に奇妙に映った。

フィデルマは鉄の把《と》っ手に気づき、それをひねって押してみた。だが、扉は開かない。フィデルマは、苛立ちに眉をひそめた。ブルー・ファー〔宿屋の主〕は、昼夜を問わず、また季節にもかかわらず、常に扉を開けておかなければならないと、法律によって定められているのに。

彼女は、もう一度試してみた。

この時には、風は少しおさまっていた。疾風の不機嫌な叫びも、そっと嘆くような囁《ささや》きへと変わっていた。

フィデルマは苛立ちを募らせて、拳《こぶし》で扉を叩いてみた。

中で、何か、物音がした。警戒の声だろうか？ ただの風の唸りだったのだろうか？

しかし、応答はなかった。

今度は、怒りをもって、扉を叩いた。

すると、足音が聞こえた。同時に、荒々しい男の声が聞こえた。

「主《しゅ》よ、聖者がたよ、我らを悪しきものどもから守りたまえ！ 悪しき霊よ、立ち去れ！」

フィデルマは、一瞬、呆然とした。だがすぐに顎をぐっと上げた。

「主殿《あるじどの》、開けなさい！ ドーリィーに、法廷の弁護士に、扉を開けなさい！ キルデアの修道院の尼僧です！ 人間らしい気持ちがあるのなら、嵐からの避難所を求めている者に、戸を開けるのです！」

一瞬、中は静まりかえった。続いて、何か言い合っているかのように、少し声が高くなったようだ。フィデルマは、ふたたび扉を強打した。

閂《かんぬき》が引かれる音がして、扉がさっと内側に開かれ、中の温かい空気がフィデルマを包みこんだ。彼女は羊毛のマントから雪を払い落としながら、さっと中へ入りこんだ。

「〈ブレホン法〉を無視するとは、この旅籠は、一体どうなっているのです？」とフィデルマは、彼女が中へ入るや、またもや木製の扉を閉ざしている男を振り返り、まずそれを問いただした。

背の高い、痩身の男だった。やつれて蒼ざめた顔色をして、顳顬《こめかみ》の辺りが白くなりかけている中年の男である。身なりは粗末で、ずっとうなだれているので、長身であるにもかかわらず、そうとは見えない。しかしフィデルマがわずかに目を瞠《みは》ったのは、そのためではなかった。その面《おもて》に浮かぶ恐怖の表情のせいだった。一時的な怖れではない。死人のように蒼白な顔に、消えることなく刻みつけられた恐怖である。顔の皺《しわ》の一つ一つを塗りつぶしている悲劇と悲嘆の色であった。

「私の馬が、外に繋いであります。面倒をみてもらえないと、可哀相に、凍え死んでしまいますよ」と彼女は、宿の主にぴしりと注意を促《うなが》した。男が問いに答えようともせず、ただじっと自分を見つめていたからだ。

「あんた、誰なの？」フィデルマの後ろで、甲高い女の声がした。

フィデルマは、さっと振り向いた。そこに立っていた女は、かつては美人だったのであろう。だが今は、齢《よわい》とともについた贅肉がたるみ、顔には無数の皺が刻まれてる。その中から、瞳の色を見分けられないほど濃い色をした目が、フィデルマを凝視していた。その様子は、フィデルマに、この女は何か恐ろしい体験をしたのであろう、と想像させた。そのために、全身の血管が命の脈動を止めて凍りつき、それ以来規則正しい脈拍は二度と甦ることがなくなった、と思わせる容貌だった。それにもまして驚かされたのは、彼女が装飾をほどこした大型の磔刑像《クルーシ》十字架《フィクス》を前にかざしていることだった。まるで自分を苦しめている恐怖からの護符であるかのように、それを突きつけている。

この男女は、まさに好一対であった。

「言いな！　あんた、一体、何者だい？」

フィデルマは、煩《わずら》わしげな溜め息をもらした。

「お前たちがこの旅籠の主であるのなら、私がこの山中で、吹雪をしのぐ避難所を求めている疲れきった旅人だ、ということさえわかれば、それで十分なはずです」

女は、フィデルマの高飛車な言葉にも、怯《ひる》まなかった。

「それだけじゃ、十分じゃないんだよ」と彼女は、かたくなな口調のまま、フィデルマに言い返した。「あたしらを痛めつける気なら、はっきりと、そう言いな！」

フィデルマは、呆気《あつけ》にとられた。

「私は、嵐を避ける宿を求めて、ここを訪れただけですよ。私の名は、〝キルデアのフィデルマ〟です」と彼女は、困惑しつつ女に答えた。「それに、アンルーの位も持っている法廷弁護士で、さらにもう一言付け加えるなら、私はこの王国のターニシュタ〔タニスト。国王位などの継承予定者）コルグーの妹でもあります」

　この大仰な名告《なの》りは、フィデルマの苛立ちのあらわれであった。いつもの彼女であれば、必要以上に身分を口にすることはなかった。現に彼女は、自分の兄コルグーが〝キャシェルの王〟（国王《モアン》）の公認の後継者であると人に告げる必要を、これまで感じたことはなかった。しかし、今は違う。二人の奇妙な態度に、揺さぶりをかけてやらねばなるまい。

　フィデルマは、話しながらマントの前をさっと広げて、下の法衣をのぞかせた。彼女が首にかけている精巧な造りの磔刑像十字架を見た途端、女の凍りついたように感情を失った目に、ちらっと安堵の色が浮かんだようだ。

　女は、フィデルマに突きつけていた十字架をおろして、かくんと頷いた。

「どうか、ご勘弁を、尼僧様。あたしはモンケイ、この旅籠の主のベラッハの女房でございます」

　ベラッハは、ためらうかのように扉のそばに立っていたが、この時、おずおずと口をはさんだ。

「そのう、俺は、馬の世話をしたほうがよろしいんで？」

「馬に凍え死にをさせたくないのでしたらね」フィデルマは、それに素っ気なく答えながら、大きな炉へと向かった。炉の中では、泥炭《ターフ》が音をたてて燃え上がり、部屋の空気を心地よく温めていた。フィデルマの視野の隅に、なおも一瞬ためらいを見せてから肩にマントを巻きつけ、さらに扉の後ろから剣を取り出して、やっと吹雪の中へ出ていくベラッハの姿が映った。

フィデルマは、驚いた。馬を馬小屋に牽《ひ》いてゆくために、護身用の剣を携える宿屋の亭主など、これまでに見たこともない。

モンケイは鉄の鍋掛けの柄を押して支柱を回転させ、それに吊るしてある鍋が燃えさかる泥炭の真上にくるようにと、調節していた。

「一体、ここはどういう場所なのです?」とフィデルマは、泥炭の温《ぬく》もりを十分に受けてゆったりくつろごうと炉の正面の椅子に腰をおろしながら、女に問いかけた。天井に低く梁《はり》が通った、居心地よい部屋ではあるが、室内に飾りはほとんどなく、ほっそりとした聖母子像が唯一の装飾品であった。石膏に彩色をほどこしたけばけばしい小型の彫像ではあるが、宿泊客の食事用らしい大きなテーブルの食卓飾りとして、その中央に据えられている。

「ここは、〈ブルー・ナ・ヴェラッハ〔ベラッハの旅籠〕〉といいます。今、尼僧様は、〝フィオンの腰掛け〟と呼ばれてる山の頂からちょっと下ったところに、来てなさるんです。ここから北へ一マイルのとこには、トゥーア川が流れてます。でも、冬の間、旅のお人がこの道を通りなさることなんぞ、めったにありません。尼僧様は、どちらへ行かれますんで?」

「北へ向かって、キャシェルまで行きます」

モンケイが火にかけた大鍋から湯気の立つスープを木の大匙で椀によそい、手渡してくれた。熱いスープで椀は温もっているはずなのに、器を両手で包みこむように抱えているフィデルマの凍えきった指先は、初めのうち、なかなかその熱さを感じることができなかった。しばらくの間、彼女は湯気の立つ椀から立ちのぼる香りを楽しんでいた。おいしそうな匂いだった。ゆっくりと、啜《すす》ってみた。舌が、嗅覚の正しさを証明してくれた。

フィデルマは視線を上げて、宿の女房を見つめた。

「モンケイ、聞かせてもらいましょう、なぜこの宿では、扉に門をかけているのです？　なぜ私は、中に入れてほしいと懇願しなければならなかったのかしら？　お前もご亭主のベラッハも、旅宿の主に関する法律を知っているはずでしょうに？」

モンケイは、唇をきゅっと引き結んだ。

「あたしらのこと、この土地のボー・アーラにお知らせになるんで？」

ボー・アーラとは、地方の代官をさす言葉である。

「そのようなことより、私はお前たちの理由が知りたいのです」と、フィデルマはそれに答えた。「お前とベラッハが扉を開ける前に、誰かが凍死してしまったかもしれないのですよ」

モンケイは激しい動揺を見せて、まるで血を吸い出そうとするかのように、唇を強くすぼめた。

突然扉がさっと開き、一陣の凍りつくように冷たい風とともに、雪が舞いこんだ。雪は部屋の中に渦巻き、冷気がフィデルマたちを包みこんだ。

戸口には、蒼ざめた顔に濃く恐怖の色を浮かべたベラッハが、立っていた。だがすぐに彼は、かすかな嘆きの声とも聞こえる呻《うめ》きをもらしながら屋内に入り、扉を閉めて閂をかけた。まだ護身用の剣をしっかりと握ったままだった。

フィデルマは、しっかりと差し錠をかける彼の様子を、不審げに見守った。

モンケイは、両手を頬に押し当てて、立ち尽くしている。

ベラッハが、扉の前から、二人のほうを振り返った。唇をわなわなと震わせていた。

「聞こえたよ!」彼は呻きながらそう言うと、モンケイに向けた視線を、ちらっと、フィデルマへ向けた。何か、フィデルマの耳に入れたくないかのような気配を見せながらも、彼はもう一度呻いた、「聞こえたんだ、あれが!」

「ああ、御母マリア様、あたしらをお救いくださいまし!」と、モンケイが泣き声をあげた。今にも失神しそうに、体が揺れている。

「一体、どういうことなのです?」フィデルマは、できる限り厳《いか》めしい声でもって、二人の返事を求めた。

ベラッハが、訴えるように彼女へ向きなおった。

「俺は、納屋におったんです。尼僧様の馬に寝藁《ねわら》を敷いてやろうとして。そしたら、聞こえたんでさ」

「何が、です?」フィデルマは苛立ちを抑えて、そう問いかけた。

「ムグローンの幽霊なんです」モンケイが、突然泣き声でそう叫ぶや、抑えようもなく泣きくずれた。「お助けください、尼僧様！　どうか、哀れと思って！　あたしらを、お救いください！」

フィデルマは立ち上がると女に歩み寄り、その手を優しく、だがしっかりと摑んで、炉のほうへと導いた。亭主のベラッハのほうを振り向いてみると、こちらもすっかり怯えきっている。これでは、とても女房の介抱ができる状態ではなさそうだ。フィデルマは自分で水差しを取りに行き、中味がコルマ〔蜂蜜酒〕であることを確かめると、それをカップに少し注いで彼女に渡し、飲むようにと勧めた。

「さあ、これは、どういうことなのです？　話を聞かせてもらわないことには、助けてあげようがないでしょ」

モンケイは、許可を求めるようにベラッハへ視線を向けた。それに対してベラッハはゆっくりと頷《うなず》いてみせ、「尼僧様に、初めっからお話ししな」と、囁いた。

フィデルマはモンケイに励ますように微笑んでみせ、「〝初めっから〟、というのが、一番いい出発点ね」と、軽口めいた言葉をかけた。しかし、宿の女将《おかみ》の顔に、明るい反応は全く浮かばなかった。

フィデルマは彼女と向かい合う椅子に腰をおろし、その顔を待ち受けるように見守った。

モンケイが口を開くまでには、やや間があったが、やがて話し始めた。初めはためらいがちに、だが次第に夢中になり、早口になっていった。

「この家にやって来た時、あたし、ほんの小娘でした。ムグローンという名の旅籠の主に、若い嫁として嫁いできたんです。あのう……」と、彼女は急いで言葉を補った。「ベラッハは、二番目の亭主なんで」

　モンケイは、そこで言葉をきった。だがフィデルマが何も口をはさまないので、ふたたび話し始めた。

「ムグローンは、いい男でした。でも、いつも、とんでもない夢ばっかし追っかけてました。音楽もうまくて、上手な風笛《バグパイプ》吹きで、ここで、今坐ってなさるこの部屋で、よく人にバグパイプを吹いて聴かせとりました。近くの人も遠くからの人も、大勢聴きにやって来たもんでした。でも、じっくりと落ち着いた気性の男じゃなかったんです。そして、ふと気がつくと、宿屋の仕事は全部あたしが一人でやってて、あの人はただ夢を追っかけてるってことになってました。ムグローンには、キャノウって名の弟がいて、よくここにやって来ては、あたしの手助けをしてくれてましたけど、兄貴の影響をたっぷり受けてる若者でした。

　そして、今から六年前のこと、この土地の族長が、クロシュ・ターラ〔火の十字架〕を灯しなさったんです。兵士を集めるために、〝火に焦がした十字架〟を担いだ徴兵の使者を、氏族《クラン》から氏族へと、走らせなさったってことです。なぜかっていうと、コナハト王国（アイルランド北西部の王国）のグアイリー王とキャシェルにいなさるこの国の王様のキャハル・クー・ケン・モーハアの間で戦争が始まったもんで、あたしらの族長も、キャシェルの王様のために、この戦《いくさ》に加わろうとしなさったんです。で、自分が率いる軍隊のための兵士が必要ってわけでした。そうしたある朝、ムグローンがいきなり言いだしたんです、俺とキャノウは兵士になることにした。軍隊に入って、ここを出ていくぞって。あたしは、懸命に反対しましたとも。すると、こう言ったんですよ、お前は暮らし向きのことを心配する必要ないさ。この旅籠の中に、お宝を残していく。だから、お前は貧乏しないで済むさって。もし俺に何かあっても、安楽に暮らしていけるぜって。そう言い残して、ムグローンとキャノウは、さっさと出てっちまったんです」

今もなお、その声に、憤懣《ふんまん》やるかたない思いがにじみ出ていた。

「時は流れて、季節も移っていきました。あたしは、旅籠をやっていくために、死に物狂いで働き続けなきゃならなかった。そして、雪が消えて冬が去った時、使者がやって来たんです、大きな戦がジェルグ湖の畔《ほとり》であって、お前の亭主はその戦闘中に戦死したって。そして、形見だって、血に染まった軍服を届けてくれました。キャノウもその傍《かたわ》らで殺されたらしいとかで、その証拠だって、やっぱり血に染まったマントを置いていきました」

モンケイは言葉をきり、鼻を鳴らした。

「あたし、ムグローンのことを悲しんだなんて言う気はありませんよ。あんな男のことなんて。あたしら、一緒にいたこと、ほとんどありゃしなかった。ムグローンときたら、何か新しいこと、突飛なことばっかし追っかけて、自分の夢を満たすことしか頭にない男だったんですから。あの男の心を繋ぎとめておくより、旅籠の猫を手なずけて言うことをきくように仕込むほうが、よっぽど簡単ですよ。それでも、旅籠はあたしのものになりました。遺産でもあったけど、当然の分け前でもありましたよ。だって、あの男がふわふわ夢を追いまわしている間、あたしが身を粉《こ》にして働いて、支えてきた旅籠じゃないですか？　軍隊から知らせが届いたあと、この土地の代官も、亭主がはるか遠くの湖で戦死したからには、旅籠はお前のものだって、正式に認めてくれました。それからも、ここをやっていくために、あたしがどんなに働き続けたことか。生きてゆくのはなかなか大変で、必死でした。こんなわびしい道を通る旅人なんぞ、ほんのわずかだし、めったに旅籠に立ち寄っちゃくれませんからね」

「でも、お前の暮らしが困らないようにとムグローンがこの宿の中に残していった遺産は、どうなったのです？」興味をそそられ、すっかり話に引きこまれていたフィデルマは、そう訊ねた。

　女は、かすれた声で笑いだした。

「探しましたとも。探しまわりましたよ。でも、何一つ、見つかりゃしなかった。いつもの、あの男のたわ言だったんです。これまた、例のばかばかしい夢物語だったんですよ。きっと、あたしがムグローンが出ていくことに文句をつけたから、それをごまかすためのでまかせだったんでしょうよ」

「それから、どうなりました？」そこで口をつぐんでしまったモンケイを、フィデルマは促した。

「一年たった時、このベラッハに出会いました」と彼女は、亭主のほうに頷いてみせた。「ベラッハとあたしは、たちまち想い合うようになりました。犬が羊を追っかけるような思いじゃなく、おわかりになりますよね、鮭が川に惹かれるように、心底愛《いと》しいと想い合ったんです。あたしらは結婚して、それからずっと、一緒に働いてきました。それで、あたしが言い張ったんです、この旅籠の名前、〈ブルー・ナ・ヴェラッハ〉に変えようって。生活は楽じゃなかったけど、あたしら、一生懸命働いて、ここで暮らしを立ててきました」

ベラッハが近寄って、モンケイの手を握りしめた。フィデルマは、こうした二人を見て感じた、これこそ、モンケイとベラッハが年月を経た今もなお互いに愛情を抱き合っていることを物語る確かな証《あかし》だろうと。

「この五年間、俺たち、幸せでした」と、今度はベラッハがフィデルマに語りかけた。「もし悪霊どもが俺たちを取り殺そうとしたって、奴らにゃ、この五年間っていう歳月《としつき》を俺たちから奪うことなんぞ、決してできませんや」

「悪霊ども?」とフィデルマは、眉をひそめた。

「それが始まったの、七日前からでした」というモンケイの答えは、暗かった。「あたし、豚に餌をやろうと、外へ出た時でした。山の上のほうから、何か音楽みたいな音が聞こえてきたような気がしたもんで、耳をすましてみました。やっぱり聞こえました、笛の音《ね》が――空の上のほうから。全身が凍ったようになりました。なぜって、よく覚えてる曲だったんです。ムグローンのお気に入りの歌だったんです。

あたしは家の中に駆けこんで、ベラッハを探しました。でもベラッハは、そんな音、聞こえなかったそうで。一緒にもう一度外へ出てみましたけど、もう何も聞こえてきませんでした。聞こえたのは、高い峰を吹き渡る風の唸りだけでした。次第に募ってくるその風音が、嵐が近いことを知らせてるだけでした。

次の日のお昼頃、正面入り口で、どすんという音がしたもんで、掛け金をうまくはずせないでいる旅の人だろうと思って、扉を開けてやりました。でも、誰もいなかった——と、思えました。下のほうへ目を向けるまでは。扉の下のほうに転がっていたのは……」とモンケイは、急いで胸に十字を切った。「そこに転がってたのは、鴉《からす》の死骸でした。見たところ、どうして死んだのか、わかるような傷はなかったもんで、風で扉に叩きつけられて死んだんだろうって、思ったんです」

フィデルマは、口をすぼめて、椅子に深く坐りなおした。

話がどこに向かおうとしているのか、もう察しがつく。歌の調べ、そして戸口には、鴉の死骸。いずれも、アイルランドで広く地方の人々に信じられている、死の前兆だ。フィデルマは理性的にそう判断したのだが、それにもかかわらず、かすかな慄きを感じないではいられなかった。

「そのあと、俺たち、何度もその歌を、聞きました」とベラッハが、口をはさんだ。「俺も、ちゃんと聞きました」

「それにしても、その音楽は、どこから聞こえてきたのです？」

ベラッハは、外の山嶺を指し示すかのように、片手を伸ばした。

「高いとこからでさ。空の中からって感じでした。それも、いろんな方角からなんで」

「死人が嘆いているんです」と、モンケイが呻いた。「あたしらを呪ってるんです」

フィデルマは、それを一蹴するかのように、鼻を鳴らした。

「呪いなどというものは、ありませんよ。神がそうお望みになるのでない限り」

「あたしらを、どうかお救いください、尼僧様」とモンケイは、押し殺した声で、すがりつくようにフィデルマに訴えた。「あれ、きっと、ムグローンなんです。あたしらの魂を奪いにやって来るんです。あたしが自分じゃなくベラッハを愛したもんだから、その復讐をする気なんです」

フィデルマはそれに興味を覚えて、彼女をじっと見つめた。

「どうして、そう思うのです？」

「なぜって、あの人の声を聞きましたから。ムグローンの声を。〈彼方《かなた》の国〉から、あたしに向かって嘆きかけて、〝俺は一人っきり！　一人っきりなんだ！〟って、泣くんです。〝俺んとこに来るんだ、モンケイ！〟って。ああ、幽霊みたいなあの泣き声を、あたし、ずっと聞かされてるんです」

モンケイは本気でそう信じているのだと、フィデルマは見てとった。

「それを、聞いたのですね？　いつ、どこででした？」

「三日前、納屋の中ででした。そこで飼ってる山羊たちの世話をして、乳を搾《しぼ》って、チーズを作ろうと、用意してた時です。ムグローンの囁く声が聞こえてきたんです。間違いなく、ムグローンの声でした。その声、あたしのまわりじゅうから、聞こえてきました」

「探してみましたか？」

「探す？　幽霊を？」モンケイは、ぞっとしたような声をあげた。「あたしは家ん中に駆けこんで、ただ十字架を握りしめてました」

「俺は、探してみました」とベラッハが、女房よりは冷静に、口をはさんだ。「なぜなら、俺も、尼僧様とおんなしように、〈彼方の国〉を探るよりか、まずはこの世に答えを見つけようとする性質《たち》だもんで。でも、納屋にも、母屋のほうにも、あんな声を出す人間なんぞ、誰もいなかったです。それでも、尼僧様とおんなしで、俺はまだ疑っとりました。それで俺はロバを引っ張り出して、それに乗って谷におりていって、ダラーンの家を訪ねてみました。ダラーンってのは、ジェルグ湖畔の戦でムグローンと一緒だった族長でさ。でも、ダラーンは、はっきり言いましたんです、ムグローンは六年前に確かに死んだって。その死体をこの目で見たぞって。そうなると、俺も、信じるほかないでしょうが？」

フィデルマは、ゆっくりと頷いた。

「では、ムグローンの声を聞いたのは、お前だけだったのですね、モンケイ？」

「そうじゃないです！」とベラッハがふたたび割りこんできたので、フィデルマはちょっと驚かされた。「守護聖人パトリック様に従いなさる全ての使徒がたにかけて、誓いますわ、あの声を、俺も聞いとります」

「その時の声は、なんと言いました？」

「〝気をつけろ、ベラッハ。お前は、死んだ者の靴を履いとるんだぞ、死者の祝福を受けもしねえで〟。声は、そう言いました」

「それを、どこで聞きました？」

「モンケイとおんなしですわ。声は、納屋にいる時に話しかけてきました」

「わかりました。お前たちは、鴉の死骸を見つけ、遠くから聞こえてくる笛の音を耳にし、ムグローンの幽霊のものと思われる声を聞いた、というわけですね。こうした現象にも、何か理に適《かな》った説明がつくはずです」

「説明？」モンケイの声は、かすれて激しかった。「じゃあ、これを説明してください、尼僧様。ゆんべ、あたし、また音楽を聞いたんです。ふっと目が覚めてみると、もう吹雪はおさまってました。空は晴れ渡ってて、明るい月が地面に積もった雪をきらきら照らしてて、まるで昼間みたいでした。そして、音楽がまた、聞こえたんです。

あたしは勇気をふりしぼって窓のとこへ行って、留め金をはずして、雨戸を開けてみました。

すると、ほんの百ヤードほど先に、小さな雪の山ができてて、その上に人が立ってました。そして、バグパイプを手にして、悲しい曲を吹き始めたんです。そして、吹きやめると、あたしを真っ直ぐ見つめながら、言ったんです、〝俺は、一人なんだ、モンケイ！〟って。男は、続けました、〝間もなく、お前らを迎えにいくからな。お前とベラッハをな〟って。そして、振り返って……」

モンケイは突然泣きくずれ、ベラッハの腕の中に倒れこんだ。

フィデルマは、考えこみながら、彼女を見守った。

「その人影というのは、はっきり肉体を持ったものでしたか？　血と肉をそなえた姿だったのですか？」

モンケイは、恐怖に満ちた視線で、フィデルマを見上げた。

「はあ、ちゃんとした体でした。ぼおっと、光ってました」

「ぼおっと光っていた？」

「不思議な光に包まれてました。まるで、鬼火のような。あれ、絶対、〈彼方の国〉から来た魔物でした」

フィデルマは、ベラッハを振り返った。

「その幻を、お前も見たのですか？」肯定の返事が返ってくるものと半ば予期しながら、フィデルマは彼に訊ねてみた。

「いいや、俺は、怖がっとるモンケイの悲鳴を聞きましたんで。それで、目が覚めたんでさ。女房から何があったかを聞いて、俺は暗い外へ出て、雪の山のとこへ行ってみました。そこで、足跡を見つけてやろうと、思っとりました。人間がそこに立っとった証拠を。でも、なんにもありゃしなかったです」

「雪の表面に、乱れた痕《あと》はなかったと?」フィデルマは、そこを確かめた。

「ほんとでさ。人の足跡なんぞ、一つもなかったです」とベラッハは、もどかしげに繰り返した。「雪は、滑らかなもんだった。ただ……」

「ただ……?」

「雪は、妙な光り方をしとりました。なにやら不気味な光が、きらきらしとったんでさ」

「でも、足跡はなく、人がいた痕跡は何もなかったと言うのですね?」

「はあ、全然」

モンケイは、すすり泣いていた。

「ほんとなんです、ほんとに、そうだったんです、尼僧様。ムグローンの亡霊が、あたしらのとこに、じきにやって来るんです。あたしらのこの世の命、もうじき終わるんです」

フィデルマは椅子に背をもたせて坐り、目を閉じて、しばらくの間、考え続けた。

「お前たちの寿命の長さをお決めになれるのは、ただ永遠の神だけです」フィデルマは、二人をそう言って窘《たしな》めながらも、なにやら半ば上の空といった気配だった。

椅子の背に身をもたせて、じっと炉の火の前に坐っているフィデルマを、モンケイとベラッハは覚束《おぼつか》なげに見つめつつ、そのそばに立ち尽くしていた。

やがてフィデルマが、口を開いた。「さて、今夜ここに滞在するからには、食事と寝台を調《ととの》えてもらいましょうか」

ベラッハは頷いた。

「かしこまりました、尼僧様。喜んで、用意しますわ。でも、この聖母様の聖像に、祈ってはいただけんでしょうか？　この亡霊をお鎮《しず》めくださるようにと。主《しゅ》の聖なる御母のお力は、モンケイや俺の命をお召しあげにならんでも、十分証《あか》されるはずでしょうから」

フィデルマは、苛立たしげに溜め息をもらした。

「この世のもろもろの悪に決着をおつけくださいと、聖なるイエスのご家族に安易にお願いする気など、私にはありませんよ」と言うフィデルマの口調は硬かった。しかし、それを聞いた二人がひどく動揺したのを見て、彼女は自分の神学上の信念を少し緩めることにした。「ええ、聖母様にお祈りをしてあげましょう。さて、何か食べ物を持ってきてもらえないかしら」

何かに、眠りが妨げられた。動悸が急にたかまり、全身が緊張に強《こわ》ばった。フィデルマは寝台に横たわったまま、待った。夢の中の音だったのだろうか？　何か、ずしりと重いものがたてる音だった。それがなんの音であるかを判断しようとしながら、彼女は待った。どうやら、嵐は静まっているようだ。夕食のあとでモンケイが案内してくれたこの小部屋で、フィデルマはぐっすりと眠りこんでいたのである。閉まっている窓の雨戸の外は、しーんと静まりかえっている。何か不気味な静寂だ。フィデルマは身じろぎもせず、神経を張りつめたまま、ただ寝台に身を横たえていた。

その時、軋《きし》るような音がした。旅籠の古びた材木が、あちこちで悲鳴をあげている。あの音は、やはり夢だったのだろうか？　そう思って寝返りを打とうとした時だった。音がした。なんの音かわからなくて、彼女は眉をしかめた。ああ、また聞こえる。どすんという、鈍い音だ。フィデルマは温かな寝台からそっと滑りおりた。夜更けの寒気に、身震いが出る。もう真夜中を過ぎているに違いない。彼女は手を伸ばして重い法衣を取り、肩にさっとまとうと、できるだけ音をたてないように裸足《はだし》で部屋の扉へ近づき、じっと耳をすませた。

音は、階下から聞こえてきたものだった。

旅籠には、モンケイとベラッハがいるだけだ。泊り客は自分だけだと、フィデルマは知っていた。彼女が個室に引き揚げた時、モンケイとベラッハも自室に引き下がった。夫婦の部屋は、この上の階である。彼女は上のほうを見やったが、扉はしっかりと閉まっていた。

フィデルマは、裸足のまま、猫のように柔らかな忍び足で、板張りの廊下を秘かに階段の降り口のほうへと近寄り、下の暗闇を覗きこんだ。

音がする。フィデルマは凍りついた。何か、柔らかな、でもずしりと重いものが、敷物を敷いてない床の上を引きずるように動いている。そのような、奇妙な音だった。

彼女は、階段の井戸のような闇に、目を凝らした。その先に続く階下の広い部屋では、消えかけている炉の燃えさしが放つ不気味な赤い光が、揺らめく影を薄暗がりの中に投げかけ、それがちらちらと互いに追いかけ合っている。フィデルマは身震いをしながら、蠟燭《ろうそく》を持ってくればよかったと、唇を嚙んだ。蠟燭もないままに、彼女はゆっくりと階段をおり始めた。

階段を半ばほどおりた時、彼女の裸足の足が、緩んでいた板を踏んだ。夜の静寂《しじま》の中に、その音は雷鳴の炸裂のように響きわたった。

フィデルマは、その場に凍りついた。

その一瞬後、下の部屋の闇の中で、床に何かを引きずるような音がした。彼女は残りの階段を駆けおりるようにして、闇の中へ向かった。

「誰です、そこにいるのは？　主《しゅ》の御名《みな》にかけて命じます、名告りなさい！」フィデルマは激しい動悸を押し隠して、できるだけ厳《いか》めしい声を出そうと努めながら、そう呼びかけた。

少し離れた辺りで、がたんという大きな音がしたあと、静寂が戻った。

彼女は人の気配が消えた室内を覗きこみ、赤い影がおどる周囲の壁に視線を走らせた。でも、目にとまるものは、何もなかった。

そして……背後で、音がした。

彼女は、さっと振り向いた。

階段の下に立っていたのは、ベラッハだった。女房のモンケイも、彼の肩越しに、恐ろしげに覗いている。

「尼僧様も、聞きなさったんで?」ベラッハが、おずおずと訊ねた。

「聞きました」と、フィデルマは肯定した。

「神様、俺たちをお守りください」と、ベラッハが低く呟《つぶや》いた。

フィデルマは、もどかしげな身振りで、彼に指示を与えた。

「ベラッハ、蠟燭を持っていらっしゃい。一緒に、この建物の中を探してみましょう」

旅籠の亭主は、肩をすくめた。

「無駄ですわ、尼僧様。この音、前にも聞いて、もう探してみたんでさ。でも、何も見つかんなかったです」

「そうですよ」と、女房も相槌を打った。「幽霊なのに、人間が残すような痕を探したって、無駄なんでは?」

フィデルマは、ぎゅっと口許を引きしめて答えた。「幽霊なら、どうしてあんな音をたてるのです? この世の肉体を持ったものでなければ、あのような音はたてません。さあ、早く灯りを」

ベラッハが、気の進まない様子で、ランプを灯した。フィデルマが屋内を入念に探し始めるのを、亭主とその女房は階段の下に立ったまま見守っていた。しかしフィデルマがまだ探索を始めたばかりのとき、突然モンケイが悲鳴をあげるや、俯《うつぶ》せに床に倒れてしまった。

フィデルマは、急いで彼女のところへ駆け寄った。ベラッハは、失神した女房を正気づけようと、覚束ない手つきでその手を叩いていた。

「気を失ったんでさ」とベラッハは、わかりきったことを口にした。

「水を持ってきて」とフィデルマは彼に命じ、その水をモンケイの額にふりかけ、残りを唇の間になんとか流しこんだ。モンケイは瞼《まぶた》を震わせ、やがて目を開いた。

フィデルマは、きびきびとした口調で、問いかけた。「どうしたのです？　どうして気を失ったのです？」

旅籠の女将は、蒼い顔をして、歯をがちがちと鳴らしながら、一、二分、フィデルマの顔を見つめたままだった。

だがやっと、つかえるような声で答えた。「笛が！　バグパイプが！」

「バグパイプの音など、聞こえませんでしたよ」

「いえ、ムグローンの笛が……テーブルの上に！」

ベラッハに女房の世話を任せてフィデルマは立ち上がり、ランプを高くかざしながら広間を振り向いた。確かに、テーブルの上にはバグパイプが載っていた。でも、別にどうということもないバグパイプだ。もっと上等の、ずっと丁寧な細工をほどこしたものを、フィデルマはこれまでに幾度となく見ている。

モンケイがベラッハに支えられ、まだ震えながらも近づいてきたので、フィデルマは訊ねてみた。「何を言いたいのです？」

「それ、ムグローンの笛です。戦争に行く時、持っていったバグパイプです。やっぱり、本当なんだ。ムグローンの幽霊が戻ってきたんだ。ああ、聖者様がた、どうかあたしらを、お守りください！」

そう言いながら、彼女は狂おしげに夫にすがりついた。

フィデルマは、よく調べようと、手を伸ばしてバグパイプを取りあげた。

まぎれもなく、この世の笛である。キャハルコーレ、つまり〝四つの調音の笛〟と呼ばれるタイプのバグパイプ(2)で、指管（チャンター）が一本、持続低音の管ドゥローンが二本、それより少し長い持続低音の管が一本という、リードを持った四本の管からなる楽器である。アイルランドのほとんどの家庭にある、ごく普通のバグパイプだ。フィデルマの口許が、きゅっと結ばれた。三人が寝室に引き下がった時には、この笛はテーブルの上に載っていなかったことを、思い出したのだ。

「これがムグローンのバグパイプだと、どうして言いきれるのかしら？」

「わかるんです！」モンケイの語気は、激しかった。「自分のもの、わかるじゃないですか、服だって、ナイフだって？　生地の織り方だの、しみだの、何かのしるしだので……」

神経を昂《たか》ぶらせて、モンケイはまたもや泣きだした。

フィデルマは、ベラッハに彼女を寝室に連れ戻させた。

彼は、女房を連れ出しながら、「お気をつけなすって、尼僧様」と言いおいた。「俺たちのこの相手、邪悪な魔物ですから」

フィデルマは、軽く微笑んでみせた。

「私どもは、より大いなる力の側に立っているのですよ、ベラッハ。この世の出来事は、全て、主《しゅ》の御心《みこころ》のもとで起こっているのです」

二人が出ていったあと、フィデルマはしばらくバグパイプを検分していたが、やがてこの難題解明は諦めて、溜め息とともにそれをテーブルに戻し、自分も二階の寝台へと引き返した。寝台にまだ温もりが残っていたことが、ひどくありがたかった。今になって気づいたのだが、脚も脛《すね》も、すっかり冷えきっていたのだ。夜の空気は、氷さながらだった。

フィデルマは横になってからも、このわびしい山中の宿で出合った不可思議について、しばらくの間、あれこれと考えていた。これは、超自然的な出来事と考えるべきなのだろうか？ フィデルマは、闇の力が存在することを認めている。そう、神を信じながら、悪魔の存在を否定するというのは、おかしいではないか？ 善が存在するのであれば、当然、悪もあるはず。しかし、彼女が経験してきた限り、悪は、むしろ人間そのものの在り方の中に存在しているようだ。

フィデルマは、熟睡していた。あまり時間はたっていなかったのだろう。はっと目が覚めた時、空はまだ暗かったから。

この夜、二度目に自分を起こしたのがなんであるのかを認識するのに、二、三分かかった。かなり遠くから聞こえてくる音は、バグパイプのものだった。優しく、穏やかな調べだった。微睡《まどろみ》へと人を誘《いざな》う、美しく哀愁をおびた子守り唄、スーアン・トレイガ〔ねんねしな〕だ。

キャドル・レイ・スアノーン・サーナ……

〔おやすみよ、安らかな微睡を……〕

フィデルマもよく知っている調べだ。幼い頃、いくたびこの優しい旋律で安らかな夢見心地へと誘われたことだろう。

はっとして、フィデルマは寝台から跳ね起きた。これは、現実の音だ。旅籠の外から聞こえてくる。彼女は窓のところへ行き、用心しながら雨戸をほんの少し開けてみた。

周囲の山や丘は、薄くガラス状に凍った雪の衣をまとっていた。空には、まだ厚い灰色の雪雲が広がってる。それが仄《ほの》かに光る水晶の暈《かさ》となって月にかかってはいるものの、おぼろな月光を受けた夜景は明るく、何マイルも先までぼんやりと見てとれた。辺り一帯は冷えびえと寒気に閉ざされ、静まりかえっていた。吐く息が白い霧となり、束の間、目の前に漂う。

その時だった。狂気の鼓手が死者を呼び覚ます警報を乱打しているかのように、心臓が早鐘を打ち始めた。

驚愕のあまり、身じろぎもできなかった。

旅籠から百ヤードほどのところに、小さな塚があり、その上に一人ぽつんと男が立って、フィデルマの目を覚まさせたあの優しい子守り唄を奏でていた。しかし、彼女が目の眩《くら》むばかりの怖れと不安を覚えたのは、内から発するかのような奇妙な光り方で、男の体がちかちかと光っているからだった。月光を反映して輝いている雪を背景に、ごく小さな星のような光がきらめいていた。

フィデルマは立ち尽くし、見つめ続けた。歌の調べが余韻を残しながらとぎれ、男が顔を旅籠のほうへ向けた。そして、恐ろしく痛ましい泣き声が、彼の口からほとばしり出た。

「俺は、一人っきりだ！　悲しいんだ、モンケイ！　どうして俺を棄てた？　淋しいんだ！すぐに、お前を連れにいくからな」

多分、フィデルマを行動へと突き動かしたのは、この泣き声だったのだろう。

彼女は振り返って革の靴とマントをさっと摑み取り、階段を駆けおりて広間に飛びこんだ。後ろの階段のほうから、ベラッハの叫びが聞こえた。

「どうか、外へ出なさらんで、尼僧様！　あれは、悪霊でさ。ムグローンの亡霊なんでさ！」

それに気を留めることなく、フィデルマは扉の留め金をはずし、氷のような夜の静寂の中へ、駆け出していった。むき出しの足に寒気を感じながらも、小さな塚へと駆けつけた。しかし、たどりついてみると、人影はすでに姿を消していた。

フィデルマは塚の前で、足を止めた。どこにも、人影はなかった。深夜の笛吹きは、かき消えていた。彼女は身震いをして、マントを肩にさらにぴったりと巻きつけた。しかし彼女に身震いをさせたのは、亡霊のことを考えてではなかった。夜の冷えこみのせいだった。

氷のように冷たい空気を吸いこむまいと息をつめながら、彼女は足許に視線を向けた。足跡は、どこにも見あたらない。でも、よく目を凝らしてみると、塚を覆っている雪の状態は、自然のままではなかった。表面は、風が吹きつけたかのような粗い凹凸《おうとつ》を見せていた。さらに、それが奇妙な光り方をしていることにも気づいた。彼女はかがんで雪を掌《てのひら》にすくい上げ、それをじっと見つめた。雪は、彼女の手の上で、きらきらと光を反射した。

フィデルマは、深く長い溜め息をついた。そして振り返り、自分の足跡をたどりながら旅籠へ戻った。

扉のところで、ベラッハが心配そうに待っていた。彼が剣を手にしていることに気づいて、フィデルマの頰に、からかうような笑みが浮かんだ。

「もし相手が亡霊なら、それは、あまり役に立たないのでは?」という彼女の言葉は、いささか皮肉っぽかった。

ベラッハはそれには答えず、フィデルマを中に入れると、扉に錠と閂をしっかりとかけたうえで、剣を黙ってもとあった場所に戻した。その間にフィデルマは、炉に近寄って、夜の屋外で冷えきった体を温め始めた。

モンケイのほうは、両手で胸を抱くようにして階段の下に立ち、まだ少し喘《あえ》ぐような声をもらしていた。

フィデルマはコルマの入った水差しを探しにいって、器に少量注ぐと、それを飲み干した。さらに少し木椀に注ぎ足して、それをモンケイのところへ持っていき、彼女にも気つけの酒を勧めた。

そのフィデルマに、旅籠の女将は「聞かれましたよね？　ご覧になりましたよね？」と、泣き声で問いかけた。

フィデルマは、頷いた。

ベラッハは、唇を固く噛んだ。

「あれは、ムグローンの幽霊なんでさ。俺たち、もう終わりです」

「馬鹿なことを！」とフィデルマは、ぴしりと彼を叱りつけた。

「だったら、あれを、どう説明なさるんで！」ベラッハはそう言いながら、テーブルを指さした。

テーブルの上には、何も載っていなかった。そしてフィデルマは、何が消え失せているのかに気づいた。先ほど寝室に引き揚げる時に、彼女はそこにバグパイプを置いたはずなのだ。

「日の出まで、一時間かそこら、ありましょう」とフィデルマは、ゆっくりと口を開いた。「二人とも、寝室にお戻りなさい。この部屋には、私が対決しなければならないことがあるようです。何が起ころうと、私がはっきりと呼ぶまでは、決して部屋から出ないで」

ベラッハは、蒼ざめ緊張した顔で、フィデルマをじっと見つめた。

「尼僧様は、悪霊と戦おうと？」

フィデルマは、ちらっと微笑んだ。

「ええ、そのつもりですよ」彼女の返事は、はっきりしていた。

ベラッハとモンケイは、暗闇の中にフィデルマを残して、気懸かりそうに階段をのぼっていった。フィデルマは考えこみながら、しばらくじっと立っていた。彼女は本能的に悟っていた、この人里離れた一軒家を悩ませているものがなんであれ、今それが終幕にさしかかろうとしているのだと。おそらく、この最終幕は、夜明け前にやって来るだろう。これは、論理ではなかった。しかしフィデルマは、これまでの経験から、本能を無視すべきではないと、信じていた。

彼女は向きなおり、部屋の反対の端へと、歩み寄った。そちらの壁の一部は、窪《アルコーヴ》みになっていて、一際闇の濃いその一画には、奥行きの深い木製の腰掛けが一つ、置かれているだけだった。フィデルマは寒気から身を守ろうと体にマントをきつく巻きつけながら、そこに腰をおろし、待ち受けた。一体、何を待とうとしているのか？　彼女にも、わかっていなかった。しかし、信じていた、それほど長く待つまでもなく、次の現象が起こるであろうと。

さほど待つ必要はなかった。ふたたび、バグパイプの音が聞こえてきた。先ほどの優しく美しい子守り歌ではない。曲は、激情的なキーン[3]〔哀悼歌〕の調べへと変わっていた。髪の毛が逆立つようなゴル・トレイガ〔苦痛の泣き声。哀悼歌〕だった。苦痛と悲しみと切望に満ちた調べであった。

フィデルマは、首を傾《かし》げた。

音は、今や、この古い旅籠の外からではなく、建物の中から響いているような気がする。まるで、床板の下から、あるいは壁の中から、梁の下から、にじみ出てくるようだ。

彼女は身震いをしたが、動きまわって音の源を探そうとはしなかった。その間ずっと、モンケイとベラッハが自分の指示に従わずに部屋から出てきたりしないようにと、念じていた。

フィデルマは、その曲が終わるまで待った。

古い家屋を、静寂が満たした。

そして、聞こえてきた。最初に目を覚ました時に聞いたのと同じ音だ。鈍く、引きずるような音だった。フィデルマは全身を緊張させて、アルコーヴから上体を乗り出し、目を凝らして闇の奥をうかがった。

何かの影が一つ、部屋の向こう端の床から、姿を現し始めたようだ。そろそろと、せり上がってくる。

フィデルマは、息をつめた。

影は、全身を現した。バグパイプを脇に抱えているようだ。影は、足を引きずるような奇妙な動きで、テーブルに近づいていく。

炉の火が、時々ぱっと燃え上がる。その明かりで、フィデルマは気がついた。その外套の表面に、無数のピンの先のように細かな光がちかちかとおどっていた。

フィデルマは立ち上がった。

「仮装芝居は、そこまで!」と彼女は、厳しい声をその人影に浴びせかけた。

人影は楽器を取り落とし、声の主《ぬし》を求めて、さっと部屋を見渡した。だがすぐ、はっと気づいたらしく、しわがれた嘲《あざけ》るような囁き声で問いかけてきた。

「モンケイか? そうだな?」

そう言うや、フィデルマに身構える暇《いとま》を与えぬ素早さで、人影は部屋の向こう側から飛びかかってきた。振り上げられた刃物が炉の火を受けてぎらりと光るのが目に入った。フィデルマは、振り下ろそうとする相手の手を本能的に両手で抑えながら、体をひねり、衝撃をかわそうとした。

攻撃が失敗したことに驚いて、人影は怒りの唸り声をあげた。

互いの体がぶつかり合った勢いで、フィデルマはアルコーヴに突き飛ばされ、腰掛けに激しくぶつかった。痛みのあまり、彼女は呻きをあげた。相手は今や彼女の両手を振りきっていた。

ふたたび刃物をかざした腕が、振り下ろされようとしている。

「逃げ出す隙があるうちに、とっとと出ていきゃよかったんだ、モンケイ」と、相手が唸った。ただ、今度は、男の声とわかった。「俺は、お前やお前の亭主を殺す気なんぞ、なかったのに。ただ、この旅籠から追い出したかっただけよ。だが、こうなったからには、死んでもらう！」

フィデルマはふたたび横へ飛び、必死に武器を求めた。何か身を守ってくれそうなものを。激しくまさぐっているその手に、何かが触った。石膏の聖母子像のようだ。無意識に、彼女はそれをしっかり握り、棍棒のように振り上げた。そして相手の側頭部と思える辺りに、振り下ろした。

だが、その手ごたえに、びっくりした。石膏像だから粉々に砕けるだろうと予想していたとおりに、聖母子像は砕け散った。しかし、手に伝わった振動からすると、なにやらずっと硬くて重量もある感じであった。打ち下ろした時の音も、肉体が何か硬くずっしりしたもので殴られたような、嫌な響きだった。

相手は、呻き声をたてた。肺から空気が鋭く抜けるような、奇妙な音だった。そして、床にくずおれた。ナイフが落ちて、床板の上ではずんだのだろう、金属的な音が響いた。

フィデルマは、一、二分、その場に立ち尽くしていた。荒い呼吸を静め、感情を落ち着かせようとしている彼女の肩は、大きく上下していた。

やがて彼女は、ゆっくりと階段の下へ行き、しっかりした声で、上へ向かって呼びかけた。

「さあ、おりてきて構いませんよ。お前たちの〝幽霊〟は、もう退治しましたから！」

フィデルマは、ふたたび振り返ると、闇の中でつまずきながら蠟燭を探して灯を灯し、つい先ほど対決したばかりの攻撃者のところへ戻った。若い男だった。両手を投げ出し、横向きに倒れていた。その顳顬のぞっとする傷口を目にして、彼女はそっと息をのんだ。手を伸ばして、脈をとってみた。すでに、脈はなかった。

フィデルマは訝《いぶか》しく感じて、辺りを見まわした。石膏像で、このような致命傷を与えることはできないはずだ。

石膏の破片や粉末が、広く散っていた。だが、この残骸の中に、長い円筒状の麻の包みが転がっていた。長さは、一フィートはないようだ。直径は一インチほどだろうか。フィデルマはかがんで、それを拾いあげた。ずっしりと重い。彼女は溜め息をつくと、包みをもとの場所に戻した。


モンケイとベラッハが、階段をおずおずとおりてきていた。

「ベラッハ、ランターンはありますか？」とフィデルマは、立ち上がりながら、亭主に訊ねた。

「はあ。それを、どうなさるんで？」

「灯してください。お前たちの幽霊騒動、解決したと思いますよ」

そう言いながら彼女は、人影がまるで床から立ちのぼったように姿を現したと覚しい辺りへ向かって、部屋を横切っていった。そこにあったのは、揚げ蓋《トラップ・ドア》だった。その下に続く数段の階段の先は、地下道となっていた。

ベラッハは灯を灯したランターンを手にして戻って来ると、知りたがった。

「一体、何がありましたんで？」

「お前たちの悪霊は、ただの人間の男でしたよ」と、フィデルマは答えてやった。

モンケイが、呻くような声をもらした。

「それ、ムグローンだって、言いなさるんですか？ ムグローンは、ジェルグ湖で死んだんじゃなかったんですか？」

フィデルマは食事用テーブルのそばの椅子に腰をおろしながら、首を横に振った。そして、先ほど男が取り落としたバグパイプを拾いあげて、テーブルに置いた。

「いいえ、お前が知っていたムグローンに声と姿が少し似ていた、別人だったのです。顔を見てご覧なさい、モンケイ。ムグローンの弟のキャノウの顔だと、お前なら気づくのではないかしら？」

男の正体についてのフィデルマの推測が正しかったことは、モンケイの口からもれた驚愕によって、確かめられた。

「でも、どうして？ 一体、何を……？」

「悲しい、でも単純な物語です。キャノウは、伝えられたようにジェルグ湖で戦死はしなかったものの、おそらく重傷をおって、悪い足を引きずりながら、故郷に帰ってきたのです。きっと、出かけていった時には、足は悪くなかったのでしょうね？」

「はあ、足は、ちゃんとしとりました」と、モンケイがそれを認めた。

「ムグローンは、戦死しました。キャノウは、兄のバグパイプを持ち帰ったのです。帰郷に、どうしてこれほど時間がかかったのかは、わかりません。今までは、金銭的に困ってはいなかったのかもしれませんね。あるいは、こういうことを考えてもみなかったのかも……」

「あたしには、何がなんだか……」そう言ってモンケイは、くずれるように食卓用の椅子の一つに坐りこんだ。

「キャノウは、ムグローンが金を貯めていたことを、思い出したのでしょう。かなりの金を貯《たくわ》えていたのです。ムグローンは、お前に言ったのでしたね、もし自分が死んでも、旅籠の中に金があるから暮らしには困らないぞと？　そうでしたね？」

モンケイは、それを身振りで認めた。「だけど、前に言ったように、それ、ただのムグローンのたわ言でした。あたしら、旅籠中探しまわったけど、お金なんぞ、これっぽっちもありゃしませんでした。そんなの、無くたって、亭主のベラッハとあたし、今の暮らしに満足してるんです」

フィデルマは、少し笑みを浮かべた。

「おそらく、キャノウは、お前たちが兄の隠し財産をまだ探し出していないと知って、自分で見つけようという気を起こしたのでしょうね」

「でも、そんなもの、ここには無かったですぜ」女房に口添えをしようと、そばへやって来たベラッハも、そう反論を唱えた。

「でも、あったのです」とフィデルマは、あくまでもそう主張した。「キャノウもまた、そのことを知っていました。でも彼も、それがどこにあるかまでは、知らなかったのです。だから、時間をかけて探す必要があった。じっくり探しまわるだけの長時間、お前たちをこの家から遠ざけておくには、どうしたらいいか？　そこで、兄の亡霊を装って、お前たちを脅して追い出そうという、手のこんだ計画を考えついたのです。彼は兄のバグパイプを持っているし、同じ曲を奏でることもできる。また、ムグローンのことを知っていた人間に、つまり、モンケイ、お前に、ムグローンと信じこませるほど、体つきも声も似ているのですからね。もっとも、遠くから、くぐもった声で話せば、ですけれど。こうしてキャノウは、お前たちに取り憑き始めたのです」

「でも、ちかちか光っとりましたが？」と、ベラッハはその説明を聞きたがった。「あんな光り方、どうやってできたんですか？」

「私は、以前、奇妙な光を放つ黄色い粘土のようなものを、見たことがあります」と、フィデルマはベラッハに言って聞かせた。「多分、ここから西にあたる地方の洞窟の岩壁から削り取ってきたのでしょう。マールノエル〔燐〕という物質です。これは、仄かな光を受けると、微光を放つのです。キャノウの外套を調べてご覧なさい。きっと、黄色い粘土のようなものが擦《なす》りつけてあると思いますよ」

「でも、足跡がなかったです」と、なおもベラッハは承知しなかった。「雪の上に、全然、足跡はついとりませんでした」

「いいえ、キャノウは、まぎれもない証を残していましたよ。木の枝を持ち、それで自分の足跡を掃き消しながら、あとじさりで塚の向こう側におりていったのです。でも、いくら足跡をごまかしても、雪の上には、枝で表面を掃き均《なら》した痕は、残ってしまいます。これは、敵の追跡を晦《くら》ます技として、古くから兵士たちに教えこまれてきた手法です」

「でも、外のこの寒さの中で、何日もの間、生きてはいけないんじゃないですか?」と、モンケイも異を唱えた。いかにも女ならではの、実際的で的を射た理屈だ。

「キャノウには、その必要はなかったのです。この旅籠の中で、少なくとも馬小屋で、寝ていたのでしょう。彼は、一、二度、お前たちが眠っている間に、家捜しを試みていました。その時に、ぶつかったりして、少し物音をたてたはずです。お前たちが時々目を覚ましたのも、その物音のせいです。でも、キャノウには、お前たちを追い出さない限り十分な探索はできないと、わかってきたのです」

「あの男、俺たちと一緒に、この家の中にいたってんですか?」とベラッハが、ぞっとした顔をした。

フィデルマは、まだ開いたままになっている床の揚げ蓋のほうを、頷いてみせた。

「キャノウは、旅籠の秘密の抜け穴を、お前たちよりよく知っていたようですね。なにしろここで育ったのですから」

しばらく、沈黙が続いた。

やがてモンケイが、低い溜め息をもらした。

「こんな大騒ぎをやって、結局、宝物はなかったなんて。可哀相なキャノウ。決して、根っからの悪人じゃなかったのに。殺してしまいなさる必要が、ほんとにおありだったんですか、尼僧様？」

フィデルマは、一瞬、唇をきつく引き結んだ。

そして、この事態を甘んじて受けとめるかのように、それに答えた。「全ては、神の御手《みて》にあるのです。もみ合っている間に、私の手に聖母マリア様の像が触れ、私はそれを摑んで、キャノウに向かって振り下ろしました。それがキャノウの顳顬に当たり、粉々に壊れたのです」

「でも、あれは、ただの石膏でした。ほんとに、それで殺されたんですか？」

「石膏像の中に入っていたもののせいで、キャノウは死ぬことになったのです。それこそ、キャノウが探しまわっていたものでした。そこに転がっていますよ」

ベラッハが手を伸ばして麻布にくるまれた円筒状のものを拾いあげるのを見つめながら、「それ、なんなんですか？」とモンケイが囁いた。

「貨幣の包みです。これが、ムグローンの宝物です。そして今、金属の棒のようなこの貨幣の筒が、キャノウの頭に当たって、彼の死を招きました。この何年かの間、聖母マリア様が、ずっとこれを守っていらしたのです。そして最終的に、この宝物の正当な相続人ではないキャノウに、死をもって罰をお与えになったのです」

突然、フィデルマは、窓の雨戸の隙間から光が射しこんできたことに気づいた。

「ほら、夜が明けようとしています。今日最初の食事を、用意してもらえないかしら。朝食のあと、私はすぐにキャシェルへ向かって出発しなければなりませんから。でも、その前に、この地の代官へ宛て、事の次第を書き残しておきましょう。この旅は急を要するものなので、代官に会っている暇はありませんが、代官のほうで私に会いたいのでしたら、キャシェルで、私はすぐに見つかりますから」

モンケイは、粉々に砕け散った石膏像を見つめながら、しばらく、その場に立ち尽くしたままだった。やがて、モンケイはぽつりと呟いた。

「聖母様の像を、新しく誂《あつら》えなくちゃ」

フィデルマは、「今のお前には、それができますものね」と、静かにそれに応じてやった。

大王の剣

The High King's Sword

「この国は、神の呪いを受けておるのか！」と、タラの大修道院長コルマーンは嘆いた。彼は、アイルランド五王国(1)の全ての王侯や族長たちが集う〈大集会〉において、信仰上の顧問官をも務める高僧なのである。

その彼が、古代アイルランド全土を統《す》べる大王《ハイ・キング》(2)の王権の座、タラの都の王宮で、このような嘆息をもらしていた。今、彼と並んできらびやかな宮殿の中を歩《あゆ》んでいるのは、法衣をまとい、つつましく両手を前に組んだ、長身の女性だった。遠くから一瞥《いちべつ》しただけでも、この尼僧の装いは、およそ彼女には似つかわしくないと感じられることだろう。地味な尼僧の衣も、その均整のとれた若々しい姿態の魅力を隠しおおすことはできないのだ。尼僧の被り物の縁《へり》からは、言うことをきかない赤毛が一房はみ出していて、白く冴えた顔色やきらめく緑の瞳に、さらなる魅惑をそえている。頬にはえくぼが浮かび、つとめて生真面目な顔をたもとうとしているらしいが、その下から、つい諧謔《かいぎやく》みをおびた生きいきとした表情がおどり出しそうである。

「神は呪い給《たも》うのかと人が神を恨むのは、その事態に自分が責任を感じていることをなんとか糊塗《こと》しようとする時に、よくやることのようですわ」修道女フィデルマは、そっとそれに答えた。

五十代半ばの、ずんぐりとした赤ら顔の大修道院長は、眉をひそめながら、傍《かたわ》らの若い女性にちらっと視線を走らせた――この尼僧、自分を批判しているのだろうか？

「国中に蔓延《まんえん》しているこの恐るべき〈黄色疫病《イエロー・プレイグ》〉の責任を、どうして人間が担《にな》わねばならんのです？」コルマーンの返事には、苛立ちの色が濃かった。「なんとまあ、報告によれば、我らの同胞《はらから》の三分の一は、すでにこの悪疫によって命を奪われてしまったとか。修道院長であろうと司教であろうと、あるいは位階の低い普通の僧侶であろうと、なんの見境もなく」

「大王さえも」とフィデルマが、すっと言葉をはさんだ。

アイルランド全土を統べる大王の王位には、ブラーマッハとディアルムィッドの二兄弟が連王としてともに即位していたのだが、この二人も、〈黄色疫病〉の魔手によって、わずか数日を隔てるのみで相ついで斃《たお》れていた。その公式の服喪の期間は、つい一週間前に終わったばかりである。

「そのとおり。そうであるからには、神が呪い給うた、と言うこともできましょうが？」修道院長はぐいっと顎を突き出して自分の言葉を繰り返し、修道女フィデルマの反論を待ち受けた。

だが彼女は、賢明にも反撃は控えることにした。今の修道院長は、どうやら神学上の意義論をゆっくり討議し合う気分ではなさそうだ。

「私があなたにタラへのお出ましを願うことにしたのも、こうした事態に関わっておりましてな」修道院長は、大王の宮殿に隣り合って建てられている聖パトリック大聖堂へとフィデルマを誘《いざな》いながら、話を続けた。修道女フィデルマは、薫香《インセンス》の甘い香りの漂う仄《ほの》暗い聖堂へと進み、大祭壇に片膝を折って軽く拝跪《はいき》の礼を捧げてから、修道院長のあとに従って、その横手の聖具室へと入った。院長は革の椅子に重そうな体を落ち着かせ、彼女にも身振りで椅子を勧めた。

フィデルマは腰をおろすと、興味深げに、事の展開を待ち受けた。

「私は、あなたをここへお呼びすることに決めました。なぜなら、フィデルマ修道女殿、あなたはブレホン〔古代アイルランドにおける裁判官〕の法廷におけるドーリィー、すなわち弁護士でいらっしゃる。当然、法律に通暁しておいでの方ですからな」

修道女フィデルマは慎ましく肩をすくめるだけにとどめて、おとなしくその言葉を受けながらした。

「確かに私は、ブレホンのモラン師のもとで八年間学びました――師の御霊《みたま》に安息あらんことを。アンルー〔上位弁護士〕の資格も授かっております」

修道院長は、口許をすぼめた。彼はまだ、彼女に初めて会った時の驚きから醒めきっていなかった。この若い女性が、法律の分野でごく高い資格を持ち、この国のいともやんごとなき方からさえ崇敬を払われる地位にある人物であろうとは！　アンルーという肩書きは、大王の御前でも着座を許される最高位の法官オラヴのすぐ次の位階なのである。大修道院長コルマーンは、〝キルデア女子修道院の修道女フィデルマ〟とこうして対面しながらも、ぎごちない思いを覚えているのだった――信仰の世界にあっては、彼はこの尼僧の上位に立つ聖職者であるものの、その一方で、アイルランドのブレホン法廷のドーリィーという社会的立場と法律上の権威を持つ人物として、彼女にはうやうやしく接しなければならないのである。

「フィデルマ修道女殿、あなたの資格と社会的地位のことは、承知しております。さらに、その学識と権威のみならず、事件解明に卓越した才能をお持ちの方である、とも承《うけたまわ》っておりますぞ」

「どなたからお聞きになったのかは存じませんが、それは過分なご評価。これまでに、いくつかの問題で、事件解決のお手伝いをしてきたことはございます。その分野での私のささやかな力が何らかのお役に立つのでしたら、どうぞお命じくださいまし」と答えながら、彼女は、考えこむように顎をこすっている修道院長を待ち遠しげに見守った。

「我が国は、大王の玉座にともに就いておられた連王ブラーマッハとディアルムィッドの御代《みよ》、久しく平穏なる月日を送ってきました。したがって、わずか数日のうちに相ついで薨《こう》じられた両大王のご逝去は、大いなる悲劇と申すほかありませぬ」

フィデルマは、つと眉を上げた。

「お二方のご最期に、何か疑惑でも？　私をご当地へお呼び寄せになりましたのは、そのためだったのでございましょうか？」

修道院長は、急いで首を横に振った。

「いや、両大王がお亡くなりになられたのは、あらゆる人間を脅《おびや》かす恐るべき〈黄色疫病〉には王者といえども屈せざるを得なかった、ということですわ。いったんその標的となるや、誰にも手のほどこしようがない。主《しゅ》の御心《みこころ》であります」

修道院長は、これに対して相手が何か意見を述べるかと、言葉をきった。しかし修道女フィデルマが何も口をはさもうとしないらしいのを見てとって、彼はふたたび話を続けた。

「そう、疑惑などありませんわい、修道女殿。ブラーマッハとディアルムィッドのご最期には、何ら疑わしいところはなかった。問題は、大王の王位継承に関して、もちあがりましたのじゃ」

フィデルマは、眉をひそめた。

「でも、タラの〈大集会〉は、ブラーマッハのご子息シャハナサッハが次代の大王となられるよう、すでに決定なさったものと考えておりましたが？」

「いかにも、アイルランドの四大王国の諸王とアイルランド全土の族長がたは、タラの〈大集会〉において、そのようにお決めなされた」と、修道院長は彼女の言葉を認めた。「しかし、シャハナサッハはまだ、〈運命の石〉の上で執《と》り行なわれるべき即位の儀式を終えてはおられませぬ」と、修道院長は言いよどんだ。「むろん〈ブレホン法〉が定める〈王者に関する掟〉

は、ご存じでしょうな？」

「その中のどのような点に関してのお訊ねなのでしょう？」フィデルマは、彼の質問がどこへ向かおうとしているのかを訝《いぶか》って、そう問い返した。

「正しき王者の七ヶ条の証《あかし》に触れた掟のことですわ」

「〈ブレホン法〉は、正しき王者であることの七つの証を、このように述べております」とフィデルマは、従順にその七ヶ条を唱え始めた。「正しき王は、タラの〈大集会〉において承認された者でなければならぬ。王は、唯一の真《まこと》の神エホバの教えに従うものでなければならぬ。王は、王権の象徴である聖なる宝剣を継承し、それに対して忠誠をつくす者でなければならぬ。王は、〈ブレホン法〉を遵奉して国を治めねばならぬ。王の判断は、公正にして確乎たるものであって、非難を招くが如き瑕瑾《かきん》ある決断であってはならぬ。王は、王土と国民《くにたみ》の繁栄と安泰を求めねばならぬ。王は、決して大義なき戦《いくさ》にその武力を行使してはならぬ……」

修道院長は片手をあげて、彼女を押しとどめた。

「そう、そのとおり。もちろん、あなたは法を熟知しておいでなさる。問題は、オー・ニール王家伝来の宝剣〝カラハーログ〟が盗まれたため、シャハナサッハの即位の儀式を執り行なうことができぬ、というところにありましてな。おぼろなる刻《とき》の彼方《かなた》の神々の御代に、鍛冶《かじ》神ガヴァンによって鍛えられたと伝えられる神聖なる刀だというのに」

フィデルマは驚きのあまり口をかすかに開けたまま、彼を見上げた。

オー・ニール王家に太古より伝わる宝剣は、大王の王権にとって欠くべからざる象徴の一つなのだ。伝説によれば、この剣《つるぎ》は、はるかなる神々の時代に、鍛冶の神から英雄ファルガス・マク・ロウに贈られ、それが偉大なる王〈九人の人質を取りしニアル〉に伝えられたという。オー・ニール王統の歴代の王は、彼の末裔《まつえい》なのだ。この数百年もの間、アイルランドの大王には、北部のオー・ニール王統か、南部のオー・ニール王統のいずれかの王家の者が、選出されてきている。〝カラハーログ〟は、〝強烈なる一撃を加えるもの〟を意味し、神通力をそなえた神秘的な剣なのだ。人々は、この宝剣を持つ者のみを、正当なる王として認めるのである。大王は皆、即位式においてこの神剣に忠誠を誓い、あらゆる国事に際して、自らの大王としての地位と権威の目に見える象徴として、この宝剣を佩《は》くことになっている。

コルマーン修道院長は、下唇を突き出し気味に、口をぐいと引き結んだ。

「今は、国中が疫病の猖獗《しょうけつ》に怖れおののいている時代。それだけに人々は、胸に重くのしかかる暗い雲が吹き払われ、心なぐさめられることを切望しております。もし新たに選ばれたシャハナサッハが大王としての神聖なる誓いをたてるべき宝剣を継承していないことが広く知れわたれば、国民《くにたみ》は不安と恐怖におそわれるに違いない。これを、シャハナサッハの統治の不吉なる幕開けとみなすかもしれぬ。そうなると、混乱と恐慌という事態が出来《しゅったい》しかねない。我が国の人々は、今もなお、古くからの生き方や伝統を強く守り続けておるのです。とりわけ現在、人心は安堵と安定を切に求めておるところですからな」

フィデルマは、唇を固く結んで、考えこんだ。修道院長の言うとおりだ。人々は、おぼろなる太古の時代より伝えられてきたさまざまな象徴を、今も固く信じている。

「彼らが、象徴よりも自らの力を信じるようになればよいのだが」と、修道院長は続けた。「今は、日々の生き方においても、信仰の在り方においても、改革が求められるべき時じゃ。我が国の岸辺に救世主の御光がもたらされる以前、我々の先祖は異教の信仰に生きていた。それらが今もなお、あまりにも強く、我々の中に残っておるとはな」

「院長様ご自身は、ローマのカソリック教会が主唱するキリスト教改革案を支持しておいでのご様子ですわね」と、フィデルマはさりげなく彼の信条に触れた。

修道院長の面《おもて》に、一瞬、はっとした表情が浮かんだ。

「どうして、それを?」

「別に、深く洞察したわけではありませんわ、コルマーン院長様。ごく単純な観察でございます。院長様は、私どもアイルランドのキリスト教会が導き手と仰ぐ聖ヨハネのなさっていらした剃髪《ていはつ》(3)ではなく、〈聖ペテロの剃髪〉をなさっておいでです。これは、ローマ派のしるしでございますもの」

修道院長のきつく結ばれていた唇の両端が、緩んだ。

「私は、五年間、ローマに行っておりましてな、キリスト教会に改革が必要だと考えるローマ派の理念に敬意を払うようになった。私は、このことを、別に秘密にはしておりませぬぞ。私は、我が国に根深く浸透している、祭儀や象徴主義や伝統に彩られすぎた旧弊なるキリスト教の在り方を排し、ローマ派の考え方を人々の間に広めてゆくことを、自分の使命と考えております」

「私どもは、人々の信仰の在り方を、それなりに受けとめるべきでは？　こう在るべきだという態度で臨むのは、いかがなものでございましょう？」とフィデルマは、自分の考えを述べてみた。

だが院長からは、「とは言え、我々は人々を教化し変えてゆこうと努めねばならんのです」という、とりすました返事が返ってきただけだった。「人々の歩みを、真の神の恩寵《おんちょう》の道へと向けてやらねばなりませぬ」

「ローマ派の改革について、今、議論を戦わせることはやめましょう」と、フィデルマはおとなしく彼に答えた。「私自身は、自分が聖職者としての誓約をたてたキルデアの聖ブリジッド修道院の戒律に従って信仰の道を歩んでゆくつもりですけど。それよりも、どのようなご用で私を大王の都タラへお召しになったのかを、お話しいただけませんか？」

コルマーン修道院長は、ローマ派キリスト教会による改革という話題をまだ続けたそうにためらいを見せた。だが、その苛立ちは、鼻を鳴らして紛《まぎ》らわせることにしたようだ。

「我々は、アイルランド五王国が騒乱に揺るがされる事態を避けるために、明日執り行なわれる大王即位の儀式までに、どうしても失われた宝剣を見つけ出さねばならぬのです」

「どこから盗み出されたのでしょう？」

「ここからですわ。まさに、この聖堂の中からです。宝剣は、〈リア・フォール〉、すなわち〈運命の石〉とともに、大祭壇の下に収められておりました。金具を打った木の櫃《ひつ》の中に、鍵をかけてしまわれていた。鍵は一本だけで、これは大祭壇の上の、誰の目にも見えるところに置いていました。大祭壇という、このうえもなく神聖なる場所を冒瀆《ぼうとく》し、聖堂から尊《たっと》い宝剣を盗む者など、いるはずもない――と、考えられておったのです」

「でも、何者かが、それをやってのけた？」

「いかにも、やってのけたのですわ。だが我々は、すでに犯人を捕らえています。今は、独房に監禁してあります」

「その犯人とは？」

「それが、アリール・フラン・エッサでしてな。二十年前に大王であったドナルの王子の。彼は、従兄《いとこ》のシャハナサッハに対抗して、大王位を狙っておったのです。だが、大王選出にあたって、タラの〈大集会〉が自分を退けたことに遺恨を抱き、従兄を貶《おとし》めようとした。そのことは、明白ですわ」

「アリールが宝剣を盗み出す現場を見た証人が、いたのでしょうか？」

「三人、おりましたよ。深夜、彼が聖堂に一人でいるところを、王宮警護の護衛兵、コンガルとエルクの二人が、発見したのですわ。その少しあと、私自身も聖堂に入ってゆき、その状況を我が目で見ている」

修道女フィデルマは、戸惑って、修道院長へ視線を向けた。

「彼が聖堂で宝剣を盗むところを見つかっているのでしたら、それが彼の身辺から発見されなかったというのは、どういうことなのでしょう?」

修道院長は、苛立たしげに鼻を鳴らした。

「むろん、発見される直前に隠したに違いない。おそらく、衛兵たちの足音を聞いて、隠したのでしょうな」

「聖堂内の探索は?」

「しましたとも。だが、何も見つからなかった」

「お話をうかがった限りでは、アリール・フラン・エッサは、実際に剣を盗むところを目撃されたわけではないようですが?」

修道院長は、父親めいた微笑を浮かべた。

「ところがですな、修道女殿、聖堂は、夜間、閉めきられるのです。助祭が毎晩、最後に聖堂の戸締りをするのだが、その時には、なんの異状もないと確認しておりました。真夜中少し過ぎた時刻に、見回りの二人組の衛兵が前を通った時にも、扉はしっかりと閉ざされていた。ところが三十分後に彼らがふたたび見回った時には、開いていた。二人は、閂《かんぬき》が壊されていることにも、気づきました。聖堂の扉は、いつも、内側から閂をかけるようになっておるのですが。衛兵たちが、大祭壇のそばに立っているアリールに気づいたのは、その時だった。聖なる祭壇は後ろへ押しやられ、木櫃の蓋が開けられていた。中は空《から》だった。全ては、明々白々ですわ」

「それほど明白とは言えないようですが」とフィデルマは、慎重に答えた。

「シャハナサッハが、ただちにアリール・フラン・エッサを監禁せよと私に命じられるほどに、明白でしたよ」

「動機は、単純に遺恨であった、とおっしゃるのですか？」

「これまた、きわめて明白ですな。アリールは、シャハナサッハの大王即位式を妨害しようとしたのですよ。おそらく彼は、この不安と混乱に乗じて内乱を誘発することができるとさえ、考えていたのかもしれぬ。人心のこうした動揺を利用すれば、自分が発見したと装って、隠しておいた宝剣を取り出し、それによってシャハナサッハを追い落とし、自分が大王位に就くことができると目論んだのでしょう。人々は〈黄色疫病〉の恐怖に怯《おび》え、いたって扇動されやすくなっておりますからな」

「犯人を捕らえ動機も摑んでおいでですのに、私をお呼び寄せになったというのは、どういうことなのでしょう？」と、フィデルマは訊ねた。その声には、かすかに皮肉な響きが聞き取れたようだ。「それに、タラの王宮には、私より優れた資格をお持ちのドーリィーやブレホンがたがおいでになるではありませんか？」

「しかし、こうした難問の解明にかけて、あなたほど高名な方はどなたもおいでにはならぬのです、フィデルマ修道女殿」

「でも、宝剣はまだ聖堂内か、その周辺にあるはずでしょうに」

「我々は、探しまわりましたよ。だが、発見できなかった。もう、時間がないのです。あなたなら、宝剣がどこに隠されているかを見つけ出す才能をお持ちのはずと、私は聞かされましてな。また、容疑者を尋問し、彼らから真実を引き出すことにかけて、きわめて長じておられる方だ、とも耳にしております。アリールは、確かにこの近くに宝剣を隠したに違いない。我々は、それを、大王の即位の儀式までに発見せねばならぬのです」

修道女フィデルマは一瞬口許をぎゅっとすぼめたが、すぐに肩をすくめた。

「宝剣が保管されていた場所を、見せていただけますか？　そのあと、アリール・フラン・エッサに質問することにいたしましょう」


アリール・フラン・エッサは、三十代半ばの人物だった。長身で、髪の色は褐色、耳の下からぐるりと顔のまわりに顎鬚《あごひげ》をたくわえている。その態度は、かつての大王の王子としての矜持《きょうじ》に満ちていた。彼の父、北方オー・ニール王族の一員であったドナル・マク・エードは、二十年前、このタラの王宮からアイルランド全土を治めていたのだった。

修道女フィデルマが面談の目的を告げるや、アリールは即座に、「私は、宝剣を盗んではおらぬぞ」と言い放った。

「では、あのような時刻に、どうして聖堂にいらしたのかを、ご説明いただきましょう」彼は、灰色の石で築かれた暗い独房に監禁されていた。その壁沿いに置かれた木の長い腰掛けに坐りながら、フィデルマは彼に説明を促《うなが》した。アリールは、ややためらったうえで、彼女と向かい合った椅子に腰をおろした。独房にそなえられた家具は、あとは木の寝台と机があるだけである。だがこれらも、この花崗岩の獄舎の陰鬱《いんうつ》な空気を和らげ、いささかなりと居心地よく調《ととの》えようと、彼の身分を考慮しての、彼だけに許されている贅沢であることを、フィデルマも承知していた。

「私は、聖堂の前を通りかかったのだが……」と、アリールは話し始めた。

「なぜでしょう?」と、フィデルマは質問をはさんだ。「真夜中過ぎであったと思いますが?」

彼は眉をしかめ、ややためらった。明らかに、自分の話の腰を折られることに慣れていない男なのだ。彼の傲慢《ごうまん》な顔にあらわれた内心の葛藤を見てとって、フィデルマはおかしくなったものの、その笑いは押し隠した。彼は苛立ちをあらわにぶつけかけたが、相手がアンルーであり、その背後にはブレホン法廷という強大な力が控えていることを思い出したらしい。それでも、返事が返ってくるまでには、やや時間がかかった。

「私は、ある場所へ行こうとしていたのだ……ある人に会いに」

「どちらへ?　どなたのもとへ?」

「それは、言えぬ」

フィデルマは、その歯をくいしばった顎やきつく引き結んだ唇に、彼の強い意志を見てとった。この点に関して、彼がこれ以上言おうとしないことは、明らかだ。今は、深追いはやめておこう。

「お続けください」少し間をおいてから、彼女はアリールを促した。

「ああ、今言ったように、私は聖堂の前を通りかけて、扉が開いており、閂に乱暴な力が加えられていることに気づいた。いつもであれば、夜のその時刻、扉は閉まり、閂がかけられているはずだ。私は不審に思って中へ入った。すると、大祭壇が後ろへ押しやられているのが見えた。そちらへ歩み寄ってみると、王権の象徴である宝剣が収められているはずの木櫃の蓋が、開いていた……」

彼は口ごもり、肩をすくめて、話を終えた。

「それから?」と、フィデルマは先を促した。

「それだけだ。ちょうどその時、衛兵たちが入ってきた。そのすぐあと、修道院長も姿を現した。気がつくと、私は宝剣を盗んだと咎《とが》められていたのだった。だが、私はそのようなことはしてはおらぬ」

「これが、この件についてご存じのことの全てだと、おっしゃるのですね?」

「私が知っていることは、これだけだ。私は訴えられている。だが、私は無実だ。私が咎められるべきわずかな落ち度といえば、私が父の息子であり、タラの〈大集会〉においてブラーマッハとディアルムィッドの大王位の後継者としての権利を主張した、ということだけだ。しかし、〈大集会〉はシャハナサッハの継承権のほうを認めた。ところが、シャハナサッハは、私が彼の大王位継承に挑戦したことを、決して許そうとはしていない。シャハナサッハは、私に対する憎しみゆえに、今回の事件で、ことさら私の有罪を信じようとしている」

「あなたのほうは、いかがでしょう？　タラの〈大集会〉によって大王位継承者として選出されたシャハナサッハのことを、許しておいでなのでしょうか？」フィデルマは、この点を鋭くついた。

アリールは、不快感を面にあらわすまいと、顔をしかめた。

「そなたは私を、そのように卑しい人間とお考えなのか、フィデルマ修道女？　私は、法の定めには従う男だ。しかし、率直に言うならば、私は〈大集会〉の決定は誤っていたと考えている。我が国が改革を必要としている時だというのに、シャハナサッハは伝統主義者だ。だが我我は、社会生活においても教会に関しても、今、変革を必要としているのですぞ」

フィデルマの目が、細められた。

「ローマの教会が我々に強く求めている改革を、支持しておいでなのですね？　毎年の復活祭の日取りの定め方、教会儀式の執り行ない方、土地所有に関する法律など、我々のさまざまな規則や慣習を変革なさろうと？」

「そう考えているとも。私は、このことを隠したことは一度もない。私を支持する人間も多いのだ。たとえば、ディアルムィッドの息子のケルナッハは私の従弟《いとこ》だが、彼もその一人だ。彼は、私などより、もっと急進的なローマ派だ」

「では、シャハナサッハの即位を阻止しようとする強い動機を持っていると、ご自分でお認めになるわけですね？」

「そのとおり。私の考えが、シャハナサッハのものと違うことは、認める。しかし、それにもまして、いったんタラの〈大集会〉がシャハナサッハを大王に選出したからには、人は皆、その決定に従わねばならぬということも信じておるぞ。大王が法に従わず、その義務を果たそうとしないという事態でない限り、あくまでも〈大集会〉で選ばれた者が大王だ。〈大集会〉の選択に背くことは、何人《なんぴと》たりと、許されぬことだ」

フィデルマは、鬱屈《うっくつ》したものがくすぶっているアリールの褐色の目を、真っ直ぐに見つめた。

「それで、あなたは、宝剣を盗み出されたのでしょうか？」

アリールは、この問いに誘発された激しい怒りを、なんとか抑えこんだ。

「天地のもろもろの大いなる力に誓って言うぞ。私は盗んではおらぬ！　さあ、これで、私の知るところは全て話しましたぞ」

エルクという名の衛兵は、土間を靴の踵《かかと》でこするようにしながら、落ち着かなげに身じろぎをした。

「自分は、あまりお役には立てんと思います、修道女殿。自分は単純な護衛兵でありまして、同僚のコンガルと一緒に、聖堂の中で、盗まれた宝剣が入っとった櫃の傍らに立っとられるアリール・フラン・エッサを見つけたということ以外、ほとんど何も知りませんので。それに追加することなど、もう何もありませんが」

修道女フィデルマは、唇を嚙んだ。彼女は、大王護衛隊の戦士たちの宿舎を訪れているのだった。周囲には、彼の仲間たちが、好奇心もあらわに集まっていた。フィデルマは、彼らの顔をぐるっと見まわした。百名の大王護衛隊の隊員たちが非番の時に休息する埃っぽい部屋である。酒と汗の臭いがまざり合った、むっとする空気がたちこめていた。

「その判断は、私が下《くだ》します」彼女はそう言うと、向きなおり戸口へと向かった。

「さあ、外の新鮮な空気の中を歩きながら、少し話しましょう、エルク。いくつか、訊ねたいことがあります」がっしりとした体軀の戦士は、気が重たげに楯と短剣を置くと、野卑なからかいも少しばかり混じった仲間たちの囁《ささや》きを背に聞きながら、フィデルマに従って宿舎の外へ出てきた。

「盗難があった夜、聖堂の警護にあたっていたそうですね？」フィデルマは屋外へ出るとすぐ、朝の澄んだ日差しの中を歩きながら、エルクに訊ねた。「間違いありませんか？」

「あの晩、自分はコンガルと一緒に警備にあたっとりました。自分らの任務は建物のまわりを巡回することでして、聖堂もその順路の一つってことです。いつも、尊《たっと》い聖パトリック聖堂の扉は、真夜中から明け方まで、全部閉じられとります。聖堂の中には貴重な品がいろいろありますんで、夜間、聖堂の扉には全て閂をかけよと、院長様がお命じになられとるんです」

「任務に就いたのは、何時でした？」

「真夜中ちょうどでした、修道女殿。自分らの任務は、聖堂から五十ヤードのとこに建っとる大王がたの厩舎から始めて、大食堂の建物のほうへと巡邏《じゅんら》して歩くんですわ。聖堂は、その途中になります」

「あの夜、どういうことがあったかを、聞かせてもらいましょう」

「コンガルと自分は、任務を開始して、聖堂の扉の前を通りすぎました。扉は、いつもどおり、ちゃんと閉まっとるように見えました。自分らは、大食堂の扉のところで曲がり、そこからは、いろんな建物をぐるっとまわる細い通路に入るんですわ。丸く円を描くように巡回するわけで」

「建物のまわりを一巡し終えるのに、時間はどのくらいかかります？」

「三十分とは、かかりません」

「どのくらいの時間、聖堂の扉が視野からはずれていました？」

「多分、二十分ほどですかな」

「では、先を」

「今言いましたとおり、自分らは三十分ほどして、聖堂の前を二度目に通りかかりました。扉が開いとることに気づいたのは、コンガルでした。近寄ってみると、扉が無理やりこじ開けられとるのが、目につきました。内側の閂の金具のまわりは、木部がめちゃめちゃに裂けとりました。中へ入ってみると、大祭壇が後ろへ押しやられとったんです。いつもなら、〈運命の石〉と宝剣を収めた木櫃の上に据えられとるんですが。木櫃のほうは、蓋が開けっ放しになっとりました」

「アリールは、何をしていました？　狼狽しているような、あるいは息をはずませているような様子は、見られましたか？」

「いいえ。ごく落ち着いとられました。蓋の開いとる木櫃を、見つめとられただけです」

「聖堂の中は、暗かったのでは？　どうしてそれほどはっきり見てとれたのです？」

「聖堂の中には、何本か蠟燭《ろうそく》が灯っとりましたんで、そうしたことを見てとるだけの明るさは十分ありました」

「それから、どうなりました？」

「アリールは、自分らの影に驚かれて、さっと振り向かれました。ちょうどその時、院長様も後ろのほうからやって来られまして、すぐさま異変を見てとられ、宝剣が消え失せとると指摘なされました」

「院長様は、アリールを問いただされましたか？」

「はあ、もちろんです。院長様は宝剣が失せとるとおっしゃって、それについてどう説明するかを、アリールに訊ねられました」

「アリールの答えは？」

「自分はたった今、ここへやって来たのだ、と答えられました」

「お前は院長様に、どう申し上げました？」

「自分は、そんなこと、不可能だと言いました。なぜなら、自分らは、聖堂の外を巡邏しとったんです。少なくとも自分らが厩舎の戸口から出発したあとの十分間は、聖堂の扉は丸見えでした。アリールは、その時にはもう、聖堂の中にひそんどられたに違いないです。少なくとも、その十分間より前から」

「でも、深夜だったのですから、外は暗かったのでしょう？　アリールが夜陰にまぎれて、お前たちの前方で聖堂に入りこむことはできなかったと、どうして言いきれるのです？」

「王宮の敷地内では、毎晩、夜通し松明《たいまつ》が灯されとります。タラでは、そのように法律で定められとります。明るいところに悪事なしってわけですわ。今言ったように、アリールはもうすでに聖堂の中だったはずです。少なくとも、十分ほど前から。かなりの時間です」

「でも、十分足らずでは、木櫃の蓋を開け、宝剣を隠し、入ってきたお前たちに落ち着き払った様子を見せるには、時間が短すぎはしませんか？」

「時間は十分だったんだと思いますわ。現に、宝剣は隠されたんですからな。そうとしか考えられません」

「ところで、お前の相棒のコンガルはどこです？　彼にも、訊ねてみたいのですが」

エルクの表情が翳《かげ》った。彼は素早く片膝をかがめ、胸に十字を切った。

「神よ、私めにご加護を。あの男は、〈黄色疫病〉にやられ、臥《ふ》せっとります。もう長くはありますまい。次にこの病魔に襲われるのは、おそらく自分ですわ」

フィデルマは、唇を噛んだ。だがすぐに首を横に振って、安心させるようにエルクに微笑みかけた。

「そうと決まったわけではありませんよ、エルク。施薬所へ行き、薬剤担当の修道士に、ケンタウリウム・ウルガレの花の煎《せん》じ汁をおもらいなさい。〈黄色疫病〉を抑える効力があると考えられている煎じ薬です」

「それ、なんですか？」と戦士は、聞きなれぬラテン語に顔をしかめた。

「私どもの言葉で言えば、ドゥレーマァ・ブーイ（リンドウ科の植物。シマセンブリなど）です」と、フィデルマはこの薬草のアイルランド語名を彼に教えた。「薬剤担当修道士は、知っていますよ。その抽出液は、病気の予防に効き目のある強壮薬だとされています。これを毎日飲めば、多分、この疫病にかからずに済みましょう。さあ、安心して施薬所へお行きなさい、エルク。今のところ、私の質問は、もう済みましたから」

シャハナサッハは、大王の玉座のあるロイヤル・ミースの王者である。つまり、全アイルランドの大王ということだ。彼は、三十代半ばの、暗褐色の髪に気難しげな顔をした、痩身の人物であった。今彼は、自分の椅子に、やや前かがみの姿勢で坐っていた。憂鬱そのものといった姿であった。

「コルマーン修道院長の報告によると、そなたはアリールによって隠された王国の宝剣を、まだ発見できずにいるとのことだが」彼は修道女フィデルマに腰をおろすようにと身振りで示しながら、挨拶として、そうぶっきらぼうに話しかけた。「即位の儀式は、明日の正午に始まることを、忘れてはおるまいな？」

大王は、彼女の求めに応じて、タラの王宮の小謁見室で会うことを承知してくれたのであった。高い丸天井の部屋で、色彩豊かな数々の壁掛けが石の壁を彩っていた。部屋の一端には、大きな暖炉が設けられており、そこで丸太の薪《まき》が音をたてて豪勢に燃えている。その暖炉を前にして、大王は彫刻のほどこされた樫の椅子に坐っていた。世界各地から贈られてきた見事な家具類が、金、銀、輝石などでできた華麗な装飾品とともに、謁見室を飾っていた。

「アリールが宝剣を盗んだというのは、まだ仮定の段階でございます」と、フィデルマは、彼の前に腰をおろしながら、静かに意見を述べた。フィデルマは、宮廷儀礼を厳格に守っていた。もし彼女がブレホンの中でもオラヴであれば、大王の許しを待たずとも、御前で腰をおろすことができるはずだ。アイルランドの全オラヴの最高位に立つ大ブレホンともなると、大王によって開催される〈大集会〉における法廷で、大王ですら彼より先に口を開くことは許されないほどの強大な権威を持っているのである。修道女フィデルマは、これまで一度も大王に拝謁したことはなかったので、今素早く頭を働かせて、自分が守るべき正しい礼法を思い出そうとしていた。

彼女の意見に、シャハナサッハは眉を寄せた。

「それを疑っておるのか？　しかし、私がコルマーン修道院長から聞かされた事実は、きわめてはっきりしているように思えるが。もしアリールでないのであれば、誰が盗んだというのだ？」

修道女フィデルマは、片方の肩を軽くすくめた。

「お話を進めます前に、少しお訊ねしたいことがございます、〝ダラのシャハナサッハ〟」

大王は片手の仕草で、なんでも訊ねるがよいという意志を伝えた。

「あなたが大王位を継承されるのを妨げることによって、誰が得をするのでしょうか？」

シャハナサッハは、苦々しげな関心を見せて、顔をしかめた。

「むろん、アリールだな。彼は〈大集会〉によって選ばれているターニシュタなのだから」

〈大集会〉は、大王を選出するにあたって、ターニシュタを、つまり第二位に立つ者をも、選び出す。大王位が空位となった時、大王の任務を引き継ぐ継承予定者である。もし大王が突然殺害されるか、その他の原因で死亡した場合、〈大集会〉が開催されて、ターニシュタの大王位継承を確認し合うことになっている。したがって、古代アイルランド五王国は一時《いっとき》たりと、最高主権者なしの空白期はないのである。古代アイルランドの〈ブレホン法〉は、もっとも優れた人間が王者となるべきであると考えるからだ。彼らには、サクソン王国やフランク王国で行なわれている長子相続という世襲制度はなかった。

「ほかには、誰も？　ほかに大王位継承の権利を主張おできになる方は、どなたもいらっしゃらないのでしょうか？」

「いるとも、何人も。たとえば、叔父の故ディアルムイッド大王の息子ケルナッハも、その一人だ。それに、アリールの弟たち、コナルやコルクーもいる。北部オー・ニール王家と南部オー・ニール王家の間の対立のことは、知っていような？　私は南部オー・ニール王家の出だ。北部オー・ニール王家にも、私の廃位を喜ぶ者が大勢いよう」

「でも、あなたの退位によって大王に選出されることが確実なのは、アリールだけなのですね？」と、彼女はさらに問い続けた。

「ほかには、いない」

フィデルマは、口許を固く結びながら、立ち上がった。

「さしあたっては、これだけでございます、シャハナサッハ」

彼女が急に質問を打ちきったことに驚いて、彼はフィデルマを見上げた。

「明日までに、宝剣を発見する見込みはない、ということか？」

フィデルマは、その声の底に、懇願の響きを聞き取った。

「いつだろうと、希望はございます、シャハナサッハ。でも、ご即位の式典が行なわれる明日の正午までに私が謎を解けない時でさえ、儀式の展開中に解明するかもしれません。儀式が謎を解いてくれるということも」

「では、国の混乱を回避する望みはほとんどない、ということなのか？」

「私には、そこまではわかりませぬ」と、修道女フィデルマは、正直に答えた。

彼女は謁見室を出て、廊下を歩きだした。その時、暗い扉口の一つから、高く澄んだ声が、彼女の名を呼んだ。フィデルマは立ち止まり、振り返って、おぼろな翳《かげ》の中に立つ若い娘の姿を見つめた。

「少しの間、中へお入りください、尼僧様」

フィデルマは娘に導かれて、ずっしりと重い帷《とばり》の奥の、照明が明るく灯った部屋へと入っていった。

宝石の縫い取りをほどこした高価な青い長衣をまとった褐色の髪の若い娘は、フィデルマを招じ入れると、ふたたび扉に帷を引いた。

「私はオルナット、シャハナサッハの妹です」と、娘は息をはずませて、そう名告《なの》った。

修道女フィデルマは、大王の妹に頭を下げた。

「お役に立てることがございますなら、なんなりと、オルナット」

「私は今、壁掛けの後ろで、聞いていましたの」と娘は、やや頬を赤らめながら、そう告げた。「あなたが兄におっしゃったことを。あなたは、アリールが宝剣を盗んだとは、信じていらっしゃらない。そうでしょ？」

フィデルマは、彼女の熱心な、訴えかけるような目を見つめ、静かに微笑みかけた。

「そして、あなたは、それを信じたくないとお思いですのね？」フィデルマは、その言葉にかすかに強調をおいて、問い返した。

娘は、目を伏せた。頬にのぼった血の色がわずかに濃くなったようだ。

「そのようなことができる人ではないと、私はよく知っています。あの人、そのようなことをするはず、ありません」彼女は、フィデルマの手を摑んだ。「あの人がこの聖所冒瀆の罪に関して全く潔白であることを、もし誰か証《あか》してくれる人がいるとしたら、それはあなたしかありません。私は、そう信じております」

「では、私がブレホンの法廷の弁護士であると、ご存じなのでしょうか？」とフィデルマは、自分の能力についての王妹の過大な信頼にいささか当惑を覚えながら、訊ねてみた。

「お噂は、あなたと同じキルデアの修道院においでの尼僧様から、うかがっておりました」

「聖堂で逮捕されたあの夜、アリールはあなたのもとへ行こうとしておいでだったようですね。そのことを私に話してくださらなかったとは、アリールも愚かなことをなさったものです」

オルナットは、その小さな顎を挑むようにつんと上げた。

「私たち、愛し合っているのです！」

「それなのに、お兄様にさえ、そのことを伏せておいでなのですか？」

「兄の大王即位式が済むまでは、秘密にしておくつもりでしたの。その時には兄も、アリールに対してもう少し優しい気持ちを抱くようになっていましょうから。今は、許してくれませんわ。アリールは、兄に対抗して大王位を争おうとしたのですから。私ども、兄には、もう少しあとになってから打ち明けるつもりです」

「あなたは、アリールがお兄様に対して恨みを抱いている、と感じてはいらっしゃらなかったのでしょうか？　人々のシャハナサッハへの不信をかきたてるために、宝剣を隠してやろうと試みるほどの遺恨を？」

「アリールは、さまざまな点で兄と意見を異にしているかもしれません。でも、〈ブレホン法〉に基づく〈大集会〉の決定は神聖なものであり、誰しも従わねばならないものだということに関しては、兄と全く同じ考え方をしています」とオルナットは、はっきりと言いきった。「それに、兄に対抗しているのは、あの人だけではありませんもの。従弟のケルナッハ・マク・ディアルムィッドも、自分のほうがシャハナサッハよりも大王となるべき権利をより強く持っている、と信じています。それに、ケルナッハは、ローマのカソリック教会が提案している改革案に従わぬ兄の態度を、嫌っています。でも、ケルナッハが自らの意志で物事を選択する権利を与えられる〈選択の年齢〉を迎えるのは、一ヶ月後です。今はまだ、兄の大王位継承に合法的に挑戦することはできません。自分では若すぎてこの地位に就く権利を主張できないものですから、ケルナッハはアリールの権利主張を支持しています。大王位継承者としての挑戦が不首尾に終わったからといって、アリールは別に罪を犯したわけではありませんし、いったん〈大集会〉の決定が下されたら、もうそれで一件落着ですわ。違うのです、千回だって言いますわ、違います！　アリールは、あのようなこと、絶対しておりません」

「それで、修道女殿？」修道院長は目を凝らすようにして、じっと修道女フィデルマを見つめた。

「今のところ、ご報告することは何もございません。ただ、もう一つ、お訊ねしたいことが」

フィデルマは、タラの王宮の後ろに建つ修道院の中のコルマーンの院長室へやって来ているのであった。彼女が入っていった時、彼は木のテーブルの前に坐って、色鮮やかな装飾写本を調べていた。院長はフィデルマの視線がその上に向けられているのに気づくと、面に満足げな笑みを浮かべた。

「聖ヨハネの福音書ですよ。クロンマクノイス大修道院で、宗門の兄弟たちによって作られたものでしてな。美しい作品です。近く、アイオナ島のコロムキルがお始めになった大修道院の兄弟たちのもとへ送られることになっておるのです」

フィデルマは、見事な出来ばえの写本に、ふたたびちらっと視線を投げかけた。実に美しい。

しかし今彼女の思いを占めているのは、ほかのことだった。一呼吸おいて、フィデルマは修道院長に問いかけた。

「もしも国内が内紛に揺れ、その結果アリールが大王位に就かれましたら、シャハナサッハが守ろうとしておいでの伝統に基づく統治の方針から、離れようとなさるのでしょうか?」

不意をつかれた修道院長は、驚いて顎をがくんと落とし、目を丸く瞠《みは》った。だがすぐに彼は眉根を寄せて、一瞬、この問題を考えてみたようだ。

「答えは、然《しか》り、でしょうな」やがて彼は、そう答えた。

フィデルマは、さらに続けた。「特に教会の改革の件についてですが、アリールはこれを修道院長や司教がたに強く働きかけようとなさるでしょうか?」

修道院長は、耳をこすった。

「アリールが教会は改革されるべきだと信じて、ローマの教皇庁の考えを支持しておられることは、よく知られていることです。オー・ニール王家の中には、ほかにもそう考えておられるかたがたが大勢おられますよ。たとえば、ケルナッハ・マク・ディアルムィッドがそうですな。ケルナッハは、一般信者の中の改革派の間では、指導的な改革の唱道者です。いささか激《げき》しやすい気性だが、彼の影響力は大きい。しかし、いくらタラの王座近くに位置する若者であっても、〈選択の年齢〉に達するには、つまり五王国におけるもろもろの集会に出席できるようになるには、まだ一ヶ月待たねばならぬが」

「でも、シャハナサッハは改革を良しとはしておられず、我々アイルランドの教会の伝統的な儀式や典礼に、強く固執していらっしゃるのではありませんか？」

「いかにも」

「そして院長様は、親ローマ派のお一人として、アリールの考え方を支持なさるのでしょうね？」

修道院長は顔を朱《しゅ》に染めながら、憤然と答えた。

「そのとおり。しかし私は自分がどのように考えているかを、隠してなどいない。それに、私の信条は、何ら法に悖《もと》るものではありませんぞ。また、その法が定めているごとく、私は忠誠を大王に捧げている。よろしいか、あなたはブレホン法廷における弁護士という特権を持ってはおられるが、私がタラの大修道院の院長であり、あなたが所属する修道院の上に立つ〝父〟であって、あなたの信仰上の上位者であることを、お忘れなさるな」

フィデルマは、片手の仕草で許しを求めた。

「私は、ただ事実を求めているのです。それに、私がこのような質問をしておりますのは、ブレホン法廷のドーリィーとしてであり、キルデア修道院の修道女としてではございません」

「さて、それなら、事実はこうだ。私はアリール・フラン・エッサを告発した。アイルランドの全キリスト教をローマに同調させるためにシャハナサッハの王座を覆《くつがえ》そうとしてアリールが今回のことを引き起こした、私もそれを応援している、とお考えかもしれぬが、そうであれば、私は、あのように即座に彼の有罪を指摘するだろうか？　むしろ、ほかの何者かがこの犯行をやってのけたのだと、なんとか衛兵たちを納得させようとするはずではありませんかな？」

「いかにも、おっしゃるとおりです」とフィデルマは、修道院長の主張に同意した。「もしアリール・フラン・エッサがこの神聖なる場所で冒瀆の罪を犯したとなれば、あなたにとって得るものは何もありませんもの」

「まさに、そのとおり」院長の口調は素っ気なかった。「そして、アリールは有罪です」

「そのように見えますね」

フィデルマは扉へ向かおうとしかけたが、ちょっと足を止めて、院長を振り返った。

「ごく些細なことですが、事実の確認のために。ちょうどあの時、聖堂におみえになったのは、どういうわけでしょう？」

「私は典礼用詩篇集を聖具室に置き忘れていた」と彼は、眉をしかめて腹立たしげに答えた。「それを取りに行ったのですよ」

「朝までお待ちになったほうが、ずっと安全だったのではありませんか？　夜の寒気の中、どうしてわざわざ外へお出になって、聖堂までいらしたのです？」

「いささか、詩篇を参考にする必要がありましたのでな。それに、わざわざ夜の屋外へ出ていかずとも済むことでもあるし……」

「いかずとも済む？　では、どのようにして、聖堂の中にお入りになったのです？」

修道院長は、煩《わずら》わしげに溜め息をついた。

「修道院から聖堂の聖具室へ通じる通路がありますからな」

フィデルマの目が大きくなった。はっと、気づいたのだ。なんと愚かだったことか！　今までずっと、事実は目の前にぶら下がっていたというのに。

「どうか、その通路をお見せくださいまし」

「修道士の誰かに、ご案内させましょう。即位の儀式の準備で、私はとても手が離せませぬ」

コルマーン修道院長は、机に載っている銀の鈴に手を伸ばした。

この修道院の褐色の法衣を着用し、たっぷりと広い袖の中で手を組んだ、満月のように丸い顔をした男が、ほとんどすぐに入ってきた。数フィート離れているフィデルマのところまで、彼の息の大蒜《ニンニク》の臭いが漂ってくる。その刺すような臭気に辟易《へきえき》して、彼女は思わず鼻に皺《しわ》を寄せた。

「ロガラッハ修道士です」と、修道院長が彼を指し示した。「ロガラッハ、フィデルマ修道女殿に、聖堂への通路をご案内してくれ」それから彼女を振り返り、眉を吊り上げて、問いかけた。「もしほかに何もなければ……」

「何もございません、院長様」とフィデルマは、静かに答えた。「今のところは――」

ロガラッハ修道士は蠟燭を取りあげ、それに火を灯した。二人は今、修道院の建物の中を走る通廊の一つに来ていた。彼は通廊を進み、一枚の壁掛けの前で立ち止まると、それを脇へ引き寄せた。壁掛けの後ろから、通路の入り口が現れた。そこから下へおりていく石段が延びていた。

「聖堂に通じる通路の入り口は、ここだけですか？」彼の息がふりまく悪臭に対して身を鎧《よろ》いながら、フィデルマは修道士に訊ねた。

ロガラッハ修道士は頷いた。すでに修道院では、彼女の身分と任務は広く噂の種となっていたので、彼はこの若い女性にいささか惧《おそ》れを抱いているらしい。

「このことは、誰が知っています？」と、フィデルマは質問を続けた。

「そりゃあ、修道院の者なら誰だって知っとります。ひどい天気の日には、儂《わし》ら、聖堂でのミサに列席するのに、ここを通っていきますんで」と修道士は、口を大きく開けて黒い乱杭歯《らんぐいば》をのぞかせながら、屈託なく笑った。

「修道院の人間以外では、誰がこのことを知っていたのでしょう？」

修道士は、大げさに顔をしかめてみせた。

「別に秘密じゃありませんわ、修道女様。タラの都に住んどる者なら誰だって知っとりましょうな」

「では、アリールもこの存在を知っていたのですね？」

修道士ロガラッハは、答えはわかりきっている、と言いたげな身振りをした。

「では、案内を続けてください、ロガラッハ」と、フィデルマは告げた。彼が先に立って案内してくれるのは、ありがたい。強烈な悪臭を嗅がないで済む。

丸顔の修道士は、彼女を先導して石段をおり始めた。かび臭くはあったが、石畳になっているので、通路は乾燥していた。曲がりくねった地下道で、ところどころに設けられている壁龕《アルコーヴ》のほとんどには、小像が祀《まつ》られていた。フィデルマは最初の壁龕の前で足を止めると、ロガラッハにその中を蠟燭で照らし出させた。

「いずれの壁龕も、宝剣を隠すことはもちろん、人間一人が十分身を隠せるほどの奥行きがありますね」と彼女は、声に出して自分の思考を追った。「消え失せた宝剣の探索は行なわれたのでしょうね？」

修道士は、熱心に頷いた。熱意のあまり間近く寄ってこられて、フィデルマは我知らず一歩引き下がってしまった。「もちろんですとも。儂も、探索を手伝うようにと呼び出された者たちの一人でしたわ。聖堂の内部が探されたあと、隠し場所として次に考えられたのは、むろん、この地下通路でしたからな」

そうは聞かされても、フィデルマは壁龕の全てに、一つずつ、光を当てさせていった。ついに、ある壁龕の前で眉をひそめると、彼女はその中へと手をさし入れ、すぐに、ささくれた木材部分に引っかかっていた布切れを取り出した。明るい色の布である。もちろん、修道士の地味な褐色の法衣の布地ではない。高価な布地のマントから千切れたもののように見える。富と地位を持った、身分高い者の衣装のようだ。

このようにしてフィデルマが地下通路をたどり終え、数段の階段をのぼり、壁掛けをくぐって聖具室までやって来るには、少し時間がかかってしまった。彼女はそこから聖堂へ入り、さらに正面入り口へと向かった。

この事件に関して、これまで何かがずっとフィデルマの胸に引っかかっていた。だが、この地下通路の存在を知るや、自分を戸惑わせていたのがなんであったのかが、わかった。

「聖堂の扉の閂は、いつも内側からかけられるのですね？」と彼女は、修道士に確かめた。

「さようで」と、ロガラッハはそれに答えた。

「では、もし聖堂の中へ入りたいと思った時には、お前ならどうします？」

ロガラッハは笑みを浮かべ、またもや鼻をつく目に見えぬ悪臭の雲を噴出させて、その中にフィデルマを包みこんだ。

「そりゃあ、今の地下通路から入りますな」

「でしょうね。もし、この通路を知っているのであればね」とフィデルマは、考えこみながら彼の返答に頷いた。

「おや、このことを知らぬ者など、タラにはおりませんよ。修道女様のように、よそから来なさったお人でもない限り」

「では、扉を押し破って聖堂へ入ろうとする者がいるとすれば、この通路があることを知らなかった人間だ、ということになりますね？」

ロガラッハは、そのとおりと、うなずいた。

フィデルマは聖堂の扉の前に立ったまま、閂を、それも特に閂の金具が扉の木材から引きむしられている箇所を、じっと見つめた。金属部分の傷は、明らかに石でもってつけられたらしい。そこをじっと見つめていたフィデルマの目が、急に厳しくなった。続いて、面に笑みが広がった。その傷跡が示している意味に、今、気がついたのだ。彼女は、ロガラッハを振り向いた。

「衛兵のエルクを、私のもとへ寄こしてください」


大王シャハナサッハは、疑わしげな視線で、修道女フィデルマを見つめた。

「ここへ、修道院長コルマーン、アリール・フラン・エッサ、妹のオルナット、それにケルナッハ・マク・ディアルムイッドまで呼んでいると聞いた。どういうわけかな？」

フィデルマは両手をつつましく前で組んで、シャハナサッハと向かい合って立った。

「私は、ブレホン法廷のドーリィーとしての権限と、国家の象徴である宝剣の盗難をこれから解明しようとする者の権威をもって、四人のかたがたをこちらへお呼びしました」

シャハナサッハは興奮し、思わず坐ったまま身を乗り出した。「そなたは、アリールが宝剣を隠していた場所を発見したと言うのか？」

「もっと早い段階で気づくべきでしたのに、私の目はくもっておりました」と、フィデルマはそれに答えた。

「聞かせてくれ、宝剣はどこなのだ?」とシャハナサッハは急《せ》きたてた。

それに対してフィデルマは、落ち着いて答えた。「やがて、申し上げます。でも、この不可解な事件の解明をお明かしするためには、今少し私の質問にお答え願わねばなりませぬ。私は、叔父上ディアルムイッド王のお子ケルナッハも、こちらにお呼びしておりますが、ディアルムイッドはお父上とともに連王として大王位を分かち合っておいででしたね?」

「この件に、ケルナッハがどう関わっていると申すのだ?」

「ケルナッハは、ローマ教皇による宗門の改革方針に関して、もっとも熱烈な支持者であると、見られておいでですね」

シャハナサッハはいささか戸惑って、顔をしかめた。

「ケルナッハは、しばしば私に議論を仕掛けている。私は態度を改めるべきだ、我々アイルランド教会のこれまでの在り方を変えて、ローマ教会の典礼を取り入れようと努めている我が国の修道院長や司教たちを支援すべきだ、と言うのだ。しかし、彼はまだ若い。そうとも、〈選択の年齢〉に達するのは、まだ一ヶ月ほども先のことで、今はさまざまな集会に出席することさえできぬ。あの若者が、たとえ我らの宮廷の若い者たちに影響力を持っていようと、実際にはまだなんの権威も持ってはいないのだぞ」

フィデルマは、深く考えこみつつ、大王の言葉に頷いた。

「私も、これまでに何人ものかたがたから、そのようにうかがいました。でも私には、それを確認させていただく必要がございましたので。では、衛兵たちに、皆様がたをこちらへご案内するよう、お命じくださいませ。そのうえで、何が起こったのかを、ご説明いたしましょう」

アリール・フラン・エッサが衛兵に監視されながら入ってくるのを、フィデルマは大王の前にひっそりと立って、待ち受けた。アリールのあとに、コルマーン修道院長が続き、さらにそのあとから、隠しきれない不安に駆られて気遣わしげな視線を恋人にちらっと投げかけながら、オルナットが入ってきた。彼女の後ろには、わけがわからないといった表情を面に浮かべた、褐色の髪の若者が続いた。ケルナッハ・マク・ディアルムィッドに違いない。

彼らは、大王の椅子の前に、半円を描いて立った。シャハナサッハはフィデルマへ視線を向け、始めよとの合図に、頷いてみせた。

「我々は、まず、ある一点で、同じ認識に立っております」と、フィデルマは口をきった。「すなわち、タラの大王宮に秘蔵されているオー・ニール王家の神聖なる宝剣が、聖パトリック聖堂より盗み出された、という事実の認識です。また、今では、その明白なる動機に関しても、同じ見解を抱いていると言えましょう。宝剣は、明日のシャハナサッハの大王即位式を妨げるために盗み出された、あるいは、人々の彼への信頼を失墜させるために盗み出された、という判断です。それによってアイルランド五王国内に内紛を引き起こすことができれば、シャハナサッハは失脚し、誰かほかの人間が大王の玉座に就くことになるかもしれないわけです」

彼女はシャハナサッハに、ちらっと微笑みかけた。

「この点で、我々は同見解だとみてよろしいでしょうか?」

「それは、もうわかりきっていることですぞ」と、もどかしげに口をはさんだのは、コルマーン修道院長であった。「この暗雲垂れこめる時代に、宝剣の消失といった凶兆が知れわたれば、アイルランドの諸王国に混乱と不安を巻きおこす十分なきっかけとなろう。そうしたことは、私がすでにお聞かせしましたろうが」

「では、その混乱と不安や、その結果もたらされるシャハナサッハの失脚と廃位は、いかなる目的の達成を目指したものでしょうか?」と、修道女フィデルマは問いかけた。だが、一同の答えを待たず、彼女は言葉を続けた。「これは、容易に見てとれます。シャハナサッハは、我我アイルランドの王国とそのカソリック教会の伝統を守り続けると、誓っておられます。一方ローマは、全世界のカソリック教会を自らの権威のもとにおくことを狙っております。しかし、このローマの野心に、アイルランド、ブリテン、アルモニカのキリスト教は、異を唱え続けてまいりました。東方教会も、また然りです。しかしローマも、我々の教会儀式の形を変えさせようとの望みを、いまだ諦めてはおりません。我々アイルランドのキリスト教の典礼の執り行ない方や、主《しゅ》イエスのエルサレムにおける受難と復活の日カーシュクを毎年の暦の上で何月何日に定めるかについてのアイルランド独自の算定方法などを、変えさせたいと考えているのです。ところが、アイルランド人の中にも、ローマの意向を受け入れ、我々の伝統を棄ててローマ教会と結びつこうと考える人々が、修道院長や司教がたの中にもおられます。アイルランドのキリスト教会の中でも、意見が割れているわけです。そうではありませんか、アリール・フラン・エッサ?」

アリールは顔をしかめた。

「前にも述べたように、私は自分の見解を、決して否認してはいない」

「それでは、この宝剣盗難事件の奥にひそむ動機に関して、我々は皆、同じように考えているということになります。これは、大王の権威を揺るがし、それによって伝統主義者を退けて、改革を支援する誰かを大王位に推そうという目的で起こされた事件なのだ、この教会の改革の賛否をめぐる葛藤が、事件にひそむ動機なのだ、と」

部屋に、沈黙が広がった。フィデルマは、今や全員の注目を完全にひきつけていた。

「結構です」と、フィデルマは先へ進んだ。「これは、明白なる動機であると見えます。しかし、盗難事件に関するさまざまな事実を、まずは、よく調べてゆくことにいたしましょう。真夜中をわずかに過ぎた時刻に、巡邏中の二人の衛兵が、宝剣が保管されている聖堂の扉の前を通りました。その折には、扉はしっかりと閉ざされておりました。ところが三十分後、ふたたび彼らがそこを通りかかった時、二人が目にしたのは、力ずくで壊された閂と、押し開けられている扉でした。中へ入っていった彼らは、大祭壇の傍らに立ち、宝剣が収められていたはずの、だが今は空になっている木櫃を見つめているアリールをそこに見出しました。ちょうどその時、修道院長コルマーンも姿を現されました。コルマーンは修道院から地下通路を通って聖堂脇の聖具室にやって来られ、そこから聖堂のほうへ入ってこられたのです。コルマーンは、アリールを、宝剣を盗み隠匿した犯人だと名指されました。ところが、聖堂から、宝剣は出てきませんでした。もしアリールが宝剣を盗んだのであれば、これほど敏捷《びんしょう》に手際よく剣を隠してしまう時間を、彼はどうやって工面できたのでしょう？　衛兵の目にとまらずに済む時間は、わずか。これでは、とても事を運べません。それが、私を訝らせた第一点でした」

フィデルマはここで言葉をきり、大王の妹オルナットへ視線を走らせた。

「アリール・フラン・エッサによりますと、自分は聖堂の前を通りかかったが、扉が開き、閂に乱暴な力が加えられていることに気づいた。何事かと不審に思って中へ入ってみると、空になっている木櫃が目に入った、とのことです。これが、あの夜についてのアリールの説明です」

「あの男がそう述べていることは、私も承知している」と、シャハナサッハが素っ気なく、それを認めた。「何か新しく付け加えることはないのか？」

「ただ、事実を明確にしたいがための確認でございます」フィデルマは大王の苛立ちに動じることなく、そう答えた。「アリールがあのような時刻に聖堂の前を通られましたのは、オルナットに会いに行こうとしていらしたためでした」

オルナットは赤くなった。シャハナサッハは驚きに口を軽く開いて、妹をじっと見つめた。

「あなたの秘密を守れなくて、申し訳ございません、オルナット」と、フィデルマは眉をひそめて、王妹に向きなおった。「でも、真実は語られねばなりません。多くのことが、それにかかっておりますので」

オルナットは兄に向かって、挑むように顎をつんと突き出した。

「どういうことだ、オルナット？　なぜアリールは真夜中にお前に会おうとしたのだ？」と、シャハナサッハは妹に返答を求めた。

彼女は、挑戦的に、頭をぐいと後ろに反らした。

「私はアリールを愛しております。アリールも、私を愛してくれています。私たち、お兄様にこのことをお話ししたかった。でも、そうするのは、お兄様の即位の儀式が済んでからにしよう、その時期のほうが、お兄様も私たちに対してもっと優しいお気持ちを持ってくださるだろう、と考えたのです」

フィデルマは、怒りの言葉を返そうと口を開きかけたシャハナサッハを、片手をあげて押しとどめた。

「お妹御がたの問題を解決なさる時間は、のちほど、いくらでもおありでございましょう。今は、話を続けさせてくださいませ。アリールは真実を語っているのかもしれない。そうであれば、私どもも、これについてしっかり考えてみなければなりますまい。アリールが犯人でないのなら、別のある人物が、この犯行を仕組んだことになります。その人物はアリールとオルナットがこの時刻に会おうとしていると知っており、聖堂の中で彼が通りかかるのを待っていた、ということです。私はタラに不案内でしたので、聖堂には地下通路を通って入れることを知りませんでした。この点で、私は愚かでした。聖堂の正面扉は内部から閂をかける仕組みになっているという事実を知った時、私は即座にこのことを悟るべきでした。この事実は、私の目の前に突きつけられておりましたのに、それに気づかなかったとは。いつも聖堂の扉は、夜間、内側から閂をかけられるのであれば、閂をかけた人物が聖堂から退出するために、正面扉以外の出入り口も当然あるはずです。私は、すぐにそのことに気づくべきでした」

「だが、タラの人間なら誰しも、この通路のことは知っておるぞ」と、シャハナサッハは指摘した。

「そのとおりです」と、フィデルマは微笑んだ。「また、この地に不案内な私も、やがてこの知識を得るであろうことも、わかりきったことでした」

「だが、扉の閂が無理やり壊されていた、という事実がありますぞ」と、今度は修道院長が、苛立たしげに指摘した。

「これまた、そのとおりです。ただし、外から壊されたのではありませんでした」とフィデルマは、それに答えた。「この点に関しても、私の頭は速やかに回転してくれませんでした。すぐさま見抜くべきでしたのに。内側から閂をかけられている扉を外から押し破ろうとしますと、どういうことになるでしょう？　閂を支える金具が木の扉からむしり取られるはずです。ところが実際には、聖堂の扉の角材の閂自体も壊れて、金具からはじけとんでいたのです」

フィデルマは皆の戸惑っている顔を少しの間眺めたうえで、ふたたび言葉を続けた。「何が起こったかは、ごく単純なことでした。まず犯人たちは地下通路を通って、聖堂内へ入りこみました。彼らは壇上の鍵を取りあげ、大祭壇を後ろへ押しやり、宝剣を取り出すと、安全な隠し場所に運び出しました。それから戻ってきて、犯行の舞台を整えたのです。まず衛兵たちが十分遠ざかったことを確かめてから、犯人は扉を開け、手ごろな石を手にして、閂と閂を支える金具を叩き壊しておきました。もし外からアリールによって押し入られたのであれば、木の扉に取りつけられた閂を支える金具が、むしり取られるだけです。ところが犯人は、閂のほうまで壊しておいたのです。あまりにもあからさまな手掛かりでしたので、危うく見逃すところでしたが、とにかく私の目は、まずこの壊された閂に引き寄せられてしまったのでした」

オルナットの面に、涙を通して微笑が浮かんだ。

「アリールがこのようなことをするはずはないと、私にはわかっていました。真犯人は、アリールに罪を着せようとして、彼が押し入ったと見えるように、扉を壊したのです。でもあなたは、閂の破損状態から、アリールが犯人ではないと見抜いてくださった。謎の事件の解明者としてのあなたの名声、見事に実証されましたわ、フィデルマ修道女殿」

修道女フィデルマは、かすかに翳をおびた微笑で、それに答えた。

「証拠はただ、アリール・フラン・エッサが告発されているようなやり方で宝剣を盗むことなどあり得ない、という事実を実証するにすぎません。そのことを推察するには、別に大仰な才能など、必要ではありません」

アリールは眉根を寄せて、フィデルマをじっと見つめた。

「では、真犯人は誰なのだ？」

「いくつかの事実は、はっきりしているように見えました。この犯行によって、誰がもっとも得をするでしょう？」フィデルマはアリールの質問には答えず、先を続けた。「コルマーン修道院長は、ローマによる改革の熱心な支持者です。もしシャハナサッハが大王位を逐《お》われるならば、コルマーンにとっては、この点では、好ましい結果になるのかもしれません。それに、コルマーンが姿をお見せになったのは、まさにこれを可能とする時と場所でした。コルマーン修道院長には、犯行を行なう機会がおありだったのです」

「途方もないことを！」と、コルマーンがとげとげしい口調で食ってかかった。「私に対する不当なる告発だ。私は、あなたの上に立つ者ですぞ、〝ギルデアのフィデルマ〟殿。私はタラの大修道院の院長であり、それに……」

修道女フィデルマは、眉をひそめた。「教会におけるご身分は、わざわざお教えいただくまでもなく、存じ上げております、コルマーン修道院長様」と、彼女はもの柔らかくそれに答えた。「私のほうも、私は今ブレホン法廷の弁護士としてここに立っておりますことを、また、その身分でもって行動するようご当地に私をお招きになったのは院長様ご自身であったことを、思い出していただきとうございます」

コルマーンは立腹のあまり面を朱色に染めたものの、ややためらい、ゆっくりと口を開いた。

「私は、自分がローマの教会改革の熱心な信奉者であることを、一切隠してはおらぬ。だからといって、この目論見の一味であるかのごとき仄めかしを受けるとは……」

フィデルマは、沈黙を求めて、片手を軽くさしあげた。

「今私が申し上げたことは、間違いではございません。アリールとコルマーンが考えを同じくする同志であることは、否定できますまい。としますと、もしコルマーンが宝剣を盗んだのであれば、どうしてアリールを犯人と名指したりするでしょう？　ローマの改革を支持する人々の信用を傷つけることになりますのに。コルマーンは、全力をつくしてアリールを庇《かば》おうとするはずではありませんか？　宝剣が発見されないと、アイルランド全土が動乱に巻きこまれる可能性があり、その中でアリールは、ターニシュタとしてシャハナサッハの大王位に一番近い位置にある人物なのですから」

「そなたは、何を言おうとしているのだ？」フィデルマの論理の筋道を懸命にたどろうとしながら、シャハナサッハは問いかけた。フィデルマの緑色の瞳は冷静で、大王の詰問にも平静だった。

「このような政治的背景を持つ今回の物語には、もう一つ、別の要素も絡んでまいります。ケルナッハ・マク・ディアルムィッドです。この名前は、ローマ派の熱烈な支持者として、いくたびか、私の耳に囁かれました」

これまで顔をしかめながら超然として立っていた若者の顔が、突然飛び出した自分の名前に驚いて、赤くなった。片手が、武器を求めるかのように体の脇へ伸びた。しかし、タラの王宮の広間では、大王護衛隊の戦士以外は、何人《なんぴと》にも武器を携えることは許されていない。

「これは、一体、どういう意味なんだ？」

「ケルナッハは、タラの玉座を目指しています。連立の大王のお一人ディアルムィッドの王子として、ケルナッハはそうすることが自分に課せられた義務であると考えておいでです。そのうえ、もしシャハナサッハとアリールのお二人がともに人々の信頼を失うことになれば、それによってもっとも得るところの大きい人物は、ケルナッハなのです」

「どうして、そのような……！」ケルナッハは激怒の表情も荒々しく進み出ようとしたが、護衛兵の一人に、思わず怯《ひる》んでしまうほど強く、その腕を摑まれた。若者は振り返って、その手を振りほどこうとしたが、それ以上は攻撃的な振る舞いに及ぼうとはしなかった。

フィデルマは、護衛兵の一人に声をかけた。

「戦士エルクは、外に控えておりますか？」

護衛兵は扉のところへ行って、呼びかけた。

それに応えて、無骨な戦士が、何か布でくるんだものを掲げて、部屋に入ってきた。彼はフィデルマに視線を向け、短く頷いてみせた。

「シャハナサッハ、私はこの戦士エルクに、ケルナッハの部屋を探索するようにと、指示いたしました」

ケルナッハの面が、突然蒼白となった。彼はぎらつく目で、エルクが手にしているものを凝視した。

「そこで何を発見しましたか、エルク?」フィデルマは戦士に静かに問いかけた。

エルクは大王の椅子の前へ進み出ながら、手にしているものから布を取り除《の》けて、大王にさし出した。姿を現したのは、剣であった。さまざまな色の宝石をちりばめた、黄金と銀の美々しい造りの剣であった。

「〝カラハーログ〟だ!」と、シャハナサッハは喘《あえ》ぐように叫んだ。「アイルランド国家の宝だ!」

「嘘だ! これは、捏造《ねつぞう》だ!」ケルナッハが、唇をわなわなと震わせながら、喚《わめ》きだした。

「わざと、置かれていたんだ! この女が仕組んだんだ!」

若者は、フィデルマをさっと指さしながら、激しくそう咎めたてた。フィデルマはそれに取り合おうとはしなかった。ただ、戦士に問いかけた。

「これを、どこで見つけました、エルク?」

無骨な戦士は、まず唇を舐めた。大王の御前にいることに、見るからに緊張しているようだ。

「布にくるんで、ディアルムイッドの王子ケルナッハの寝台の下に置かれとりました」と彼は、堅苦しい口調で、そう答えた。

一座の視線は、身を震わせている若者の上に、期せずして集まった。

「簡単に見つかりましたか、エルク?」と、フィデルマは訊ねた。

がっしりした体格の戦士は、苦い笑いを面に浮かべた。

「簡単すぎるほどで」

「簡単すぎるほど?」わずかに強勢をつけて、フィデルマはそれを繰り返した。

「なぜ、このようなことをしたのだ、ケルナッハ・マク・ディアルムイッド?」と、シャハナサッハが大声で、若者に詰問の言葉を投げつけた。「どうして、このような卑劣なことができたのだ?」

「でも、ケルナッハは、犯人ではありませぬ」

修道女フィデルマの冷静な声に、皆驚いて振り向き、彼女を凝視した。

「ケルナッハでないとすると、では、誰なのだ?」シャハナサッハは混乱して、フィデルマに説明を求めた。

「演繹《えんえき》という思考法は、古代のさまざまな神秘に劣らず複雑で見極めがたいものです」とフィデルマは、ため息をついて、説明を始めた。「このたび私は、自分が直面しているのは、これまでに経験したことのないほど大胆な目標を目指し、かつ複雑に考え抜かれた事件なのだ、と気づきました。なにしろ、そこに賭けられているのは、アイルランド全土を統べる大王の座なのですから」

ここで彼女は言葉をきり、部屋に集まっている人々の顔を見渡してから、その視線をシャハナサッハへ向け、彼をじっと見つめた。

「最初から私を戸惑わせていたことが、一つございました。なぜ私がこの件を調べよとのお召しを受けたのか、という点です。法律の分野における私のささやかな評判は、キルデアの聖ブリジッド修道院の外では、ほとんど知られておりません。大王の玉座のあるこのタラの都には、法律に関して私よりも優れたかたが、大勢おいでです。私より優れたドーリィーがた、私より高名なブレホンがたが、何人もいらっしゃいます。コルマーン修道院長も、私のことはご存じなかったが、ある方から聞かされた、とのことでした。私は次第に、自分は利用されているのでは、と感じ始めました。それにしても、なんのために？　誰によって？　アリールが無実であることは、いかにも明白であるように見えました。でも、なぜ、こうも明白だったのでしょう？」

アリールは目を細めて、強い視線でフィデルマを見つめた。フィデルマは、室内に張りつめている緊張など念頭から消え失せてしまったかのように、先を続けた。

「コルマーン修道院長は、私をご当地へお呼びになりました。すでに述べましたように、院長はこの事件によって、得るところ多い方です。また、この犯行をやってのける機会も、お持ちでした」

「でたらめだ!」と、コルマーン修道院長が叫んだ。

フィデルマは、顔を朱に染めている高僧を振り向き、微笑みかけた。

「おっしゃるとおりです、コルマーン院長様。私は、そのことをすでに認めておりますわ。犯行を行なったのは、あなたではありません」

「とにかく、宝剣はケルナッハの部屋で発見されている」と、シャハナサッハが指摘した。

「となると、犯人はケルナッハに相違あるまい」

「ケルナッハがローマによるキリスト教会改革案の熱心な支持者であるという点は、いくたびも私に指摘されました。がむしゃらな若者というのが、彼についてよく使われた表現でした。事件の動機は、伝統主義者であるシャハナサッハを廃して、改革を推進する人物を大王位に就けたいという欲求の中にあるのだと考えるように、私はいくたびか誘導されました。それに、私どもが必ず見つけるようにと、宝剣は真犯人によってご親切にもケルナッハの部屋に置かれておりました。私の足は、巧妙にケルナッハへと導かれていったのです……でも、どうしてケルナッハなのでしょう? まだ〈選択の年齢〉に達してもいないのに、このような犯行を犯して、彼にどのような利益があるというのでしょう?」

静まりかえった部屋の中で、皆固唾《かたず》をのんで、フィデルマの言葉の続きを待ち受けた。

「コルマーン修道院長様は、ケルナッハのことを、ローマの支持者だとおっしゃいました。アリールもです。オルナットも同様でした。でも、ケルナッハはまだ大王となれる年齢ではないにもかかわらず、その王位に野心を抱いている、と私に仄めかしたのは、オルナットだけでした。また、彼も一ヶ月以内にはその年齢になると最初に教えてくれたのも、オルナットでした」

フィデルマは、突然、オルナットに向きなおった。

「さらにオルナットは、謎の解明についての私の評判を知る唯一の人物でした。オルナットは修道院長に私のことを告げ、私を呼び寄せるようにと、しきりに勧めたのです。そうではありませんか？」

フィデルマがふたたびコルマーン修道院長へ視線を向けると、彼は戸惑いながらも頷いた。

オルナットは蒼白な顔をして、フィデルマを強い視線で見つめた。

「私が宝剣を盗んだと、お言いなのですか？」とオルナットは、氷のように冷たい囁き声で、フィデルマに迫った。

「ばかばかしいにも、ほどがある！」と、シャハナサッハが大声をあげた。「オルナットは、私の妹なのだぞ」

「にもかかわらず、罪を犯したのは、アリールとオルナットなのです」と、フィデルマは答えた。

「だが、そなたは、アリールの無罪を明確に示してみせたではないか？」とシャハナサッハは、全くわけがわからずに、そう問いかけた。

「いいえ。アリールは無辜《むこ》であり、彼は告発されているような形で犯行を犯しはしなかった──そう私が信じるような証拠が残されていた、と申し上げたのです。あまりにも証拠が揃いすぎている時には、用心する必要があります」

「しかし、どうしてオルナットがこの企みに加担するというのだ?」と、大王は説明を求めた。

「計画は、オルナットの考えでした。この犯行の狡猾さは、彼女のものです。それを実行したのは、アリールとオルナットの二人でした。ほかの者は、誰も加わってはおりませぬ」

「説明を聞こう」

「アリールとオルナットは、あの夜、地下通路を通って聖堂へ入ってきて、計画の実行に取りかかりました。オルナットが宝剣を盗み出している間に、アリールは門を壊し、犯人が犯した過ちをはっきり残しておきました──二人の衛兵の目にとまることを、期待して。アリールは彼らを待ち受けました。ところが、細心に練りあげた計画にしばしば起こることですが、ここで思わぬことが起こりました。オルナットが地下通路を通って聖堂から立ち去ろうとした時、修道院長が向こうからやって来られたのです。修道院長は聖具室に忘れておられた典礼用詩篇集が必要となられて、それを取りにいらしたのです。オルナットは壁龕の一つにどうにかもぐりこみ、院長が通りすぎてゆかれるのを待ちました。そのあと、オルナットは壁龕から出たのですが、その時彼女の衣装が何かに引っかかり、その一部が千切れてしまいました」

フィデルマは、千切れた小さな布切れを取り出した。色鮮やかな布だった。

「でも、計画のそのほかの部分は、全て手はずどおりに進んでゆきました。アリールは投獄されました。計画の第二部が、ここから始まるのです。オルナットは、私が所属するキルデアの女子修道院の尼僧の誰かから、私が事件の謎を解くことに長《た》けている、と聞いていたのです。余計な謙遜を抜きにして述べさせていただきますならば、オルナットの計画は全て私の存在を計算に入れて考えられたものだったと言えましょう。宝剣がいまだに見つからないという段階で、オルナットは、この不可解な消失事件を調査させるために私を呼び寄せるようにと、コルマーン修道院長を説得することができました。コルマーンご自身は、オルナットに聞かされるまで、私のことなど全くご存じなかったのです。コルマーンは、そのことをはっきり認めておいでです」

修道院長は、彼女が説く推理についてゆこうと懸命に頭を働かせながらも、頷いて、その言葉に同意を示した。

「私は、こちらへ到着しますとすぐに、調えられた証拠によって、アリール・フラン・エッサは訴えられているような罪を決して犯してはいない、彼は無罪だ、という結論に誘導されてゆきました。これは、私をほかの犯人へと導くものでもありました。そこで、私の注意は、ケルナッハ・マク・ディアルムィッドへと向かいました。そして今、彼の部屋から、ろくに隠されもしていない神聖な国家の宝剣が発見されたわけです。でもこれは、私の目には、あまりにもあからさまでありすぎる、と映りました。逆に、疑念が兆してきました。アリールとオルナットは、ケルナッハの名前をあまりにも持ち出しすぎるのではないか、という気もしてきたのです。さらに、地下通路で、この布切れも見つかりました。そこで、私は考え始めたのです」

「しかし、宝剣を提示することができないことを理由として私を失墜させようという目論見であるのなら」と、シャハナサッハが疑問をさしはさんだ。「何もこのように複雑な計画など、必要あるまい。ただ単純に宝剣を盗み、容易に見つからないような場所に隠すだけで、十分ではないか？」

「それが、大きな謎でございました。でも、考えているうちに、わかってまいりました。アリールとオルナットは、あなたの失脚を確実なものにしなければならなかったのです。宝剣の消失は、確かに国内に警戒心や紛糾をかきたてましょう。でも、二人が目指したのは、単なる混乱ではなかったのです。彼らは、あなたが即座に失脚することを、また近く対抗者となるであろうケルナッハが確実に葬りさられることを、望んだのです。二人は、〈大集会〉が、すでに下していた〝次期大王はシャハナサッハ〟という決定は誤りであったと後悔し、大王即位式において〝唯一の王位継承適格者〟としてアリールを選出しなおして、それをただちに布告する、という事態を狙ったのです」

「彼らが、どうやって〈大集会〉にそのような布告を出させることができるというのですかな？」と、コルマーン修道院長は、フィデルマに説明を求めた。「〈大集会〉は、すでに決定を下しておるのですぞ」

「法律では、即位の儀式の前であれば、〈大集会〉はいつでも決定を覆せることになっております。また、無実のアリールを逮捕させたとなれば、シャハナサッハの判断力に、つまりは民を公平に扱う能力に、強い批判が浴びせられましょう。そのような場合には、〈大集会〉は彼への支持を取り消すことができます。シャハナサッハが自分の競争相手を不当にも告訴したと〈大集会〉が判断した場合にも、同様のことが起こりましょう。さらには、オルナットがアリールを愛していることにシャハナサッハは私的な怒りを抱いていたという非難も浴びせられるのではと、私は見ております。兄を追い落とし、代わりにアリールを王座に就けようとするオルナットのこのような計画に、私は組みこまれたのです。私がタラに招かれたのは、アリールの無実とケルナッハの有罪を証明するという役割を演じるためだったのです。シャハナサッハはアリールが犯人であると誤認したわけで、彼のこのような判断力への不信は、大王としての能力を評価されるうえで、重大な瑕《きず》となります。〈ブレホン法〉の中の〈王者に関する掟〉を思い出してくださいませ。正しい王者としての七ヶ条の証です。あれには、王の判断は、公正にして確乎たるものであって、非難を招くが如き瑕瑾ある決断であってはならぬ、とあります。アリールの投獄を命じたシャハナサッハの判断が誤りであったということになれば、ターニシュタであるアリールは彼に代わって大王位に就くことができ、オルナットも大王妃となれるわけです」

シャハナサッハは椅子にかけたまま、妹の顔をじっと見つめた。彼女のゆがんだ顔が、真相をおのずから物語っていた。フィデルマの論述の正しさにさらなる証拠が必要であるなら、オルナットの面に浮かぶ怒りと憎悪の表情と、アリールの顔に広がる屈辱の色が、それを十分に立証するであろう。

「では、今回の事件は、大王位を我がものにしたいという野望から引き起こされた、と言うのか？　権力を握ることがその動機だった、と言うのか？」大王は、信じかねるかのように、そう訊ねた。「彼らが、ローマの意図に共鳴して、アイルランドのキリスト教会の改革を望んだからではなかったのか？」

「ローマ教会のためではありませんでした。単に、権力を望んだからでした」と、フィデルマは答えた。「人間は、権力を得るためであれば、なんでもやってのけようとするのかもしれません」

大王廟《びょう》の悲鳴

A Scream from the Sepulchre

今宵は、万聖節の前夜。アイルランドの全ての王たちの上に立ちたまう大王《ハイ・キング》シャハナサッハの王宮は、大王領ロイヤル・ミースに広がる都タラに構えられている。その警護隊の兵士である戦士トゥレサックは、気が重かった。多くの建物からなる王宮の敷地の一画には、歴代の大王がたの御霊屋《みたまや》が連なる墓所があるのだが、その区画の夜間警邏《けいら》という隊員たちからもっとも敬遠されている任務を、選《よ》りに選って今日という日に籤《くじ》で引き当ててしまうとは。ここは、過去の偉大なる大王がたが、彫刻をほどこした花崗岩の石碑を前面に侍《はべ》らせて、安らっておられる場所だ。墳墓の内部には、王者の亡骸《なきがら》とともに、生前に愛用されていた戦車《チャリオット》や武具、それに大王がたが〈彼方《かなた》なる国〉へ向かわれる旅路で必要とされるであろう数々の道具類も、埋葬されているはず。

トゥレサックは、落ち着かなかった。ほかの日ならともかく、今夜この任務に就かねばならないとは、なんという不運だ。今では万聖節の宵、あるいはオールハロウズ・イヴと呼ぶ人々もいるが、もともとこの祭りは、はるか昔の異教の信仰であった。全アイルランドがキリスト教という新しい信仰を受け入れて久しい今もなお、その頃の名称であったサウィン・フェシュ〔冬迎えの祭り〕という言い方をしている者も少なくない。

古くからの言伝えによれば、一年の中でこの夜にのみ、人間は〈彼方なる国〉をうかがい見ることができるという。また、死者の霊が、生前自分に非道を行なった人間に復讐しようと戻ってくるのも、この夜なのだ。この古《いにしえ》の信仰は人々の間にきわめて深く根づいていたため、新しく入ってきたキリスト教もこの故習を根絶することはできなかった。そこでキリスト教は、これを二つの祭祀に分けて別物にしてしまい、そのうえで自分たちの信仰の中に取りこんだのである。すなわち、万聖節は高名、無名を問わず、あらゆる聖者がたを敬《うやま》う日とされ、その翌日を万霊節として、信仰篤き全ての死者たちの魂を追憶する日と定めたのである。

塀をめぐらした墓所の区画は、大王宮の中でも、主な建物が集まっている中心部からはやや離れた辺りに広がっていた。トゥレサックはそちらへ近づきながら、冷えびえとした夜気に軽く身震いをした。秋は速やかに姿を消して、冬の最初の兆しである夕霜の白い指先がひそやかに忍び寄り、大王領ロイヤル・ミースの丘辺に寒気をみなぎらせ始めたのだ。

トゥレサックはちょっと足を止め、これから巡邏しなければならない行く手の道を思った。花崗岩の枠に支えられた大扉を入り口とする円墳が両側に黒々と連なる道である。これらの墳墓には、もっとも誉れ高い古の大王がたが幾人《いくたり》か葬られておいでなので、この道は〝大いなる王者の道〟と呼ばれている。その中でも一際威容を誇っているのが、第四十代の大王、オラブ・フォーラの廟所《びょうしょ》である。彼こそ、アイルランドのさまざまな法律を集大成し、さらには三年ごとに大王都タラで、サウィン・フェシュの日に、大集会〈タラの祭典〉を開催するという慣行を確定した名君であった。アイルランド全土の裁判官、弁護士、さまざまな行政官たちが参集して法律を論じ合い、必要とあらばそれに改正を加える、ということも、〈タラの祭典〉の重要な機能である。すでにおびただしい人数の法律関係者たちが当地にやって来ていることを、トゥレサックも承知していた。今年は、三年に一度のその年にあたっているのだ。彼らは、明日の朝から、議論を始めることになっていた。

　そのほかにもう一つ、堂々たる円墳がある。その主《あるじ》、第七十六代の大王、〝マハ・モング・ルーア（狐色の髪のマハ）〟は、アイルランド全土を統《す》べる大王位に就いた、ただ一人の女性である。その向こうには、〝偉大なるコナラ〟、〝正統なる王トゥール〟、〝孤独の王アルト〟、〝百戦の王コン〟、〝黒き歯のファーガス〟などの墳墓が連なっている。トゥレサックは、これらの奥津城《おくつき》の住人たちの名を、連禱《リタニー》を誦《しょう》するように淀みなく唱えることができる。高きにあって輝いておられた王者たちが、こうして今は、低き廟所に安らっておられるのだ。

　それにしても、死者たちの安息の地を、どうして戦士がわざわざ警邏しなければならないのか、トゥレサックにはそこがわからない。この陰気な一画を警備する必要が、本当にあるのだろうか？　しかも、暗い晩秋の夜の中でも、なんで今夜という夜に、俺がその任務に就かねばならんのだ？　どこか別の区域が割り当てられていたらよかったのに。ここでさえなければ、どこだろうといいのに。

まあ、少なくともランターンは持っている。しかし、ランターンの灯りだけでは、心強いと言うにはほど遠い。トゥレサックは、闇に包まれた墳墓の間の道を、足早に進み始めた。上官に、担当区域の巡回を終了しましたと、できるだけ速やかに——後ろめたい思いなしに——報告できれば、それに越したことはない。夜の任務のあとには、褒美のクアルム〔強い蜂蜜酒〕が待っていることを思い出すと、少しは元気が出てきた。

しかし、角を曲がる時には、衛兵としての良心に従って足を止め、辺りに広がる墳墓群に異状はないかと、ランターンを高く掲げて点検の視線を走らせた。要所要所にさしかかる度にこうしてさっと確認することは、隊長に報告しなければならぬ義務であったし、彼自身の戦士としての誇りでもある。それでも、掘られたばかりの墓穴が目に入った時には、思わず身震いが出そうになった。墓所の管理や墓掘りという墓守りの任務は、ギャラヴという男が受けもっているのだが、この二日間、彼がここで新しい墓を掘っていたことに、トゥレサックも気づいていた。作業は未完成で、中にはまだ何も入っていない。それでも、掘りあげた黒い土に縁取られて大きく口を開けている暗い穴を目にすると、トゥレサックは思わず背筋に戦慄《せんりつ》が走るのを抑えきれなかった。つい、いろいろと連想してしまい、子供の頃の恐怖感が甦ってくる。今にも、この暗い穴の底から何か恐ろしいものが現れるのではと、心臓が恐怖に鷲摑みにされる。

彼は軽く膝をかがめて十字を切ると、さっと身を翻《ひるがえ》して立ち去ろうとした。

これらの、やや新しい墳墓が集まっている一画から少し離れた場所に、オガム文字が刻まれた花崗岩の石柱に取り囲まれて、ドゥムマと呼ばれる、さらに古い形式の墳丘墓が一基、築かれていた。オガム文字というのは、新しい信仰（キリスト教）の伝来とともに伝えられたラテン文字の普及によって今ではすっかり廃《すた》れてしまっているが、アイルランド古来の文字であった。これほど暗くなければ、このドゥムマがほかの墳墓よりも見事な装飾をほどこされていることが見てとれるはずと、トゥレサックは知っている。石を組んだ入り口を閉ざしているのは、頑丈なオーク材の堂々たる両開き扉で、赤銅と青銅の腰板が張られ、鉄材で補強されている。腰板には、黄金と銀の飾り鋲《びょう》による装飾もほどこされていた。

これは、大王宮内の墓所の中でも最古の墳墓の一つとされており、実際、年代記筆録者たちによれば、千五百年も昔のものだそうだ。古代の諸王の中でもっとも好戦的で、一年のうちに九の三倍もの戦《いくさ》で勝利を勝ち得たと言われる第二十六代大王ティーガーンマス、別称〝死の王者〟の墓なのだ。彼の御代《みよ》に、アイルランドで最初の金鉱、銀鉱が発見され発掘が始まったと、語り部たちは伝えている。ティーガーンマスは、富と力を持つ王者となっていった。人々に、異なる色の衣服によって自分が属するクラン〔氏族〕と地位を明示させたのも、この王であった。

だがこの不気味な夜、見回らなければならない多くの墳墓の中で、トゥレサックはこのティーガーンマスの墳墓にもっとも強く恐怖を感じるのであった。昔の年代記筆録者たちは、ティーガーンマスはアイルランド古来の神々への信仰を棄てて血と復讐の邪神崇拝へと改宗した、と記している。この王は、マグ・スラクトの平原で、毎年サウィンの祭りに邪神に生贄《いけにえ》を捧げた、という。彼は、そのために恐ろしい病に襲われた。ティーガーンマスと彼に従う者たちは、ことごとく不可思議な苦患にもだえつつ死に絶えたが、彼の亡骸だけは、諸大王の終《つい》の安息の地に葬るために、このタラに連れ戻されたのだ、という。

トゥレサックも、こうした話は、よく知っている。だが、この王の物語には、少なくとも今夜だけは、自分の想像の中から姿を消していてもらいたかった。彼は、片手でランターンを掲げながら、もう一方の手で剣の柄をさらに固く握りしめて少し勇気を取り戻すと、とにかく急ぎ足でティーガーンマスの墳墓の前を通りすぎようとした。だが突然、金縛りとなったかのように、彼の足はぎくりと止まってしまった。悲鳴が聞こえたのだ。身じろぎもできなかった。それは、くぐもったような叫び声だった。首を絞められているような、苦痛の叫びであった。

苦悶の叫びは、今度ははっきりと聞き取れた。「お助けを！　神よ、お助けを！」

トゥレサックは動けなかった。どっと冷や汗が噴出してきた。急に、咽喉《のど》が強《こわ》ばり、からからに乾き、一言も声を発することができなかった。

その悲鳴は、気の遠くなるほどの長い歳月封印されてきたティーガーンマスの墓所の中から聞こえてきた、としか思えなかった。

アイルランド五王国（アイルランド全土）内の大小の王国の王や族長たちがこぞって参集するタラの〈大集会〉において、信仰上の問題に関する助言者を務めるのは、ずんぐりした体格と赤ら顔をした、六十年配のタラの大修道院長コルマーンである。彼は今、王宮内の自分の個室に入ってきた若い修道女を迎えようと、椅子から立ち上がったところだ。客は、背がすらりと高く、灰色がかった緑の瞳をした尼僧で、被り物の下からは、赤い髪が一房、こぼれるようにはみ出していた。

「フィデルマ修道女殿！　あなたにこのタラでお目にかかるのは、このうえもない喜びですわい。ところが悲しいかな、その喜びを、あなたはなかなか与えてくださらない」

コルマーンは、両手をさし伸べて進み出てきた。

「〝ドミムス・テクム（主《しゅ》のご加護のあらんことを）〟」と若い修道女は、儀礼を守って生真面目な表情で、彼の歓迎に定めのラテン語の挨拶を返した。満面に笑みを浮かべた大修道院長は首を横に振り、客の手を温かく握りしめながら、暖炉の傍《かたわ》らの椅子へと導いた。二人は以前からの知り合いであるが、最後に会ってから、もうかなりになるのだった。

「今年の〈大集会〉で、あなたにお会いできるのだろうかと、気を揉んでおりましたぞ。ほかの裁判官や弁護士がたは、もう全員到着されておりますからな」

キルデアの聖ブリジッド修道院の尼僧フィデルマは、微苦笑を浮かべて、それに答えた。

「もしこれに出席しないようでしたら、私はずいぶん怠け者だということになってしまいますわ。議論が白熱しそうな議題が、いろいろ予定されておりますもの。私は、こうした問題を、首席ブレホンと論じたいと思っておりますので」

大修道院長コルマーンは楽しげに微笑むと、フィデルマに、ゴールからの輸入物がありますぞ、温かなマルド・ワイン（香りや甘みを加えて温めたワイン）をご一緒にいかがかな、と訊ねてくれた。彼女が頷《うなず》くと、院長はさっそく素焼きのアンフォラを棚から取りおろして中の赤ワインを大型水差しに注ぎ、炉に刺してあって赤く熱した火掻き棒を抜き取って、それにさしこんだ。中のワインが、じゅっと音をたてた。院長は、それを銀の高杯《ゴブレット》に注ぎわけた。

夜になり、冷えこんできていたから、フィデルマは温かなアルコールをありがたく味わった。

「この前タラにおいでになったのは、本当に三年前だったのですかなあ？」大修道院長は、フィデルマに向かい合う椅子に腰をおろしながら、いかにも信じられないという表情を大げさにしてみせて、そう問いかけた。

「本当に、一昔前のように思われますわね」と、彼女も同感の意を口にした。

「大王は、あの時（「大王の剣」で描かれている事件の時）修道女殿がどのようにして盗まれた王剣の謎を解明されたかを、今でもよく、感嘆しながらお話しになっておられますぞ」

「シャハナサッハ大王様は、いかがなされておられます？　お健《すこ》やかにお過ごしでしょうか？ご家族の皆様も、ご壮健のことでしょうね？」

「皆様、よき日々をお過ごしですわ」院長は、「〝主《しゅ》のご加護のもとで〟」と一言、敬虔にラテン語で付け加えた。「しかし、修道女殿のほうは、あのあと、いろんなことがおありだったとか(1)」

彼の言葉は、扉を叩く鋭い音によって妨げられた。

コルマーンは、フィデルマに、失礼といった視線をちらっと向けてから、「お入り」と告げた。

扉のところに立っている者が強い衝撃を受けていることは、素人《しろうと》でも見てとれるほど著しかった。羊の毛皮の外套をまとっているにもかかわらず、凍えきっているかのように身を震わせ、顔面からは血の気が引いている。唇がわなわなと慄《おのの》くのを、どうにも抑えきれないようだ。彼は黒褐色の目を、院長からフィデルマへちらっと移したが、すぐにそれを院長へ戻した。

「さあ、戦士よ」とコルマーンが、鋭く声をかけた。「早く、聞かせよ。何事なのだ?」

「院長猊下《げいか》」と、戦士はためらった。不明瞭な声で、何か言いかけた。コルマーンは、苛立たしげに、ふーっと吐息をついた。

「さあ、早く言うがよい!」

「自分は、王宮警護隊のトゥレサックであります。隊長のイレールに、院長殿をお連れするよう言いつかりました。事件が出来《しゅったい》しましたもんで……」

トゥレサックの声が、覚束《おぼつか》なげにとぎれた。

「事件？」と、コルマーンは問い返した。「どのような？」

「大王がたの墓所で生じた事態であります。イレールは、大修道院長殿にただちにおいでいただきたいと、願っております」

「どういうことじゃ？　どのような事態だというのだ？」コルマーンは、自室の暖炉と温かなマルド・ワインを諦めねばならないらしい突発事が、いかにもありがたくないようだ。しかし、大修道院長は、宮廷の高官であると同時に、信仰上の指導者でもあって、タラの都における宗教に関わるあらゆる出来事は、彼の権威のもとにあるのだから、墓所の維持も、彼の管轄なのである。

フィデルマは目を伏せてワインを静かに味わいつつも、神経質になっている戦士をじっと観察していた。彼は、見るからに極度の恐怖を味わっているようだ。大修道院長に素っ気ない口調であしらわれても、いっこうに平静な気分は取り戻せないらしい。フィデルマは高杯を卓上に置いて、勇気づけるように微笑みかけた。

「何が起こったのかを、私どもに聞かせてください。それがわかれば、どうすれば一番よくあなたがたのお役に立てるかが、こちらにもわかるでしょうから」

戦士はフィデルマのほうへ向きなおりながら、途方にくれたように両手を広げた。

「自分は、警邏中でありました。つまり、墓所の中をです。それも、選りに選って今夜です。そして突然、悲鳴が聞こえたんであります、ティーガーンマス王の墳墓から……」

「墳墓から？」フィデルマは、鋭く聞きとがめた。

「はあ、墳墓の中からであります、尼僧殿」戦士は、片膝を折り十字を切って、自分の言葉を強調した。「この耳で、聞いたんであります、〝神よ、お助けを！〟とはっきりと叫んどる声でした。死ぬほど怖かったです。自分は、人間が相手なら、戦えます。でも、苦しみながらさまよっとる死者の魂が相手じゃ、とても駄目です」

コルマーンは、ちっ、ちっと舌打ちをした。顔には、疑わしげな表情が濃かった。

「これは、人を担ごうという悪戯《いたずら》なのか？　今夜がどういう夜かは、私にもわかっておるわい」

しかし、戦士の面《おもて》には、恐怖しかなかった。フィデルマは、そこに悪戯めいた色など全くないことを、見てとっていた。

「先を」と、フィデルマは戦士を促《うなが》した。「それで、どうしたのです？」

「どう、でありますか、尼僧殿？　自分は、その呪われた場所から、できるだけ急いで立ち去りました。そして、隊長のイレールに報告しようと、駆け戻りました。初めイレールも、今の院長殿と同じように、自分の言うことを信じてはくれませんでした。それでもイレールは、もう一人の戦士を連れて、自分と一緒に墓地へ来てくれました。そして、ああ、本当です、尼僧殿、またもや声が聞こえてきたんであります。さっきより、弱々しく。やはり、助けを求めとりました。イレールも、それを聞きました。一緒にやって来た、もう一人の戦士もです」

それでもまだコルマーンは、トゥレサックの話を全く信じていないようだ。

「イレールは、私に何をしてほしいと言っておるのだ？」と問う彼の声には、皮肉な響きが聞き取れた。「そこへ出向いて、死者の魂のために祈ってくれ、とでも言っておるのか？」

「いえ、イレール隊長は、地上を去りやらぬ亡霊などを信じる男ではないです。隊長は、霊所の扉を開けるお許しを願っとるのです。彼は、何者かが中にいて、傷ついているのだ、と考えとります」

大修道院長は、ぞっとした顔になった。

「あの墓は、千五百年もの間、一度も開かれてはおらぬのだぞ」と彼は、抗議の声をあげた。

「誰であろうと、どうして中に入ることができたというのだ？」

「ギャラヴも、イレールにそう言いました」と、戦士はそれには同意した。

「ギャラヴとは？」と、フィデルマは質問をはさんだ。

「墓所の管理人であります。隊長のイレールが彼を呼び出して、墳墓の扉を開けるように、命じたのです」

「ギャラヴはそれに応じたのか？」と大修道院長は、神経を尖らせて訊ねた。

「いえ、彼は、もっと高い権威からの許可がなければ駄目だと、イレールの要求を拒みました。それで隊長は、院長殿の許可を求めて、自分をこちらへ寄こしたわけです」

「全く、そのとおり。これは、重大な問題だ」と、コルマーンは唸った。「大王の墳墓の扉を開けるか否かの決断は、兵士が——たとえ、王宮警護の隊長であろうと——勝手に下せる決定ではない。どうやら、私が赴《おもむ》いて、お前の上官のイレールという男に会う必要があるようだ」コルマーンはそう言うと立ち上がり、フィデルマに視線を向けた。「修道女殿、失礼させていただいて……」

しかし、フィデルマも立ち上がっていた。

「私もご一緒いたしましょう」と、彼女は静かに告げた。「もしその声が封印されている墳墓の中から聞こえてきたのであれば、何者かはわかりませんが、人がそこへ入っていった、ということになりますから……そうでなければ、亡霊が私どもに呼びかけている、ということになります。そのようなことは、あり得ませんものね」

彼らが行ってみると、生真面目な顔をした王宮警護隊の隊長イレールが、もう一人の戦士とともに、墳墓の外で待っていた。第三の人物もいた。ずんぐりとした体軀で、革の胴着《ジャーキン》とズボンという労働者風の服から、ごつごつと筋張った腕がのぞいている。喧嘩早そうな顔つきで、今も隊長と言い争っているところだった。フィデルマたちが近づくと、男はさっと振り向いたが、すぐにほっとした色を顔に浮かべてコルマーン大修道院長の名前を呼び、挨拶の声をかけた。

「来てくださって、助かりましたわい、コルマーン院長様。この隊長が、儂に、墓所の扉を開けろって言うんでさ。神聖なものに、そんな罰当たりなことができますかね？　で、教会のお偉い人の命令がなけりゃ駄目だって、断っとるとこでさ」

イレールが一歩踏み出して、大修道院長に敬礼をした。

「トゥレサックから、説明をお聞きになりましたか？」と、彼の挨拶は簡潔だった。

大修道院長コルマーンは、軽侮の視線を、彼に向けた。

「我々に、その声とやらを聞かせてもらえるかな？」コルマーンは、いかにもばかげたことをといった調子でそう言いながら、耳をそばだててみせた。

イレールは苛立ちを抑えて、それに答えた。「ギャラヴに使いを出してからあとは、その声を聞いておりません。自分は、先ほどから、扉を開けてみるようにと、ギャラヴを説きつけておりました。一刻を争う事態です。中で、何者かが、死にかけているかもしれんのです」

ギャラヴと呼ばれた男は、面白くもなさそうに笑ってのけた。

「扉を見てみなされ。千五百年もの間、誰一人開けてはおらんのですぜ。中で死んどるとしたら、千年以上も前の死人でさあ」

「この墓地の墓守りとして、ギャラヴはお前の要求を拒む権利を持っておる」とコルマーンはイレールに言い聞かせた。「さて、この私にも、これを許可する権限があるものやら」

フィデルマが一歩前へ進み出たのは、この時だった。

「でしたら、私が命令を出しましょう。私どもは、ただちに扉を開けねばならないようです」

コルマーンはくるっと振り返って、フィデルマに苦い顔を見せた。

「この件を、真面目にお取りあげになるのですかな?」

「経験をつんだ警護隊の指揮官とその配下の戦士がこれを真剣に受けとめているということは、二人は何かを耳にしたと信じてもよい、十分な理由となりますわ。果たしてどうなのか、見てみましょう」

イレールは若い修道女に驚きの視線を向けたが、ギャラヴの顔に浮かんでいるのは、侮《あなど》るような冷笑であった。

しかしコルマーンは、溜め息をつくと、墓所の扉を開けるよう、墓守りに合図した。

「フィデルマ修道女殿は、ドーリイー、すなわち法廷に立つことがおできになる弁護士殿だ。しかも、アンルー〔上位弁護士〕の位も、お持ちの方じゃ」とコルマーンは、自分のとった態度が正当であることを彼らにわからせるために、そう説明して聞かせた。「つまり、修道女殿は、この権限をお持ちなのじゃ」

ギャラヴの目が、それとわからぬほど揺らいだ。これが、目の前にいる若い尼僧はこの国の法律の世界において最高位に次ぐ位であるアンルーの資格を持っている人物だと知った時に彼が示した、唯一の反応であった。イレールの肩からは、緊張がほぐれた。こうして明確な決断が下されたことに、ほっとしたらしい。

墓守りが古びた錠を叩き壊して墳墓の扉をさっと開くまでには、少し時間がかかった。

彼らは、ただちに中に入りかけた。しかしすぐに、驚愕の喘《あえ》ぎが皆の口からもれた。

扉のすぐ内側に、男の死体が転がっていたのだ。

太古の死者でないことは、一目《ひとめ》で見てとれた。ごく最近死亡した人間だ。背中から、棒が突き出ていた。明らかに、これで射られたか、刺されたか、したのだ。一見、矢のように見えるが、矢羽根はついていない。死体は、扉のすぐ内側に、まるでそれを開けようとしていたかのように両手を伸ばしたまま、俯《うつぶ》せに倒れていた。爪が剝《は》がれ、血が出ている。恐怖に駆られて、扉をかきむしったのだ。そして、その顔！ 何か、暗黒世界の邪悪なるものを前にしたかのように、恐怖に目を剝《む》いていた。

トゥレサックが、激しく身震いをした。「主《しゅ》よ、我らを見守りたまえ！」

ギャラヴは、わけがわからないというように、顎をこすっている。

「墓は、しっかり封印されとったのに」と、彼は呟《つぶや》いた。「皆様、ご覧になったでしょうが。扉の封印を。千五百年もの間、しっかり閉ざされとったんですぜ」

「でもこの男は、内側からなんとか扉を開こうとしていました」とフィデルマは、明白な事態を指摘した。「イレールが扉を開けるよう要求した時には、男はすでに瀕死の状態でした。トゥレサックとイレールが耳にしたのは、その断末魔の悲鳴だったのです」

イレールは、フィデルマをちらっと見やった。

「これは、神にお仕えになる尼僧殿がご覧になるようなものじゃありません」と彼は、中へ入ってゆこうとするフィデルマを、さし止めようとした。

「私は、ドーリィーです」とフィデルマは、彼に思い出させた。「この調査は、私が行ないます」

イレールはうかがいをたてるようにコルマーン大修道院長に視線を走らせたが、彼が軽く頷くのを見て、彼女が中へ踏みこむに任せた。中へ入るやフィデルマは、ランターンをいくつか灯して高く掲げるように命じて、辺りを照らさせた。

そのうえで、彼女は慎重に足を進めた。彼女も、悪名高いティーガーンマスの数々の所業についての伝承を、よく知っている。自分に仕えるドゥルイド[2]たちを全員殺害させ、巨大な偶像の崇拝を始めた大王だ。はるか昔から、アイルランドの子供たちは、親の言うことをきかないと邪悪な王の魂が〈彼方なる国〉からやって来てお前を攫《さら》っていくよと脅されながら、しつけられてきたものだ。そして今、彼女は、王がおぼろにかすむはるかなる昔に葬られて以来開かれたことのないその墓所の戸口に立っているのだ。決して、魅力ある場所とは言えない。中の空気は淀んでいた。じめじめとして朽ち果てた木材や久しく外気にさらされていない土の臭いが、強く鼻をつく。不健康で不潔な空気が、たちこめていた。

死体について、まずフィデルマが見てとったのは、小太りで、手入れの行き届いた銀髪の中年の男、ということだった。彼女は、爪が剝がれ血に染まっている男の手を調べ、その指や掌《てのひら》が柔らかいことに注目した。力仕事をする男でなかったことは、明らかだ。ついで、衣服に注意を向けた。墓の中の埃や塵《ちり》がつき、傷口から流れ出た血で汚れてはいるものの、ある程度の地位に就いていた人間の服装だ。しかし、宝石や地位を示す装飾類は、身につけていない。彼女は、腰のベルトに下げた彼の財布を開けてみたが、中には小銭が二、三個、入っているだけだった。

この注意深い検分を終えると、フィデルマは死体の顔を覆う恐ろしい死の仮面を強いて無視しようと努めながら、その容貌に目を向けた。だが、ふと眉をひそめると、ランターンの灯をもっと近づけるように指示して、しげしげとそれを見つめなおした。何か記憶に引っかかる。この顔を、知っているような気がする。

「コルマーン院長様、この顔をご覧いただけますか？」とフィデルマは、大修道院長に呼びかけた。「知っている人のような気がいたします」

コルマーンはいささか気の進まぬ態《てい》で近寄ってきて、彼女の横に立ち、死者の顔を覗きこんだ。

「なんたることか！」コルマーンは自分が聖職者であることを忘れ、思わず大声をあげた「フィアクではないか！　アルドガールのブレホンの長《おさ》ですわ」

フィデルマは、厳しい表情で頷いた。この人物の顔は前に一度見たことがある、と思っていたのだ。アルドガールのクランの首席ブレホンであるフィアクは、アイルランドで学識ある裁判官の一人に数えられている人物なのだ。

「〈大集会〉に出席するために、当地へ来ておったのであろうな」と、コルマーンは呟いた。

フィデルマは立ち上がり、法衣の裾を払った。「それよりも、まず見極めなければならない、もっと大事なことがありますわ。そもそも彼はここで何をしていたのか、という点です」と、彼女は指摘した。「人々の敬意を集めている裁判官が、どうしてこの長い歳月一度も開かれたことのない大王廟の中に入りこみ、その挙句、どうして刺し殺されるにいたったのでしょう?」

「魔術です!」とトゥレサックが、喘ぐような声でそれに答えた。

イレールは、蔑《さげす》むような視線を部下に投げかけ、「聖パトリックは、初めて開催なされた会議で、魔術などというものは存在しない、と仰《おお》せになったではないか」と叱責しておいて、「これには、何か説明がつくはずです、尼僧殿」と、フィデルマに向きなおった。

フィデルマは、健全な常識で事態を受けとめているイレールに、そのとおりと、微笑みかけた。

「あらゆることに、説明はつきます」とフィデルマはイレールに答えながら、墓の内部に視線をめぐらした。「でも、時には、それを見てとりにくいこともありますけれど」それから、ふたたびコルマーンに話しかけた。「〈大集会〉を取り仕切る王宮の執事職に、フィアクがそれに出席するのか、また彼も発言することになっていたのかを、お訊ねいただけないでしょうか?」

コルマーンは、一瞬ためらいを見せたが、この任務を果たそうと、すぐに引き返していった。

フィデルマのほうは、ふたたび遺体の上に屈みこんだ。死因に、疑問の余地はなかった。木の棒は、死者の肩甲骨の下に、矢のように突き刺さっていた。

「背後から刺し殺すにしては、最悪の箇所だ」とイレールが、鼻を鳴らした。フィデルマが訝《いぶか》るようにイレールを見上げると、彼はさらに続けた。「これでは、致命傷を与えられるかどうか、わかりません。凶器を急所の心臓に刺そうにも、間にいろんな骨がいくつもありますからな。その一つにでも触れようものなら、狙いは逸《そ》れてしまいます。正面から、肋骨の囲いの中へと、下から突き上げるようにして刺すほうが、確かですわ」

彼は、いかにも戦士らしく、この説明には熱が入っていた。

「では、この攻撃を加えたものが何者であれ、こと殺人に関しては素人だ、と考えるのですか?」とフィデルマは、冷静に問いかけた。

イレールは、この点を検討してみたうえで、「いや、必ずしも、そうとは言えませんな」と、答えた。「凶器は、少し脇腹に寄ったところから、入っとります。心臓めがけて、そこからさっと突っこまれたようです。その男は、それをちゃんとわかっとって、やっとるようです。一気に心臓まで刺しとおそうとしたんですな。それでも、被害者は、しばらく生きとりました。そうでなければ、我々は犠牲者の悲鳴を耳にすることができなかったし、死体も発見できなかったはずです」

「非常に鋭い観察眼です、イレール。でも、どうして犯人が男であると思うのです?」

イレールは、無造作に肩をすくめた。

「理屈から考えて、そうなりますよ。棒は死体に深く突き刺さっとります。こんなふうに刺すには、かなり力が必要ですからな」

フィデルマも、その理屈を受け入れた。しかし彼女は、さらに興味を深めて棒を調べ始めた。アスペン（ポプラ、ハコヤナギの類）の棒で、長さは十八インチあまり。オガム文字が刻まれている。文字の上にさっと指をすべらせてみると、粘りをおびた樹液の湿り気が感じられた。その文字は、「神々よ、守りたまえ」と、綴っていた。明らかに、フェーだ。このようなアスペンの棒はフェーと呼ばれ、死体や墓穴の寸法を測るのに用いられる、葬儀を専門とする者が用いる道具である。したがって、不吉なものとみなされており、よほどの必要がない限り、これに触れようとする者はいない。

フィデルマでさえも、手を伸ばしてフィアクの遺体からこれを引き抜くには、少しばかり勇気を必要とした。彼女は、即座にこれが普通のフェーではないことに気づいた。先端が鋭く削られ、白い木肌を見せている。そこについている血痕を死者の服で拭ってみて、彼女の目許は緊張した。先端は火で炙《あぶ》られていた。硬度を強化してあるのだ。

すぐそばに立っていたトゥレサックは、木製のフェーを手に取るフィデルマを、ぞっとした顔をして見つめた。

「尼僧殿」と、彼はフィデルマに警告した。「それを手になさるの、ひどく不吉です。それも、このティーガーンマスの墓を測ったフェーに触りなさるなんて……」

フィデルマはそれには取り合おうとはせずに立ち上がり、まわりに広がる廟内の様子を注意深く見まわした。

塚を横穴式に掘りこんだ楕円形の空間だった。床は平石で敷き詰められ、壁は花崗岩の切り石を、次第に廟室内全体を覆う丸天井となるように、積み上げてある。広さは、奥行きが約十五フィート、幅は十二フィート強、といったところか。廟所の扉が開いたままになっていることに、フィデルマは感謝した。お蔭で、新鮮な冷たい夜気が流れこんで、むっとする内部の空気を吹き払ってくれている。

ティーガーンマスの亡骸は、探すまでもなかった。廟内の一番奥の中央に、錆びた鉄の枠組みが立っている。その枠の中には、ほとんど砕けてしまった人骨が散乱していた。衣服の切れ端も、見える。さらに、ベルトの金属の留め具や錆びついた剣も、そばに落ちていた。自分たちの族長や偉大なる支配者を、手に愛刀を握らせ、彼らの敵国の方向を見つめる立ち姿として埋葬するのは、古のアイルランドで長く続けられていた風習であった。この鉄製の枠が、死者を直立させておくために工夫された仕掛けであることは、明白である。こうすることによって、逝ける人の霊力が生者を守ってくれると、人々は信じていたのだ。頭蓋骨も転がっている。その眼のない眼窩《がんか》は、鉄の檻《おり》の中から悪意をみなぎらせた眼光で、フィアクを睨みつけているかに見える。だが、髑髏《どくろ》は、満足そうな表情を浮かべているようでもある。フィデルマは、このような幻想を呼び起こした自分の想像力に、苛立ちを覚えた。

御霊屋内部の片側には、朽ちた戦車の残骸が見える。おそらく、生前、王がもっとも愛用された戦車なのであろう。それが、〈彼方なる国〉への王の旅路を助けるために、ここに供えられているのだ。水差しや、王の好まれた食べ物や酒を入れた大きな青銅や赤銅の容器も見える。いずれも、優れた職人たちの手になる見事な細工であった。

フィデルマが奥へ進もうとした時、何かが彼女の足に触れた。かがんで拾いあげてみると、ずっしりとした手ごたえの長方形の金属だった。イレールのかざすランターンの灯りでよく見ると、銀の延べ棒であった。彼女はそれを注意深く、もとへ戻したが、そうしながら、マントを留める大型のブローチも二、三個、散らばっていることに気づいた。黄金の台に貴石類をちりばめた品である。偉大なる貴人の埋葬にあたって、その財宝の一部を亡骸とともに葬ることは、これまた古の慣行であった。〈彼方なる国〉への旅の途上、何らかの必要が生ずるかもしれないのだから。

フィデルマは眉をひそめて考えこみながら、墓の内部の調査を続けた。

フィデルマは、ランターンの灯りで、亡骸が置かれていた鉄の枠から正面扉の前のフィアクの死体のほうへと、わずかな血痕が続いていることに気づいた。花崗岩の敷石の床には、かきむしった痕跡も見てとれた。

フィデルマにつきしたがっていたイレールが、彼女が考えていることを口にした。

「明らかに、フィアクは鉄枠のそばに立っているところを刺され、必死に扉の前まで這っていったのでしょうな」

彼女は振り返ろうとはせず、ただ「そのようです」とだけ、答えた。

墳墓の入り口では、ギャラヴが、トゥレサックともう一人の戦士とともに、フィデルマの調査のやり方を興味深げに見守りながら待っていた。

「今はっきり見てとれることに関して言えば、この墓の床には埃や汚れがずいぶん少ないという点が、意外ではありませんか?」とフィデルマは、イレールに問いかけた。「まるで、最近、掃き掃除をしたみたいですね」

イレールは、フィデルマが冗談を言っているのかと訝ったように、彼女を見つめた。だがフィデルマは、そのまま床の調査を続けていた。やがて、敷石の一つに目をとめ、それについている擦《こす》ったような痕《あと》を、イレールに指し示した。

「ランターンをもっと近づけて」と、フィデルマは指示した。「この痕は、なんだと思います?」

隊長は、肩をすくめた。「多分、切り石を床の正確な箇所にロープで吊りおろそうとした時、ついた痕ではありませんかな」

「ええ、そのとおりでしょうね」と彼女は、それにおとなしく同意した。「何かほかに、この墳墓の中で奇妙に思えることは?」

イレールはさっと見まわして、首を横に振った。

「ティーガーンマスは、やがては邪悪なる王との悪名を残すことになりましたけれど、アイルランドで初めて金銀の精錬法を広め、見事な金銀細工の技術を生み出された王としても、高く評価されておられるお方です」

「そのことは、自分も聞いとります」

「また、墓の中に、故人の富と権力を象徴するものを副葬品として葬るのは、私どもアイルランド人の習俗です」

「そのことも、よく知られとります」とイレールは同意したものの、そのような些事《さじ》より、もっと急を要する目下の問題に取り組もうとしないフィデルマの態度に、いささか苛立ちを覚えていた。

「床には、まるで慌てて取り落としたように、ブローチ二、三個と銀の延べ棒一個が、散らばっていました。では、ティーガーンマスの墓の中で見つかるはずの、それ以外の財宝は、一体どこなのでしょう？　ここには、そのような品は、全くありませんね」

イレールは、このフィデルマの指摘がフィアク殺害事件とどう関わりがあるのかを考えてみようとしたが、何もわからなかった。古の慣習などには、全く関心がなかったのだ。

「それに、何か重要な意味があると？」

「おそらく」

フィデルマは、もう一度死体のほうに歩み寄り、その上に屈みこんだ。だが、ちょうどその時、外で物音がして、コルマーン大修道院長が慌ただしく戻ってきた。

「フィアクは、確かに、明日の〈大集会〉に出席することになっておりましたぞ」と彼は、確認してきたフィアクの行動を報告した。「王宮の執事が言うには、フィアクとその妻のエトゥロムマは、数日前にタラに到着したそうですわ。しかし、おもしろい話がありましたよ。彼には、問題があったらしい。執事の話によると、フィアクは告発を受けており、ブレホンの長の前で開かれる審問会で答弁せねばならぬことになっていたとか。もしこの告発を認める裁決が下されれば、彼は罷免《ひめん》され、裁判官という地位を失うことになったでしょうな」

「特別に開かれる審問会ですか？」フィデルマは、このように重大な問題がもちあがっているとは、聞いていなかった。彼女は最後にもう一度、廟所の内部を見渡してから、視線をコルマーンに戻した。

「執事は、フィアクに対する告発の内容を、知っておりましたか？」

「何か、誤審に関しての訴えとしか、知らぬようでしたわ。詳細は、ブレホンの長のみが、承知しておられるらしい」

「ご夫君の死の知らせは、エトゥロムマに、もう伝えられたのでしょうか？」

「このことを知らせるよう、私が手配しておきました」

「では、これから赴いて、エトゥロムマと話してみましょう」

「その必要がおありですかな？ 細君は、動転しているに違いない。明日になさるほうがよいのでは？」

「事件解明のためには、今、会うことが必要です」

コルマーン大修道院長は、いたしかたないとばかりに両手を広げてみせながらも、フィデルマの要求を認めた。

「いいでしょう。こちらのほうは……？」コルマーンは、言葉の代わりに身振りで、廟所の内部を指し示した。

だが、大修道院長が口にしなかった質問を、墓守りのギャラヴが代わって問いかけた。「死体を動かしちゃいけませんかね？ そうすりゃ、墓の扉を封印できるんですがな」

「もうしばらくは、このままに」とフィデルマはそれに答えると、イレールに向かい、「墳墓の外に、衛兵を一人、立たせてください。私がもういいと言うまで、このまま何一つ動かさないように。私は、真夜中前に、この事件の謎を解明したいと思っています。そのあとでしたら、ふたたび扉を封印して構いません」と、指示した。

それからフィデルマは、ティーガーンマスの墓をあとにして、大王がたの墳墓の並ぶ中を、考えこみつつ、ゆっくりと立ち去り始めた。コルマーンはさらに何事かを彼らに命じてから、彼女のあとを追った。彼女は立ち止まり、彼を待ったが、その時、大きく口を開けている真新しい墓穴がちらっと目に入り、思わず身震いが出そうになった。すぐに、コルマーンが息を切らしながら追いついてきた。二人は一緒に王宮の主な建物が集まっている中心部の灯りのほうへと、緩やかな足取りで向かい始めた。

エトゥロムマは、中年の裁判官の妻としては、意外なほど若かった。十八歳になったかどうか、であろう。彼女は動揺の気配を全く見せもせず、背筋を伸ばして坐っていた。その面にも、悲嘆や傷心の色はなかった。冷たく打算的な青い目が、敵意を浮かべてフィデルマを睨んでいる。唇は薄く、固く引き結ばれていた。唇の端が神経質に、ごくわずか引き攣《つ》れているのが、彼女の表情に浮かぶ唯一の感情であった。

「あたし、フィアクと離婚しようとしてたんです。フィアクは、間もなく裁判官の職を罷免されようとしてましたし、お金も全然ないんです」エトゥロムマは、フィデルマの質問に対して、そう答えた。

フィデルマは、彼女と向かい合って坐り、コルマーン大修道院長は暖炉のそばに、落ち着かない様子で立っていた。

「その二つのことが、離婚とどう結びつくのか、私にはわかりかねますわ、エトゥロムマ」とフィデルマは、自分の意見を口にしてみた。

「あたし、自分の人生を、貧乏暮らしの中で費やしたくはありませんもの。あたしたちの結婚は、契約だったんです。フィアクは年寄りです。彼とは、ただ安定した暮らしのために、結婚したってことです。このこと、彼も承知のうえです」

「愛情は、どうなるのかしら?」と、フィデルマは穏やかに訊ねた。「フィアクに対して、なんの感情も抱いていなかったのですか?」

初めて、エトゥロムマが笑った。楽しさのかけらもなく、唇が緩んだだけの微笑だった。

「愛情？　それ、何かしら？　愛が経済的に生活を保障してくれるんですか？」

フィデルマの口から、そっと溜め息がもれた。

「どうしてフィアクは、裁判官の職を失おうとしていたのでしょう？」と、フィデルマは切りこみ方を変えてみた。

「この一年、フィアクは何件も間違った裁きを下してました。ご存じでしょうけど、彼はアルドガールの裁判官です。でも、あんまり何回も裁きを間違えたもので、アルドガールでは、もう誰も信用してくれなくなってたんです。フィアクは絶えず〈弁償金〉を払わなければならなくて、すっかり暮らしに行き詰まってしまいました」

裁判官は、誤審を犯した場合の保障として、自分が裁定しようとする訴訟一件につき五シェード、あるいはそれに相当する銀を、前もって供託しなければならないという定めを、フィデルマもむろん承知していた。被告人側が裁定に承服できず、上級の法廷に上訴すると、少なくとも三人以上の経験をつんだ裁判官たちによって、その件は再審議される。その結果、裁定に誤りありと認められた場合には、供託金は没収され、誤審を犯した裁判官は、それに加えて一カマル、あるいは銀三シェードに相当する金額を、〈弁償金〉として支払うよう、命じられるのである。

「ご主人がこの一年間に下された裁きのうち何件が、誤審だと判定されたのです？　困窮状態に陥ってしまわれたとは、どういうことなのでしょう?」

「この一年で、十一件ありました」

驚きに、フィデルマの眉が吊り上がった。十一件というと、銀にして八十八シェードだ。優に三十頭近く、乳牛が買える。(3)目が眩《くら》みそうな金額だ。わずか一年でこれほど支払わねばならないとは。罷免の噂が流れるのも、無理あるまい。

「フィアクは、ブレホンの長の法廷で、科料を支払うために借金をしている事実を問いただされ、自分の裁判官としての能力についても弁明させられることになってました」と、エトゥロムマは付け加えた。

「ご主人は、〈弁償金〉を払うために借金をしていた、と言われるのですか?」

「だから、離婚しようとしているんです」

誤審を犯したせいで必要となった費用を工面するために、裁判官が金貸しから金銭を借りたとなると、自分の裁定は妥当であったと説得できるだけの弁明を持ち出さない限り、罷免は避けられまい。フィアクがかなりの苦境に立っていたことは、確かだ。

「では、ご主人は、そういう事態に悩んでいらしたことでしょうね?」

エトゥロムマは、苦々しげな笑い声をもらした。

「悩んで? いいえ、全然。少なくとも、ごく最近は」

「悩んでいなかった、と言うのですか?」とフィデルマは、彼女の言葉を聞きのがさずに、それを追及した。

「これはごく一時的なことだ、実のところ、自分は全然金に困ってはいないのだ、なんて言って、あたしに離婚を思いとどまらせようとしてましたわ。もうすぐ金が手に入ることになっているから、とか言って。それから、もしアルドガールの人たちが自分を裁判官として望まなくとも、働かずに食べていけるだけの財産はあるんだ、とも付け加えてましたっけ」

「その金がどこから入るのか、説明していましたか？　どうすれば借金を返済したうえで、余生をまあまあ安楽に過ごせるというのでしょう？」

「説明はしませんでした。あたしも、聞く気なんて、ありませんでした。あの人、嘘つきか、そうでなければ、馬鹿なんです。そこが、あの男の困ったところ。どう隠そうとしても、裁判官を罷免になったことや一文無しだってことがわかって、あたしはすぐ出てってしまうって、フィアクもわかってました。それで、嘘をついたってだけの話です。だから、あたし、離婚の請求を取り消す気なんて、ありませんでした」

　この若い女の冷たく打算的な態度に対する嫌悪の思いを、フィデルマはなんとか押し隠して、先を続けた。

「もしご主人が本当に金を手に入れるとして、突然どこからそのような大金を入手するのか、あなたは全く興味がなかったのですか？」

「そんなこと、あるはずないって、わかってましたもの。フィアクって、嘘つきなんです」

「フィアクが借金を払う金を入手できると、はっきり言い始めたのは、いつ頃からでした？」

エトゥロムマはちょっと思い返したうえで、フィデルマの質問に答えた。

「この難しい状況を乗りきってみせるなんて大法螺吹《おおぼら》き始めたの、多分一日か二日ほど前だったかしら。ああ、そうだ、昨日の朝からです」

「昨日の朝までは悩んでいた、と言うのですね？」

「ええ、間違いなく」

「あなたがたは、いつ、タラに到着したのです？」

「四日前です」

「その時には、鬱《ふさ》ぎこんでいたのですね？　それが、昨日の朝になって、急に態度が変わった？」

「ええ、そうだったと思います」

「ご主人は、タラで誰かと会われましたか？」

エトゥロムマは、肩をすくめた。「あの人、ここでは大勢知り合いがいましたわ。でも、あたし、彼の友達になんか、全然関心ありませんから」

「私が聞きたいのは、フィアクがかなり時間をかけて話しこむような人がタラにいたのだろうか、ということです。親友とか、信頼している人物とかが？」

「あたしの知る限り、そんな人、いません。フィアクは孤独好きでしたもの。タラで誰かに会ったことなんて、ないと思いますけど。いつも、一人でした。フィアクがタラに来てからしたことで、あたしが知ってるのは、よく一人で大王がたの墓地を散歩していたってことぐらい。あたし、彼は鬱ぎこむようになったんだなって、思ってました。ところが、今言いましたように、昨日、まるでクリームのお皿を見つけた猫みたいに、にたにたと笑顔で帰ってきました。そして、あたしに、万事大丈夫だって、受けあったんです。でも、あたしは、フィアクが嘘きだってわかってましたから、彼のもとから出ていくって計画を、変えたりはしませんでした」

フィデルマは、急に立ち上がった。

「お悔やみを申し上げるのは、やめておきますわ、エトゥロムマ」とフィデルマは、彼女にはっきりと告げた。「それを期待してもいらっしゃらないでしょうし。それに、どう見ても、あなたは金銭面の計算のほうに気をとられておいでのようですから。フィアクが死に遭遇した時、彼はまだあなたのご主人でした。ご主人は、殺害されたのです。今、私には、その下手人が誰であるか、見当がついています。それが証明されれば、遺族であるあなたには、〈弁償金〉が支払われます。フィアクのような下位のブレホンが殺害された場合、〈ブレホン法〉の定める〈弁償金〉は、銀三シェードです。多額な賠償金ではありませんが、あなたを貧困から守ってくれる当座の役には、立ってくれましょう。そして、あなたは、経済的に自分を支えてくれる別の人を、すぐに見つけるのでしょうね」

大修道院長コルマーンは、フィデルマについてエトゥロムマの部屋を出て一緒に王宮の廊下を自室へと引き返しながら、冴えない表情でフィデルマに話しかけた。「修道女殿、厳しすぎはしませんでしたかな？　なにしろ、未亡人になったばかりなのだし、十八歳という若さですからな」

フィデルマの口調は、冷淡だった。

「故意に、厳しくあたったのです。彼女は、夫に対して、わずかな悲しみさえ見せませんでした。フィアクは、エトゥロムマにとって、収入源でしかなかったのです。彼女は、自分の人生訓を、隠そうともしませんでしたわ――〝いかなる出所の金であれ、その香りは甘美〟と」

コルマーンは、眉をしかめた。「そのラテン語、古代ローマの詩人ユーヴェナルの『風刺詩集』からでしたかな？」

フィデルマはちらっと笑みを浮かべたが、すぐに言葉を続けた。

「どうか、イレール、トゥレサック、ギャラヴの三人を、院長様のお部屋へ呼び集めてくださいませ。もう、事件の解明はできたと思いますので」

三人の男たちが、不審げに院長室へやって来るまで、そう長く待つ必要はなかった。

フィデルマは暖炉の前の椅子に坐り、コルマーンはその少し脇へ寄った辺りに、両手を後ろ手に組み、暖炉に背中を向けて立った。

「さて」とフィデルマは、顔を上げると、三人を一人ずつ、じっと見つめてから、まず戦士トゥレサックに問いかけた。「タラの王宮の護衛兵となって、どのくらいになりますか、トゥレサック」

「三年であります、尼僧殿」

「大王がたの御廟のある区画の巡邏は、どのくらい勤めています？」

「一年であります」

「では、イレール、あなたのほうは？ タラの警護隊の指揮官ですね？ こちらに来て、どのくらいになります？」

「自分は、大王がたに、十年ほど前からお仕えしとります。初めの頃は、コナル・ケアル大王の御代でした。ここの隊長になったのは、一年前からであります」

フィデルマは、一人から一人へと視線を移しながら、悲しげに頭を振った。

「そして、シャハナサッハは、どのくらい、大王としてご在位です？」と、彼女はイレールへの質問を続けた。

イレールは、この質問が事態とどう繋がるのか、その筋道が摑めず、顔をしかめた。彼女は冗談を言っているのだろうか？ イレールは、フィデルマの顔へ視線を向けてみたが、そこに浮かんでいるのは、きわめて真面目な表情だけであった。

「どのくらいとお訊ねになるんで？　尼僧殿は、ご存じのはずですが。誰でも、知っとることですから。大王位にともに就かれたディアルムィッドとブラーマッハが〈黄熱疫病《イエロー・プレイグ》〉のために数日のうちに相ついでご逝去なされたのは、三年前のことでした。そこでシャハナサッハが、大王に即位されたのであります」

「ご即位は、三年前、ということですね？」

「覚えておられましょうが、フィデルマ？」とコルマーンが、まさか忘れるはずはあるまいにと、口をはさんだ。「あの時、このタラに来ておられたではありませんか」

しかし、それには構わず、フィデルマはイレールへの質問を続けた。

「それで、大王はご壮健でいらっしゃいますか？」

「自分の知る限りでは、ありがたいことに、お元気であります」イレールは、やや警戒気味に、それに答えた。

「それに、大王のご一族は？」とフィデルマは、彼らに構わず自分の質問を続けた。「皆様、お健やかにお過ごしですか？」

「いかにも大王のご一家は、主《しゅ》の祝福を受けておられます」

「修道女殿、そうしたことは、到着なされた時に、私自身の口からお伝えしましたぞ」とコルマーンは、フィデルマがそのようなことを忘れるとはと訝って、眉をひそめつつ、さえぎった。

「では、ティーガーンマスの墳墓の後方に掘りかけになっている墓穴は、どなたのためなのです？」

この質問は、ごく穏やかに口にされたので、彼らがその意味に気づくまでに、やや間があった。フィデルマの燃えるような緑の目は、墓守りの上にひたと向けられていた。

ギャラヴの顎ががくんと落ちた。咽喉につかえた言葉をなんとか押し出そうとしたが、結局、何も言えずにうなだれた。

「この男を、捕らえなさい」とフィデルマは、静かに命じた。「ギャラヴを、謀殺と、重大な窃盗の咎《とが》で、逮捕します」

愕然とした表情のまま、イレールとトゥレサックは墓守りに近づいた。

フィデルマは、今は疲れたような顔になって、ゆっくりと立ち上がり、悲しみの漂う視線で、墓所の番人を見つめた。「この三年間、大王やそのご家族に、ご不幸は一つもありませんでした。大王シャハナサッハは、まだお若く、ご健康です。では、大王がたの墳墓が広がる一画に、どうして新しい墓を掘る必要があるのでしょう？　説明してもらいましょう、ギャラヴ。それとも、私が話しましょうか？」

ギャラヴは、押し黙ったままだった。

「お前は、ティーガーンマスの御霊屋へ通じる狭い通路を掘り抜くために、墓穴を掘り始めました。そうですね、ギャラヴ？」

「一体、どういう目的で古の墳墓の中に入りこもうとするのか、わけがわからぬ」新しく掘られた墓穴のように目立つものを、自分が見逃していたとは。それに無念を覚えつつ、コルマーンはフィデルマに問いかけた。

「もちろん、盗掘のためです」と、フィデルマはそれに答えた。「ティーガーンマスとともに埋葬されたはずの金、銀、宝石類は、どうなったのでしょう？　銀塊が一つと、黄金に貴石をちりばめた宝飾品がわずか、墓の内部の床に散乱していただけです。ティーガーンマスは、さまざまな伝説に包まれた大王です。でも、豊かな宮廷に君臨していたことは、よく知れわたっていました。我々の先祖たち、古のアイルランド人たちのしきたりどおりに、〈彼方なる国〉への旅路でご入用であろうと、高価な副葬品がティーガーンマス大王の墳墓の中に、当然収められていたはずですのに」

イレールが恥じ入った顔になった。この事実をフィデルマに指摘されたのに、彼はその意味を摑みそこなっていたわけだ。

「ですが、まだ不明な点が、いろいろありますが」と、彼は指摘した。「裁判官のフィアクが、どうしてここに来とったんですか？　フィアクはギャラヴの目論見に気づいて、彼を捕らえようとしたんですかな？」

フィデルマは、首を横に振った。「盗掘しようと思いついたのは、そもそもはフィアクだったのです。フィアクは結婚しましたが、相手は金銭欲の強い若い女でした。それに、彼は裁判で何件もの誤審を犯しており、その〈弁償金〉の支払いのため、暮らしはきわめて苦しくなっておりました。明日ブレホンの長の前で開催されることになっている審問会どころではないほど、金を必要としていたのです——負債があることを隠すための金を。気紛れな妻を繋ぎとめておくための金を。ティーガーンマスの墳墓を盗掘しようという計画は、彼が考えたことだったのです。年代記によれば、高価な宝物が収められたとのことですから。でも、彼一人で、どうしてそのようなことをやってのけられましょう？」

「それを解明なさったのかな？」と、コルマーンが質問をはさんだ。

「フィアクは、タラに到着するや、一日か二日、王者がたの墓所を歩きまわって、調べていました。そして、人目を引かずに墓の中に入りこむ方法は一つしかないと、わかったのです。そこで彼は、墓守りのギャラヴを誘いこもうとしました。ギャラヴも、計画がいかに簡単かを知ると、欲望に取り憑かれました。黄金は、常に、麻薬です。

ギャラヴはいつも墓所にいて、墓の手入れをしている男です。大王や大王家のかたがたが亡くなられると、その墓を掘るのも、彼の仕事です。たとえギャラヴが墓を掘っていても、不審を抱く者など、誰もおりません。人は、ギャラヴがいつものとおり当然務めるべき任務を果たしているとしか、思いませんから。

ギャラヴとフィアクは、今夜、ティーガーンマスの墳墓の中へ押し入りました。ギャラヴが掘った墓をお調べになれば、墳墓の内部に入りこむための短いトンネルの痕跡が見つかるはずです。彼は、明日、これを完全に埋め戻すつもりだったのでしょうが。トンネルは、墓の中の花崗岩の敷石の下まで、掘り抜かれました。あの平らな切り石の一つに、擦れたような痕がついていましたね、イレール。あなたが言ったように、あの擦れた痕は、最終段階で、その石をもとあった箇所に正確に戻すために、いったんロープで吊り上げた時についた痕だったのです。二人の計画では、財宝を取り出したら、トンネルはふたたび埋め戻しておく、そうすれば、墓の中に入りこんだ者がいると気づかれることは決してない、というものでした。二人は急いで財宝を取り出しましたので、埋葬品を二、三、見逃してしまいました。小さな銀塊や、若干の宝飾品です。でも、それだけでした！」

「フィアクは、どういうふうにして死んだのですか？」イレールは、フィデルマの説明についてゆこうと努めながら、そう質問した。

「フィアクを殺したのは、ティーガーンマスの呪いなんでは？」トゥレサックのほうは、怯えて、そう言いだした。

「フィアクが死んだのは」と、フィデルマは冷静に説明を続けた。「ギャラヴが、目の前にいとも簡単に現れた財宝を独り占めしたい、と考えたからです。ほとんど労することなしに富が手に入るとなると、彼はフィアクと分け合うのが嫌になったのです。ギャラヴは、二人で略奪品をすっかり運び出し、その痕を共犯者がきれいに掃除し終えるまで、待ちました。フィアクは、裁判官らしく、きわめて綿密に計画を立てていました。将来、何か思わぬ事態が生じて墳墓の扉が開かれた場合にそなえて、犯罪が行なわれたことを示唆したり、自分たちに探求の手が伸びたりしないように、床の埃をきれいに掃き清めておこうとしたのです」

イレールが唸った。これまた、フィデルマに指摘されたことだった。それを自分は、たいしたことではないと聞き流してしまったのか！

「先を、どうぞ」と、彼は促した。「尼僧殿は、今自分らに、なぜフィアクが死んだのかを話されました。今度は、フィアクが、正確にはどういうふうに殺されたのかを、聞かせていただけませんか？」

「略奪品を全て運び出し、掃除も終わってからのことです。ギャラヴは、墓穴の寸法を取る道具であるフェーを使って、フィアクを背後から突き刺したのです。彼は、フィアクの息の根を完全に止めたつもりでした。そこで、墳墓から出て、床の穴を床下から塞ぎ、トンネルを通って、自分が掘った墓穴へと戻りました。多分、用済みのトンネルは、もう埋め戻してあるかもしれません。その点は、あとで調べにいきましょう。ギャラヴは、財宝を、おそらく自分の小屋か、その近くに隠していると思います」

これを聞くとギャラヴは、不安そうに身じろぎをした。フィデルマは、頬に満足げな笑みを浮かべた。

「ええ、イレール、ティーガーンマスの宝物は、ギャラヴの小屋に隠されているようですね」

「でも、フィアクは、すぐに死んだんじゃありません」と、トゥレサックが口をはさんだ。

「墳墓の穴を塞いだ時、ギャラヴは怪我しとるフィアクを、墓の中に置去りにしとるんです」

「ギャラヴは、フィアクにまだ息があるとは、気がつかなかったのです。フィアクが傷のせいで気を失ったため、ギャラヴは殺したものと思いこんだのです。とは言え、傷は深手で、現に死にかけていました。でも、フィアクは一時的に意識を取り戻しました。そして、自分が封印された暗い墓の中に閉じこめられていることを知りました。恐怖のうちに、自分が埋葬されたことに気づいたのです。フィアクは恐ろしい悲鳴をあげました。トゥレサック、墓所を巡邏していたあなたが耳にしたのは、それだったのです。フィアクは体を引きずって扉の前にたどりつき、恐怖のどん底で叫んでいたのです。彼は、その声がトゥレサックの耳に届いたとは知らぬまま、恐怖に悶えながら、死が襲いかかる最後の瞬間まで、絶叫し続けていたのです」

「殺す気なんぞ、なかった。言い争いになったんでさ」ギャラヴが、ここで初めて、のろのろと口を開き、罪を認めた。「フィアクのやつ、お宝のほとんどを自分が取りたがって、儂には盗品のほんのちょっとしか寄こさねえと言いだしおった。儂が、公平にいこうぜ、半分ずつ山分けだって言い張ったら、襲いかかってきよったんですわ。墓の中に残っとった古いフェーを拾いあげて、それでもって襲ってきたもんで、儂は身を守ろうとした。そうやって争っとるうちに、フェーがやつに突き刺さっちまったんでさ。だから、殺人じゃあないです。儂を人殺しの罪で有罪にすることなんぞ、できませんぜ」

フィデルマは、首を横に振った。

「いいえ、違いますね、ギャラヴ。お前は、財宝を目の前にして急にフィアクを殺そうとしたのではなく、初めから彼の殺害を企てていたのです。フィアクから計画を聞くや、盗掘品は全部自分のものにしようと決めていたのです。でも、墳墓に入るトンネルを掘るにも宝物を運び出すにも、フィアクの手助けがあると都合がいいので、それが済むまでは、彼を生かしておきました。お前は、フィアクを殺したあと、死体は墓の中に放っておこうと決めていました。この扉が開かれることは、二度とないだろうと考えて。でも、お前は二つ、失敗をしてしまいました。一つは、立ち去る前に、彼が本当に死亡しているか、確かめなかったこと。もう一つは、虚栄心です」

「でも、儂が初めからフィアクを殺そうとしていたと、証明はできんでしょうが」と、ギャラヴの声が大きくなった。「もし、はなっから殺す気だったら、墓に凶器を持っていったはずでさ。でも、フィアクは、墳墓の中にあった大昔の墓掘り用の物差しで殺されたんですぜ。イレールだって、そう証言するはずでさあ」

イレールも、嫌々ながら、それを認めて頷いた。

「そのようでしたな、尼僧殿。フィアクが殺された凶器は、フェーでした。それは、尼僧殿もご存じのはずです。オガム文字も、刻まれとりましたよ。自分は、この古代文字を知っとります。それには、〝神々よ、守りたまえ〟と、ありました。神へではなく、神々への呼びかけだってことは、あれが、キリスト教が入ってくる以前の、多神教であった大昔の異教時代の墓に残っていたフェーだということになります」

「そうではありません。あのフェーは、ギャラヴが作ったものでした」とフィデルマは言いきり、大修道院長の部屋のテーブルを指し示した。フィデルマは、墓から持ってきたフェーを、その上に載せておいたのである。

「あれは、ティーガーンマス大王の墓の寸法を取った物差しではありません。よくご覧ください。ごく新しい木です。オガム文字の刻み目は、くっきりと鮮やかです。棒の切り口も、調べてみてください。まだ乾ききっていない樹液の痕が見てとれましょう？　この棒を切った者が誰であれ、ここ二十四時間以内に切り取ったものです」

このように不吉なものに触れて祟《たた》りを招くのを怖れたコルマーンは、軽く膝をかがめて十字を切ってから棒を取りあげ、それを注意深く検分した。

「このアスペンの木には、まだ樹液が残っておるな」彼は、不思議そうにフィデルマの言葉を確認した。

「ギャラヴは、このアスペンの棒の硬度を強化して短剣代わりに使おうと、先端を火で焼いています。また、これはあとから思いついたのでしょうが、オガム文字も刻みこみました。彼の虚栄心です。ギャラヴはフィアクの指示を細部まで頭に叩きこみましたが、それを利用してフィアクに悪戯をしてやろうとも、考えたのです。もしいつか墳墓の扉が開かれることがあっても、人々は、大昔の異教のフェーで刺し殺されたフィアクを発見する、というわけです。ギャラヴは自分の利益になることであれば、結構頭が働くのです。でも、フェーは、大昔どころか、最近切り取られたものです。つまり、このことは、ギャラヴがフィアクの殺害を前もって計画していたと立証するものです。墓に忍びこむ前から、殺人を企てていた、ということです。決して、突然かっとなって犯した殺人ではなかったのです」

ギャラヴは、黙りこんだ。顔面から、すっかり血の気が引いていた。

「さあ、この男を、連れておいきなさい」とフィデルマは、イレールに命じた。「それから、墳墓の正面入り口の扉をふたたび封印するよう、手配してください……ただし、ティーガーンマスの宝物を、ふたたび墓に戻してからですよ」と彼女は、ちょっと悪戯っぽく笑いながら、付け加えた。「今夜は、死者の霊が地上に出てくるという特別な夜ですもの、財宝のいくつかを隠したりして、大王の御霊を怒らせたりしたら、大変。そうではありません？」

コルマーン大修道院長は、マルド・ワインを高杯に注ぎ足してフィデルマに勧めながら、溜め息をついた。

「なんとも、嘆かわしいことじゃ。貪欲《どんよく》な王墓の管理人に、堕落した裁判官とはな。このような邪《よこしま》な出来事を、どう解釈すればよいのでしょうな？」

「院長様のその要約の中には、エトゥロムマという要素が欠けておりますわ」とフィデルマは答えた。「切羽詰まるまでにフィアクを金の必要に追い詰めたのは、エトゥロムマでした。彼女が、今回の一連の出来事のきっかけです。妻としての愛情の欠落と、利己的な性格、そして強い金銭欲。これが、この人間悲劇を引き起こしたのですから。『テモテ書』にも、金銭欲こそ諸悪の根源である、とありますわ」とフィデルマは、聖書のこの一節を、ラテン語で引用した。

「〝それ金を愛するは諸般の悪しき事の根なり〟『テモテ書』第六章十節ですな」とコルマーン大修道院長は、それをアイルランド語で繰り返しながら頷き、彼女の見方に同感の意を示した。

訳　註

聖餐《せいさん》式の毒杯

1　聖女プラクセデス＝一〜二世紀頃。プラッセとも。殉教した聖女。九世紀には、教皇パスカーリス一世によって、ローマに見事な聖プラクセデス教会が建立されているが、フィデルマの物語は七世紀半ばであるので、これは五世紀頃建立されていたという、ささやかな小礼拝堂を描いているのであろう。

2　聖ヒッポリュトス＝二〜三世紀のローマの僧。教皇ゼフィリヌスや教皇カリストゥスなどを、異端として激しく攻撃。やがてローマ皇帝マクシミヌス・トラクスによって逮捕され、セルディニアの鉱山に追放された。この流刑地で死亡したが、比較的早くに殉教者として扱われている。多くの著作を残したが、その代表的な著書が、『全異端反駁論《フィロソフオウメナ》』。

3　聖体《ホスチア》＝ローマ・カソリック教会においては、聖餐式のパンとワインに現在するキリストを意味する。あるいは、聖餐式のパンとワイン（特にパン）を指す。今日では、カソリックや聖公会では、ウェファー、プロテスタント教会では、日常のパンが用いられることが多い。

4 ドーリィー＝アイルランド全土の裁判で活躍できる弁護士。時には裁判官を務めることもできる。古代アイルランドでは、このように、女性も男女共学の最高学府で学び、男性とほぼ同等の地位や権利を認められ、高位の公的地位にも就くことができた。《修道女フィデルマ・シリーズ》の主人公フィデルマは、ドーリィーの中でも、アンルー〔上位弁護士〕という高い資格を持つ法律家。

5 コロンバン＝五四三頃～六一五年。コロンバヌスとも。アイルランドの聖人。レンスター地方の名門の出と言われる。五九〇年頃、十二人の仲間とともにゴールに渡り、各地に修道院を設立。アイルランドの原始キリスト教的な修道院規律でもって布教活動を行なったが、それがゴールの修道院の在り方と異なっていたため攻撃を受け始め、転々とヨーロッパ各地を移動することとなった。六一三年頃に、ボッビオに落ち着き、この地に修道院を設立。ボッビオ修道院は、大図書館と古文書の収蔵で、有名になった。

6 化体《かたい》＝トランサブスタンシエイション、聖変化。ミサにおいて、司祭が「これは我が体なり」と唱えることにより、パンとワインがキリストの肉と血に変質することを言う。

7　アイルランドのカソリック教会＝ケルト派カソリック教会。アイルランドは、キリスト教を五世紀半ば（四三二年？）に聖パトリックによって伝えられたとされるが、その後速やかにキリスト教国となり、まだ異教の地であったブリトンやスコットランド等の諸王国でも熱心な布教活動を行なった。しかし、改革を進めつつあったローマ教皇のカソリック教会との間に、復活祭の定め方、儀式の細部、信仰生活の在り方、神学上の解釈等さまざまな点で相違が生じており、フィデルマの物語の時代（七世紀中期）には、ローマ派とケルト（アイルランド）派との間の対立が著しくなっていた。

8　〝ヒッポのアウグスティヌス〟＝三五四～四三〇年。北アフリカ生まれの聖人。ヒッポの司教。キリスト教思想の集大成者。カルタゴで放縦な青年期を過ごすが、三八七（三八六？）年にキリスト教に入信。人間性の堕落、恩寵《おんちょう》の優位、神の摂理の絶対性等を強調し、ペラギウスと鋭く対立して論争し、ついに彼をキリスト教会から排斥した。

9　ペラギウス＝三六五？～四一八年。四～五世紀頃、修道士としてローマで修道院生活の指導や著述を行なっていた神学者。イギリス人ともアイルランド人とも言われている。〈原罪〉や〈幼児洗礼〉を否定し、〈自由意志〉を強調して、人は自分の力で救われるのであって、神の恩寵によって救われるのではないと説く。彼の主張は、アウグスティヌスやヒエロニムスに〈異端〉として激しく攻撃され、四一八年のカルタゴ宗教会議で、破門された。

10　ブレホン＝古代アイルランド語でブレハヴ。古代アイルランドの〝法官、裁判官〟で、〈ブレホン法〉に従って裁きを行なう。高度の専門学識を持ち、社会的に高く敬われていた。ブレホンの長《おさ》ともなると、大司教や小国の王と同等の地位にあるものとみなされた。〈ブレホン法〉は、数世紀にわたる実践の中で複雑な法律として確立していき、五世紀には成文化されたと考えられている。古代ヨーロッパの法律の中でも、重要な法制度。十二世紀半ばに始まった英国による統治下にあっても、十七世紀までは存続していたが、十八世紀に最終的に消滅した。

11　パブリリウス・シーラス＝紀元前一世紀頃に、ローマ演劇界で活躍して人気を博したマイム作者、マイム俳優。また、広く読まれていたストア哲学的な大部の格言集の著者、とも言われている。

ホロフェルネスの幕舎《ばくしや》

1　ラー＝砦、土塁、防塁。建物の周囲に土や石で築いた円形の防壁、あるいはその中の建物なども含めた砦全体。

2　〈選択の年齢〉＝成人として認められ、自らの判断を許される年齢。男子は十七歳。女子は十四歳。

3　アナムハラ＝〈魂の友《ソール・フレンド》〉。親友よりも、さらに深い友情、信頼、敬意で結ばれ、実生活面での助言者でもあり、精神的支えともなる唯一の友人。

4　結婚を解消＝〈ブレホン法〉は、『カイン・ラーナムナ』〔婚姻に関する定め〕という法律書の中で、男女同等の立場での結婚を始めとするさまざまな男女の結びつきをくわしく論じているが、離婚の条件や手続き等についても、いろいろ定められているようである。離婚問題は《修道女フィデルマ・シリーズ》の中の多くの作品で触れられている。この短編集の中の「大王廟《びょう》の悲鳴」にも出てくるが、長編『蜘蛛の巣』の第八章で、フィデルマは「……でもクラナットは、彼と離婚する権利を法によって十分認められたでしょうに?……結婚の際に持参したものを全部とり戻す権利が、彼女にはあるはず。もし持参金が一切なかったとしても、エベル（クラナットの夫）の財産が結婚期間中にそれ以前よりも増えていたら、その増加分の九分の一は、離婚に際して自動的に彼女のものと認められます」と、具体的に説いている。

5　フィンガル＝〈肉親殺害〉あるいは〈同族殺害〉。きわめて強い血の繫がりを基盤とした制度を持つ古代アイルランド社会では、血縁者の殺害は、社会組織の根底を揺るがすものとして、もっとも厳しく処断された。〈ブレホン法〉は、原則として、殺人罪も、ほかの犯罪同様、加害者に被害者の遺族へ〈弁償〉させることによって決着をつけたが、〈肉親殺害〉にはこれを認めていない。また、被害者の肉親が殺人者に報復することも許さなかった。加害者も血縁の人間なので、報復者が自らも〝肉親殺害者〟となるからである。〈肉親殺害〉は厳密な意味の〝血縁者〟のみでなく、固い団結で結ばれた組織なども〝一族〟とみなして、この法が適応されることもあるようだ。これは《修道女フイデルマ・シリーズ》の中の『蛇、もっとも禍《まが》し』（近刊）でも、扱われている。

6　エリック〈血の代償〉という形での〈弁償〉＝〈ブレホン法〉の際立った特色の一つは、古代の各国の刑法の多くが犯罪に対して〝懲罰〟をもって臨むのに対し、極力〝償い〟によって解決を求めようとする精神に貫かれている点であろう。各人には、地位、財産、血統などを考慮して社会が評価した〝価値〟、あるいはそれを踏まえて法が定めた〝価値〟が決まっていて、殺人という重大な犯罪さえも、〈肉親殺害〉を除いては、加害者に被害者の〈名誉の代価《オナー・プライス》〉を弁償させることによって、つまり〈血の代償金《ブラッド・マネー》〉を支払わせることによって、解決した。この代償支払いの義務は一族全体の共同責任であり、もし加害者自身に支払い能力がない場合には、一族の者たちがその責任を果たさねばならなかった。

　この法の精神や慣行は、神話や英雄譚の中にも、しばしば登場する――たとえば、アイルランドの三大哀歌《エレジー》の一つと言われる『トゥーランの子らの運命』も、有力な神ルーの父を殺害したために、ルーから苛酷な弁償を求められたトゥーランの息子たちがたどる悲劇を語っている。

7 外洋へ押し出されることに＝古代アイルランドでは、〝死刑〟という極刑は、あまり実行されていなかったようだ。〈ブレホン法〉に、処刑方法として、絞首刑、深い穴の底に幽閉、放置して死にいたらしめる方法、刀、槍などによる殺害等についての言及があるので、死刑は存在しなかったと考えるのは誤りなのであろうが、〈名誉の代価〉の支払いや損害の〈弁償〉という手段をとることによって、〝法によって人の命を奪う〟という処罰を極力避けた法律であることは確かであろう。

しかし、〈肉親殺害〉といった極悪なる犯罪には〈弁償〉は許されず、ここでラーハンが述べているように、帆も櫂《かい》もない舟に、水も食料もなしに乗せられ、外洋に押し出され、その生死は神の裁きに委ねる、といった処罰がよくとられたようである。もし運良く陸地に漂着すれば、神が生きてゆくことを許したものとみなされ、多くの場合、その土地の所有者の奴隷としてその地で一生働くことになったという。

トレメインの短編「幻影」（短編集『アイルランド幻想』（光文社文庫）に収録）の中に、愛する娘を嫉妬にかられて殺してしまい、自らに〈漂流の刑〉を科して、嵐の海に小舟で乗り出していく島の漁師の姿が、印象的に描かれている。

8 聖パトリック＝三八五〜三九〇年頃の生まれ。没年は四六一年頃。アイルランドの守護聖人。アーマーを拠点としてキリスト教を布教し、多くのアイルランド人を入信させた。

9　モホタ＝あるいは、カルタク。五〜六世紀のアイルランドの聖人。聖パトリックの弟子とも称される。年代が合わないようだが、伝説によると、モホタは三百年生き永らえたとのことなので、年代の齟齬《そご》など問題にしないでいいのかもしれない。初め、オファリーに修道院を設立したが、ほかの修道院との軋轢《あつれき》のため、リスモアに移り、新たに修道院を設立した。このリスモアの修道院は、やがて大修道院へと発展した。祭日は、八月十九日。

10　書籍収納鞄＝当時のアイルランドでは、書籍は、本棚に並べるのではなく、一冊あるいは数冊ずつ革製の専用鞄に収めて壁の木釘に吊り下げるという収蔵法をとっていた。この《シリーズ》の中の『幼き子らよ、我がもとへ』や『蛇、もっとも禍し』において、具体的に描かれている。

11　『ヘクサプラ』＝六欄対照版聖書。オリゲネスの編纂によるもの。『旧約聖書』のヘブライ語の本文と、それをギリシャ文字で音訳したもの、その他四種類のギリシャ語の翻訳（部分によっては六〜七種）を、対照させて六欄に並べて記した六欄対照版の大著。

12　アッシリアの王ネブカドネザル＝紀元前七〜六世紀の新バビロニア帝国の王。ユダヤ王国に侵攻し、一年半包囲してエルサレムを陥落させ、神殿を徹底的に破壊し、男たちを捕虜として（〝バビロンの虜囚〟）連れ去った。これをもって、紀元前五八六（五八七？）年に、ユダヤ王国は滅亡した（『旧約聖書』の「列王記略」後書、二十四章、二十五章）。

ネブカドネザル王は、次註で言及する「ユディト（ユデト）書」では、アッシリア王と記されている。

13 ホロフェルネス＝『旧約聖書外典』の「ユディト書」に描かれている人物。彼はネブカドネザル王に仕えた猛将であったが、エルサレムを包囲中に、幕舎に引き入れたユダヤの娘によって殺害された。ただ、「ユディト書」では、ネブカドネザルを、バビロニアではなく、アッシリアの王と記している。彼はアッシリアを征服した王であり、したがって〝アッシリア王〟でもある。

14 ユーディス＝あるいはユデト、ユディト、ジューディス。〝ユダヤの女〟を意味する女性の名前。クリムトの代表作『ユディト』は、ホロフェルネスの首を抱えるユーディスを描いたもの。

旅籠《はたご》の幽霊

1 スリーヴタ・アン・コマラー＝キャシェルの南東、ウォーターフォードの高山。現在のコメラー山脈。

2　キャハルコーレ、つまり〝四つの調音の笛〟と呼ばれるタイプのバグパイプ＝バグパイプは、基本的には、風袋と、それに接続する数個の指孔を持ち旋律を奏でる指管（チャンター）、および一～六本の持続低音（ドゥローン）用の管（これもドゥローンと呼ばれる）から成り立っている。

3　キーン＝〈哀悼歌〉。アイルランドには、古くから、死者を悼んで、悲しみの即興歌を歌う慣習があった。語源は、〝泣くこと〟を意味するキィーナ、クィーニャ。本来は肉親や親しい人々によって歌われるものであったが、次第に即興歌に長《た》け、よい声をした者を雇うようになり、それを生業《なりわい》とする職業的な哀悼者も出現した。キリスト教が入ってくると、異教時代の悪習である、死後の生こそ大事であり現世の死をあまり大仰に嘆くべきではない、などの理由で禁止された。しかし僻地《へきち》には、十九世紀末まで、わずかに残っていた。J・M・シングの散文『アラン島』の中には、一八九八年に彼が実際に出合ったキーンの場面についての、感銘深い一節がある。

大王の剣

1　アイルランド五王国＝七世紀のアイルランドは、アルスター（オラー）、レンスター

（ラーハン）、コナハト、そしてこの《シリーズ》でフィデルマも王家の一員として描かれているマンスター（モアン）の四王国に大きく分けられるが、これに大王の都タラの所在地であるミースを加えて、〝アイルランド五王国〟という表現が、アイルランド全土を指してよく用いられる。

2　大王＝ハイ・キング、〝全アイルランドの王〟、あるいは〝アイルランド五王国の王〟とも呼ばれる。紀元前からあった呼称であるが、強力な勢力を持つようになったのは、二〜三世紀の〝百戦の王コン〟、その子のアルト・マク・コン、アルトの子コーマック・マク・アルトの頃。実質的に強大な権力を把握したのは、十一世紀の英雄王ブライアン・ボルーとされる。大王は、ミースに在る大王の都タラで、政治、軍事、法律等の会議であり、また文学、音楽、競技などの祭典でもあった国民集会〈タラの祭典〉、あるいは〈タラの大集会〉を主催した。しかし大王制度は、一一七五年、英国王ヘンリー二世に屈したロリー・オコナーをもって、終焉を迎えた。

3　聖ヨハネのなさっていらした剃髪《ていはつ》＝カソリックの男性聖職者は、古くは頭頂部を丸く剃《そ》っていた。〝聖ペテロの剃髪〟と呼ばれるもので、絵画などで我々にも馴染み深い髪型である。しかしアイルランドのカソリック僧は、頭頂から両耳にかけて引いた線の前の部分を剃る〝聖ヨハネの剃髪〟を行なっていた。

大王廟《びょう》の悲鳴

1　あのあと、いろんなことがおありだったとか＝「大王の剣」に引き続いて起こった出来事。長編『幼き子らよ、我がもとへ』と『蛇もっとも禍し』で描かれている。

2　ドゥルイド＝古代ケルト社会における、一種の〈智者〉。語源は、〈全《まった》き智〉を意味する語であったと言われる。高度の知識を持ち、超自然の神秘にも通じるとされた。アイルランドのドゥルイドは、預言者、占星術師、詩人、学者、医師、王の顧問官、政《まつりごと》の助言者、外交官、裁判官、教育者などとして活躍し、人々に篤く崇敬されていた。
しかしキリスト教が入ってきてからは、異教、邪教とみなされ、民話や伝説の中では、〝邪悪な妖術師〟的イメージで扱われがちであるが、本来は〈叡智の人〉である。必ずしも宗教や神職者ではないので、ドゥルイド僧、ドゥルイド神官といった表現は、偏《かたよ》った印象を与えてしまおう。

3　十一件というと、銀にして八十八シェードだ。……＝古代アイルランドにおける価値の計り方は、乳牛が基準となる。しかし、地域や時代によって、異同はあったであろう。学者によって、多少、算定が異なるようだ。たとえば、著者はここで、〝一カマルは銀三シェード〟としている。したがって、裁判一件の供託金五シェードと、誤審の科料一カマル、すなわち銀三シェードは、合わせて八シェード。それが十一件で、合計すると銀八十八シェード。これを約九十シェードとして、これで〝乳牛約三十頭買える〟とすると、乳牛一頭は銀三シェードとなり、これは一カマルである。しかし、一カマルが乳牛一頭というのは、いささか不審。よく用いられている基準は、〝一カマルは乳牛三頭で、六シェード〟であり、〈ブレホン法〉についての著書があるF・ケリーも、これを用いている。しかし、研究者の間でもそれぞれの算定法があり、また銀の価値にも微妙な違いがあるのであろうから、ここはトレメイン氏の原文のままにしておく。

解説

——フィデルマは短編でも凄かった！　既訳二長編に劣らぬ魅力を満喫せよ！

村上貴史

■フィデルマ

ピーター・トレメインの《修道女フィデルマ・シリーズ》は、とにもかくにも愉《たの》しい読書時間を授けてくれるシリーズだ。

これまでに刊行された同シリーズの二作品『蜘蛛の巣』『幼き子らよ、我がもとへ』を読了された方々にはこんな説明は今更だろうが、それでも言っておきたい。このシリーズは、至福の時を過ごしたい方々に最適の歴史ミステリなのである。

もちろん、シリーズ初の短編集となる本書『修道女フィデルマの叡智』もまた同様。五つの短編が、これまでの二長編とはまた異なる味わいで、しかしながら同等以上の愉しさを読者に提供してくれているのである。

その短編の内容に触れる前に、まず、主人公であるフィデルマと彼女の活躍についておさらいしておくとしよう。

フィデルマは、若く美貌の修道女であると同時に、七世紀のアイルランド五王国の一つモアン王国の王位継承予定者(後に国王となる)の妹にして、法廷弁護士(ドーリィー)でもある。それも、ある状況においては裁判官として判決を下すこともできる上位弁護士(アンルー)という高位の資格を持った尼僧なのである。アンルーとはアイルランドの教育機関が授与する最高位の資格オラヴに次ぐ階級であり、諸王国の王ともほぼ対等な立場で会話できるほどなのだ。

かつて暮らしていた修道院のあった地方の名にちなみ、〝キルデアのフィデルマ〟という通り名も持つ彼女は、そうした地位や資格を有するのみならず、非常に優れた知恵を持つ。しかも、トゥリッド・スキアギッドなる武器を用いない護身術にも長けているという、文武両道才色兼備の人物なのだ。

だが、彼女とて完璧というわけではなく、ある種の態度、例えば傲慢さには我慢がならないという欠点を自覚しているし、また、恋に臆病だったりもする。

そんなフィデルマが読者のもとに初めて登場したのは、一九九三年のこと。まずは短編で姿を現したのである。この年にピーター・トレメインは"Hemlock at Vespers"、"The High King's Sword"(「大王の剣」本書第四話)、"Murder in Repose"、"Murder by Miracle"という四つの《修道女フィデルマ・シリーズ》の短編を発表した。このなかのどれがフィデルマ初登場作なのかを特定する情報は残念ながら発見できなかったが、様々な文脈から判断すると、"Murder in Repose"であったのではないかと推測される（詳細は後述）。

続く一九九四年にはフィデルマものの初長編 *Absolution by Murder* を発表。その後ほぼ年に一作のペースで十七の《修道女フィデルマ・シリーズ》の長編（第十八作 *The Dove of Death* の本年七月刊行も予告されている）を書き続けている。

その長編が日本で初めて翻訳されたのは二〇〇六年のこと。シリーズ第五作の『蜘蛛の巣』が刊行されたのだ。

モアン王国の中央部に存在する緑豊かな谷アラグリン。その族長であるエベルと、彼の姉が殺された。族長の死体の傍らにはナイフを握った若者が……。

族長の妻の要請でこの地を訪れたフィデルマが、一見単純に見えるこの事件を解きほぐしていく。この『蜘蛛の巣』は、フィデルマが証言を集め、それら及びそれらの矛盾点に基づいてロジカルに推理し、そして真相を見抜くというミステリの基本的な手順に則りつつ、七世紀のアイルランドの風景の魅力をくっきりと描き、さらに、フィデルマの冒険も少なからず愉しめる作りとなっている。また、関係者を一堂に集めて真相を披露する場面であるクライマックスも迫力に満ちている。さらに、その物語のなかで古代アイルランドにおける宗教の変化――アイルランド古来の宗教と五世紀になってから伝来してきたキリスト教のせめぎ合い――が語られ、あるいは、女性が当たり前のように社会進出していた古代アイルランドの様々な文化も語られている。そう、冒頭に記したように、読書の愉しみを満喫させてくれる作品なのだ。

翌二〇〇七年には第三作『幼き子らよ、我がもとへ』も翻訳された。こちらは、モアン王国と隣国のラーハン王国の領土を巡る長年の争いを背景に、ラーハンの尊者ダカーンがモアンの修道院で殺された事件の謎をフィデルマが解き明かす小説である。『蜘蛛の巣』同様、ミステリの手順を踏まえた作品であり、また、フィデルマの冒険と古代アイルランドという舞台そのものを愉しめる作品でもある。特にこの作品では、フィデルマが証拠集めのためにアイルランド西部のスケリッグ・ヴィハルという小島の修道院を訪れるシーンが印象深い。そそり立つ巨岩とも形容されるこの島に、フィデルマは船で二日かけて到達し、さらに両手両足を使って岩をよじ登ってようやく目的とする修道院に到達するのだ。〝修道女〟なるシリーズの冠《かんむり》からは想像もできないようなヒロインの姿であるが、これもまたこのシリーズの魅力なのである。

ちなみに、長編の翻訳刊行に先立ち、《修道女フィデルマ・シリーズ》の短編「自分の殺害を予言した占星術師――修道女フィデルマのミステリー」が、アン・ペリー編のアンソロジー『ホロスコープは死を招く』のなかの一編として二〇〇六年に翻訳されている。こちらは、エゥラングという薬僧の助手にして星を読むのに長《た》けた修道士が、自分が予言した日に予言したとおりの死を迎えたという事件を描いた一編。エゥラング修道士がその予言のなかで犯人と指摘した修道院長の弁護を、フィデルマが依頼されるのである。占星術によって疑いをかけられた〝被告〟を、同じく占星術という形式を活かして助けるフィデルマの機知が愉しめる作品である。

■叡　智

さて、そろそろ本書『修道女フィデルマの叡智』について紹介していくとしよう。

この短編集は、本国英国においても、また、日本においても《修道女フィデルマ・シリーズ》初の短編集となる。本国版の刊行は二〇〇〇年のこと。原題は *Hemlock at Vespers* であり、一冊の書籍として刊行されたバージョンと、Volume I & II として分冊で刊行されたバージョンがある模様だ。副題も一様ではなく、ハードカバー版では *A Collection of Celtic Mysteries* なのに対して、ペーパーバック版では *Fifteen Sister Fidelma Mysteries* となっている。ペーパーバック版に収録されたのは、その副題が示すとおり、前述した一九九三年の四作品にはじまり、二〇〇〇年発表の "Our Lady of Death" に至る十五作品である。本書『修道女フィデルマの叡智』には、本国版のなかから五編を編集部と翻訳者でセレクトし、ピーター・トレメインの承諾を得て収録している。その結果として、従来の長編よりも手軽に手に取れるものに仕上がった。

では、本書収録の五作品について、発表年代順に解題を記していこう。

まずは一九九三年、*The Mammoth Book of Historical Whodunnits* というマイク・アシュ

リーの編んだアンソロジーに収録された「大王の剣」から。ジェイムズ・ジョイス、ニコラス・ブレイク、ロード・ダンセイニ、ピーター・チェイニイ、エドマンド・クリスピン、F・W・クロフツといったそうそうたるメンバーに交じって、ピーター・トレメインの《修道女フィデルマ・シリーズ》の一編が収録されたのである。大王《ハイキング》位を継ぐために必要となるオー・ニール王家伝来の宝剣〝カラハーログ〟が何者かに盗まれた。翌日の大王即位の儀式までに宝剣を見つけなければ、アイルランド五王国が争乱に揺るがされることになる。フィデルマは、この宝剣を見つけ出すという依頼を受けた……。タイムリミットサスペンスであり、一応の容疑者が存在するなかでの犯人捜し（Whodunit というアンソロジーのテーマに即した内容だ）のミステリでもある。宗教的背景を巧みに活用し、真の動機に迷彩を施した見事な一編といえよう。結末のフィデルマの一言がなんとも痛烈で、現代の読者の心にも深く突き刺さる。

本書第一話である「聖餐式《せいさんしき》の毒杯」は、一九九六年に発表された。「大王の剣」同様マイク・アシュリーが編んだ *Classical Whodunnits* に収録された作品である。聖餐式において公衆の面前でワインを飲んだ若者が急死した事件を描いており、本格ミステリ味の非常に濃い一編。ワインに毒を入れることはできたのは誰かという謎を、限定された少数の容疑者との会話を通じて探り出す醍醐味を味わえる。動機という点もよく考慮された作品と言えよう。

続く一九九七年に *Ellery Queen's Mystery Magazine* に発表されたのが「ホロフェルネスの幕舎《ばくしや》」（本書第二話）。幼なじみであり、アナムハラ〔魂の友〕でもあるリアダーンから救いを求める手紙を受け取ったフィデルマは、夫と息子を殺したという容疑をかけられた彼女を救うべく、事件の真相を探り始める……。密度の濃い短編ミステリである。大トリックとは無縁だが、手掛かりを丹念に追いかけて真実を暴き出す物語が生む知的な刺激は一級品。結末の余韻もまた深い。

一九九八年に発表されたのが本書第五話の「大王廟《びょう》の悲鳴」。「ホロフェルネスの幕舎」同様、*Ellery Queen's Mystery Magazine* に発表された。柄刀一に『3000年の密室』という、密室状態の洞窟で発見された縄文時代の死者の謎を扱った長編があるが、本作品もそれと同様に、壮大な時の流れを扱った謎ならではの刺激が愉しめる。死者の霊が生前自分に非道を行った人間に復讐しようと戻ってくる夜のこと、千五百年にわたって封印されてきた〝死の王者〟こと第二十六代大王ティーガーンマスの墳墓から、なんと悲鳴が聞こえてきたという謎が描かれているのだ。ピーター・トレメインは、このなんとも魅力的な謎をしっかりとフィデルマに解かせている。EQMMという発表媒体に恥じない出来映えの一品だ。

この『修道女フィデルマの叡智』収録作のなかでもっとも新しい作品が、本書第三話「旅籠《はたご》の幽霊」である。これは、二〇〇〇年に *Dark Detectives: Adventures of the Supernatural Sleuths* というスティーヴン・ジョーンズのアンソロジーに収録された一編であり、Supernatural Sleuth（直訳すれば超自然の探偵）というテーマを意識した内容となっている。王都を目指してひとり馬に乗って旅をするフィデルマは、厳しい吹雪に襲われ、一軒の旅籠に一夜の宿を求めることとなった。その旅籠において、フィデルマは幽霊を巡る事件に関与することになる。六年前に財産を残すと言い置いて戦《いくさ》に行き、そして殺された男が気に入っていた曲が、七日前から聞こえるようになったのだ。さらに三日前からはその男の声も聞こえるようになる……。この短編でフィデルマは、証拠の意味をきちんと理解する知識と、持ち前の推理能力に加えて、すこしばかりの運（あるいは超自然的な何か）の助けを借りて、幽霊騒動の真実を解き明かす。本書収録の五編の中では異色の作品なのだが、作品の出自を考えればそれも納得ができようというものだ。

それにしてもこの五編、いずれも非常に高水準の作品ばかりである。前述した「自分の殺害を予言した占星術師――修道女フィデルマのミステリー」もまた同レベルの作品であることを考えると、*Hemlock at Vespers* の他の十編も相当の完成度であると予測できる。いずれ訳出されることを期待したい。

■トレメイン

さて、こんな具合に魅力に溢れる《修道女フィデルマ・シリーズ》を生み出したピーター・トレメインは、一九四三年にイギリスで生まれた。本名をピーター・ベレスフォード・エリスという。父親はジャーナリストだったそうで、トレメインも大学卒業後はジャーナリストの道に入った。そして週刊新聞の副編集長や週刊誌の編集長を経て、一九七五年に執筆活動に専念することとなった。

彼がピーター・トレメイン名義で小説家として活動を始めたのは一九七七年のことであった。デビュー作は「フランケンシュタインの猟犬」（スティーヴン・ジョーンズ編『フランケンシュタイン伝説』所収）という中編で、トレメイン本人はこの作品を〝ゲルトの伝説を活かしたダーク・ファンタジー〟と紹介している。内容はまさにタイトル通りで、事件に巻き込まれた青年と少女を襲う危機の迫力や、〝猟犬〟の実に不気味な造形などに、作家としての豊かな才能を感じさせる上質な一編であった。

その後トレメインは、アイルランド人作家ブラム・ストーカーが生んだドラキュラを題材に、*Dracula Unborn*（一九七七）、*The Revenge of Dracula*（一九七八）、*Dracula, My Love*（一九八〇）からなるドラキュラ三部作を執筆。これらは一九九三年に *Dracula Lives!* として纏《まと》められた。彼のブラム・ストーカーへの関心はそれらの作品を執筆するだけにとどまらず、友人のピーター・ヘイニングとともに *The Un-dead: the Legend of Bram Stoker and Dracula* という、ブラム・ストーカー及びその著作の背景の研究書を世に送り出すほどであった。また、一九四三年にロバート・シオドマクが監督したドラキュラ映画『夜の悪魔』の脚本を小説化したこともある（同タイトルで、ピーター・ヘイニングが一九九五年に編んだ『ヴァンパイア・コレクション』に収録されている）。

その一方で、E・W・ホーナングのキャラクターを愛するという彼は、ホーナングの生んだ怪盗ラッフルズのパスティーシュも書いた（一九八一年の“The return of Raffles”）し、また、シャーロック・ホームズのパスティーシュも書いた（『シャーロック・ホームズ　ベイカー街の殺人』所収の「セネン・コウブのセイレーン」や、《ハヤカワ・ミステリ・マガジン》二〇〇七年十二月号の「驚愕した巡査の事件」、“The Specter of Tullyfane Abbey”〈二〇〇一〉、“A Study in Orange”〈二〇〇三〉など）。

ピーター・トレメイン名義での最初の翻訳書は、二〇〇五年に刊行された『アイルランド幻想』（原著は一九九二年刊、つまり《修道女フィデルマ・シリーズ》を開始する前年）。アイルランドの歴史や神話に関する深い造詣を存分に駆使して完成させた十一の怪奇幻想小説を収録した短編集である。ちなみに第九話の「深きに棲まうもの」は、「ダオイネ・ドムハイン」という題名で、ラヴクラフトが米国東海岸のマサチューセッツに創造した港町をテーマとするスティーヴァン・ジョーンズ編『インスマス年代記　下』（二〇〇一）にも収録されている。インスマスが題材とはいえ物語の中心となる舞台はアイルランドであり、『アイルランド幻想』の一編に相応しい作品だ。

さらに彼は、一九八三年から一九九三年にかけてピーター・マクアラン名義で八つのスリラーも書いているし、本名で歴史小説を二冊書いてもいる。

ちなみに本名のピーター・ベレスフォード・エリスは、著名なケルト学者として知られている。その学者としての偉大さは、『蜘蛛の巣』の訳者あとがきや、『アイルランド幻想』の巻末に寄せた本人の「後記（日本の読者の皆さまに）」を読むとよくわかるので是非お目通しを。この名前での初の著作は一九六八年の *Wales–A Nation Again*。日本で初めて刊行された訳書は、一九七二年に著した『アイルランド史』（一九九一年邦訳版刊）であった。

学者としての名を轟《とどろ》かせている本名で歴史小説を放ったことからも判るように、彼は、『ソロモン王の洞窟』で知られるヘンリー・ライダー・ハガードの伝記（一九七八年の *H. Rider Haggard: A Voice from the Infinite*）を著したり、秘境冒険小説作家としてハガードと並び称されることもあるタルボット・マンディの経歴と著作について記した *The Last Adventurer: The Life of Talbot Mundy 1879–1940*（一九八四）を著したりしているというから、エンターテインメントへの理解は深いのだろう。前述したトレメイン名義の『アイルランド幻想』の「後記」において自作に言及した上で「私としては、この作品が、何よりも読み物《エンターテインメント》として楽しんでもらえることを望んでいる」と記しているほどに。

本書でトレメインの短編に関心を持たれた方は、アラン・ライアン編『戦慄のハロウィーン』（一九八六、邦訳は一九八七）収録の「アイリッシュ・ハロウィーン」や、《ハヤカワ・ミステリ・マガジン》二〇〇八年十二月号の「砲が復讐した」を含め、過去に訳出されたアンソロジーなどを探してみて欲しい。

■蛇

さて、再びフィデルマの話を。

本稿の最初のあたりに記したフィデルマの第一短編に関する推測について記しておこう。二〇〇七年十一月、ピーター・トレメインとの共著もあり、彼の作品を数々のアンソロジーで採用したピーター・ヘイニングがこの世を去った。彼は実はフィデルマの名付け親でもあった。一九九三年、トレメインが書いた修道女にして弁護士である女性を主人公とした短編をヘイニングがアンソロジーに収録する際のことだ。ヘイニングは、その修道女の名前を変えてくれないかとトレメインに提案したという。もともとの名前は、Buan。ブアンと読むのかビュアンと読むのか定かではないが、言われてみれば確かにヒロインらしさに欠ける名前だ。ヘイニングの打診を受け、トレメインが新たに付けた名前がフィデルマだった。トレメインは、ヘイニングのこの提案が《修道女フィデルマ・シリーズ》の成功に重要な役割を果たしたと感謝しているそうである。

ちなみに、一九九三年にトレメインが発表した四つの短編のうち、ヘイニングの編んだアンソロジーに収録された作品は、"Murder in Repose" のみ（*Great Irish Detective Stories* に収録）。他の三つの短編は、それぞれ、"Hemlock at Vespers" がヒラリイ・ヘイル編 *Midwinter Mysteries 3*、"Murder by Miracle" がマキシム・ジャクボヴスキー編 *Constable New*

ある。

Crimes 2、「大王の剣」は前述の通りマイク・アシュリーの*Mammoth Book of Historical Whodunnits*に収録されている。それ故に、"Murder in Repose"を第一短編と推測するのである。

さて、最後におしらせをひとつ。

二〇〇九年十一月、《修道女フィデルマ・シリーズ》の長編が新たに翻訳される。今回訳されるのは、本国での第四長編にあたる『蛇、もっとも禍し』。〃三つの泉の鮭〃女子修道院で、若い女性の首無し死体が発見された事件にフィデルマが挑むという作品だ。事件としては『蜘蛛の巣』『幼き子らよ、我がもとへ』以上に衝撃的である。

そればかりではない。フィデルマが海路その女子修道院に向かう途中、誰ひとり乗っていない大型船に遭遇してしまうのだ。しかも、フィデルマはその幽霊船のような船の中で、よきパートナーであるローマ教会派の修道士エイダルフが乗船していた痕跡を発見する。過去の邦訳二作でエイダルフがフィデルマにとって非常に重要な存在であることを知る読者であれば、この意味の大きさがよくわかるであろう。

ちなみに、そうした読者の方々であれば、既訳二作品の冒頭の地図に〃三つの泉の鮭〃修道院の位置が記されていたことに気付いていたことだろう。これまでは正直なところ地図にわざわざ記入しないでもよいような存在であったが、いよいよこの『蛇、もっとも禍し』においてその場所が舞台となるのである。刊行を愉しみに待たれたい。

この短編集のみならず、『蜘蛛の巣』『幼き子らよ、我がもとへ』において、謎解きにして法廷ミステリにして異国の冒険小説でもあるという作品を我々に提供し、アストリッド・リンドグレーンやアーサー・ランサムの小説を読んだときのワクワクする感覚を大人向けの小説で堪能させてくれたピーター・トレメイン。未訳の作品はまだまだいくつもある。『蛇、もっとも禍し』に続き、それらも順次訳されることを期待して止まない。

訳者紹介　早稲田大学大学院博士課程修了。英米演劇，アイルランド文学専攻。翻訳家。主な訳書に，C・パリサー『五輪の薔薇』，P・トレメイン『蜘蛛の巣』『幼き子らよ，我がもとへ』『アイルランド幻想』など。

検印
廃止

修道女フィデルマの叡智《えいち》
——修道女フィデルマ短編集——

2009年6月26日　初版
2011年7月8日　6版

著者　ピーター・トレメイン

訳者　甲《か》斐《い》萬《ま》里《り》江《え》

発行所　(株)　東京創元社
代表者　長谷川晋一

162-0814/東京都新宿区新小川町1-5
電話　03・3268・8231-営業部
03・3268・8204-編集部
URL　http://www.tsogen.co.jp
振替　00160-9-1565
工友会印刷・本間製本

ISBN978-4-488-21811-9　C0197

ドロシー・L・セイヤーズ（英 一八九三—一九五七）

Dorothy L. Sayers

オックスフォードに生まれたセイヤーズは、広告代理店でコピーライターの仕事をしながら二三年に第一長編『**誰の死体？**』を発表。そのモダンなセンスにおいて紛れもなく黄金時代を代表する作家だが、名作『**ナイン・テイラーズ**』を含む味わい豊かな作品群は、今なお後進に多大な影響を与えている。ミステリの女王としてクリスティと並び称される所以である。

ドロシー・L・セイヤーズ
宇野利泰訳

ピーター卿の事件簿

〈本格〉

クリスティと並ぶミステリの女王、ドロシー・L・セイヤーズが生み出した貴族探偵ピーター卿の活躍を描く待望の作品集。絶妙の話術が光る秀作を集めた。「鏡の映像」「ピーター・ウィムジー卿の奇怪な失踪」「盗まれた胃袋」「完全アリバイ」「銅の指を持つ男の悲惨な話」「幽霊に憑かれた巡査」「不和の種、小さな村のメロドラマ」の七編を収録。

18301-1

ドロシー・L・セイヤーズ
浅羽莢子訳

誰の死体？

〈本格〉

実直な建築家が住むフラットの浴室に、ある朝見知らぬ男の死体が出現した。場所柄、男は素っ裸で、身につけているものは金縁の鼻眼鏡のみ。一体これは誰の死体なのか？　卓抜した謎の魅力とウイットに富む会話、そして、この一作が初登場となる貴族探偵ピーター・ウィムジイ卿。クリスティと並ぶミステリの女王が贈る、会心の長編第一作！

18302-8

ドロシー・L・セイヤーズ
浅羽莢子訳

雲なす証言

〈本格〉

兄のジェラルドが殺人犯!?　しかも、被害者は妹メアリの婚約者だという。お家の大事にピーター卿は悲劇の舞台へと駆けつけたが、待っていたのは、家族の証言すら信じられない雲を摑むような事件の状況だった……！　兄の無実を証明すべく東奔西走するピーター卿の名推理と、思いがけない冒険の数々。活気に満ちた物語が展開する第二長編。

18303-5

ドロシー・L・セイヤーズ
浅羽莢子訳

不自然な死

〈本格〉

殺人の疑いのある死に出合ったらどうするか。とある料理屋でピーター卿が話し合っていると、突然医者だという男が口をはさんできた。彼は以前、癌患者が思わぬ早さで死亡したおりに検視解剖を要求したが、徹底的な分析にもかかわらず殺人の痕跡はついに発見されなかったのだという。奸智に長けた殺人者を貴族探偵が追いつめる第三長編！

18304-2

ベローナ・クラブの不愉快な事件

ドロシー・L・セイヤーズ
浅羽莢子訳
〈本格〉

休戦記念日の晩、ベローナ・クラブで古参会員の老将軍が頓死した。彼には資産家となった妹がおり、兄が自分より長生きしたならば遺産の大部分を兄に遺し、逆の場合には被後見人の娘に大半を渡すという遺言を作っていた。だが、その彼女が偶然同じ朝に亡くなっていたことから、将軍の死亡時刻を決定する必要が生じ……？ ピーター卿第四弾。

18305-9

毒を食らわば

ドロシー・L・セイヤーズ
浅羽莢子訳
〈本格〉

推理作家ハリエット・ヴェインは恋人の態度に激昂、袂を分かった。最後の会見も不調に終わったが、直後、恋人が激しい嘔吐に見舞われ、帰らぬ人となる。医師の見立ては急性胃炎。だが解剖の結果、遺体からは砒素が検出された。偽名で砒素を購入していたハリエットは訴追をうける身となる。ピーター卿が決死の探偵活動を展開する第五長編。

18306-6

五匹の赤い鰊《にしん》

ドロシー・L・セイヤーズ
浅羽莢子訳
〈本格〉

釣師と画家の楽園たるスコットランドの長閑な田舎町で、嫌われ者の画家の死体が発見された。画業に夢中になって崖から転落したとおぼしき状況だったが、当地に滞在中のピーター卿はこれが巧妙な擬装殺人であることを看破する。怪しげな六人の容疑者から貴族探偵が名指すのは誰？ 後期の劈頭をなす、英国黄金時代の薫り豊かな第六長編！

18307-3

死体をどうぞ

ドロシー・L・セイヤーズ
浅羽莢子訳
〈本格〉

砂浜にそびえる岩の上で探偵作家ハリエット・ヴェインが見つけた男は、無惨に喉を掻き切られていた。手元にはひと振りの剃刀。見渡す限り、浜には一筋の足跡しか残されていない。やがて潮は満ち、死体は流されるが……？ さしものピーター卿も途方に暮れる難事件。幾重もの謎が周到に仕組まれた雄編にして、遊戯精神も旺盛な第七長編！

18308-0

殺人は広告する

ドロシー・L・セイヤーズ
浅羽莢子訳
〈本格〉

広告主が訪れる火曜のピム社は賑わしい。特に厄介なのが金曜掲載の定期広告。これには文案部も音をあげる。妙な新人が入社したのは、その火曜のことだった。前任者の不審死について穿鑿を始めた彼は、社内を混乱の巷に導くが……。広告代理店の内実を闊達に描くピーター卿物の第八弾は、真相に至るや見事な探偵小説に変貌する。モダン！

18309-7

ナイン・テイラーズ

ドロシー・L・セイヤーズ
浅羽莢子訳
〈本格〉

冬将軍の去った沼沢地方の村に、弔いの鐘が響いた。病がちな赤屋敷の当主が逝ったのだ。故人の希望は亡妻と同じ墓に葬られること、だが掘り返してみると、奇怪なことに土中からもう一体、見知らぬ遺骸が発見された。死因は不明。ピーター卿の出馬が要請される。一九三〇年代英国が産んだ最高の探偵小説と謳われる、セイヤーズの最大傑作。

18310-3

ドロシー・L・セイヤーズ
浅羽莢子訳

学寮祭の夜

〈本格〉

母校オクスフォードの学寮祭に出席した探偵作家ハリエットは、神聖たるべき学舎で卑劣な中傷の手紙に遭遇する。思い出は傷ついたが、後日、匿名の手紙が学内を騒がせているとの便りが舞いこむ。ピーター卿は遠隔の地にあり、彼女は単独調査へ駆り出される羽目に。純然たる犯人捜しと人生への洞察が奏でる清新な響き。著者畢生の大長編！

18311-0

ドロシー・L・セイヤーズ
宮脇孝雄訳
ピーター卿の事件簿Ⅱ

顔のない男

〈本格〉

英国黄金時代を担ったミステリの女王セイヤーズ。本書は特異な動機の究明が余韻を残す表題作、不思議な遺言の謎を解く「因業じじいの遺言」、幻想味豊かな「歩く塔」など、才気横溢のピーター卿譚七編に、セイヤーズが現実の殺人事件を推理する興味津々の犯罪実話と、探偵小説論の礎をなす歴史的名評論を併載した、日本版短編集第二弾！

18314-1

コリン・ホルト・ソーヤー
中村有希訳

老人たちの生活と推理

〈本格〉

サンディエゴに佇む、至れり尽くせりの高級老人ホーム〈海の上のカムデン〉で、人畜無害の老婦人が殺された。いったい誰が、なぜ殺したのか？ 誇り高きアンジェラたちは、ありあまる好奇心を満足させるべく、おっかなびっくり探偵活動に乗りだす。活気溢れる面々のしんみり可笑しい奮闘の顚末をつづる、これぞ老人本格推理の決定版！

20302-3

コリン・ホルト・ソーヤー
中村有希訳

氷の女王が死んだ

〈本格〉

誰彼なしに顎で使い、お高くとまった言動は数知れず。嫌われ者を選ぶコンテストがあればぶっちぎりで優勝したに違いない。そんなエイミーが体操用の棍棒で撲殺された。容疑者満載——だが、誰がそこまでしたいと思ったろう。困惑する捜査陣を尻目に、アンジェラたちは再び探偵を開始する。ユーモア謎解き小説、待望のシリーズ第二弾！

20303-0

コリン・ホルト・ソーヤー
中村有希訳

フクロウは夜ふかしをする

〈本格〉

一人目は自販機業者、二人目は庭師……。お年寄りが優雅な老後を過ごす〈海の上のカムデン〉で連続殺人が発生。感じの悪い刑事の鼻を明かそうと、アンジェラたちは早速行動を開始した。いくら危険だ邪魔だ迷惑だと言われたところで、もちろん彼女らが思いとどまろうはずもない。元気いっぱいの老婦人たちが繰り広げる素人探偵大作戦！

20304-7

コリン・ホルト・ソーヤー
中村有希訳

ピーナッツバター殺人事件

〈本格〉

列車に轢かれて死んだ男は、高級老人ホーム〈海の上のカムデン〉の住人と親交があった。被害者の人となりを知りたいマーティネス警部補に頼まれ、嬉々として聞きこみを始めるアンジェラたち。当然、探偵活動はそれだけで済むはずもなく、過激に暴走していくのであった。おなじみ老人探偵団に新メンバーも加わって、ますます快調第四弾！

20305-4

サラ・ウォーターズ
中村有希訳

半身《はんしん》

〈サスペンス〉

一八七四年の秋、監獄を訪れたわたしは、ある不思議な女囚と出逢った。ただならぬ静寂をまとったその娘は……霊媒。戸惑うわたしの前に、やがて、秘めやかに謎が零れ落ちてくる。魔術的な筆さばきの物語が到達するのは、青天の霹靂のごとき結末。サマセット・モーム賞に輝いた本書は、魔物のように妖しい魅力に富んだ、ミステリの絶品！

25402-5

サラ・ウォーターズ
中村有希訳

荊《いばら》の城 上下

〈サスペンス〉

十九世紀半ばのロンドン。十七歳になる孤児スウに、顔見知りの詐欺師が新たな儲け話を持ちかけてくる。さる令嬢をたぶらかして結婚し、彼女の財産を奪い取ろうというのだ。スウの役割は、令嬢の新しい侍女。スウはためらいながらも、その話にのることにするのだが……。CWAのヒストリカル・ダガーを受賞した、ウォーターズ待望の第二弾。

25403-2/25404-9

サラ・ウォーターズ
中村有希訳

夜《や》愁《しゅう》 上下

〈サスペンス〉

一九四七年、ロンドン。第二次世界大戦の爪痕が残る街で毎日を生きるケイ、ジュリアとその同居人のヘレン、ヴィヴとダンカンの姉弟たち。そんな彼女たちが積み重ねてきた歳月を、夜は容赦なく引きはがす。過去へとさかのぼる人々の想いと、すれ違い交錯するいくつもの運命。無情なる時が支配する、夜と戦争の物語。ブッカー賞最終候補作。

25405-6/25406-3

エレイン・ヴィエッツ
中村有希訳

死ぬまでお買物

〈ユーモア〉

やむをえない事情から、すべてをなげうち陽光まぶしい南フロリダへやってきたヘレン・ホーソーン。ようやく手に入れた仕事は、高級ブティックの雇われ店員だった。店長もお得意様も、周囲は皆整形美女だらけのこの店には、どうやら危険な秘密があるようで……？　ふりかかる事件にワケありヒロインが体当たりで挑む、痛快シリーズの登場。

15006-8

エレイン・ヴィエッツ
中村有希訳

死体にもカバーを

〈ユーモア〉

ワケあって世をはばかる身のヘレンは、ただいま〈ページ・ターナーズ〉書店で新米書店員として奮闘中。困ったお客や最低オーナーに振り回される毎日だ。ところが、そのオーナーが殺されてしまい、しかも容疑者として逮捕されたのは意外な人物で……？　南フロリダで働く崖っぷちヒロインの、仕事と推理と恋の行方は？　お待ちかね第二弾。

15007-5

ローラ・ウィルソン
日暮雅通訳

千の嘘

〈サスペンス〉

母の遺品を整理していたエイミーは、モーリーン・シャンドという女性が書いた日記を見つける。彼女と母の関係を調べていくうち、モーリーンの姉シーラが、実の父親を殺していたことが明らかになった。シャンド家で過去に何があったのか？　エイミーは姉妹の母、そしてシーラ本人と接触を図るが……。期待の俊英が贈る哀しみのサスペンス。

28504-3

隅の老人の事件簿
バロネス・オルツィ
深町眞理子訳
〈本格〉

隅の老人の活躍！　フェンチャーチ街の謎、地下鉄の怪事件、ミス・エリオット事件、ダートムア・テラスの悲劇、ペブマーシュ殺し、リッスン・グローヴの謎、トレマーン事件、商船〈アルテミス〉号の危難、コリーニ伯爵の失踪、エアシャムの惨劇、《バーンズデール荘園》の悲劇、リージェント・パークの殺人、隅の老人最後の事件、を収録。

17701-0

クリスマスに少女は還る
キャロル・オコンネル
務台夏子訳
〈サスペンス〉

クリスマスも近いある日、二人の少女が失踪した。刑事ルージュの悪夢が蘇る。十五年前に殺された双子の妹。だが、犯人は今も刑務所の中だ。まさか？　一方、監禁された少女たちは奇妙な地下室に潜んで、脱出の機会をうかがっていた……。一読するや衝撃と感動が走り、再読しては巧緻なプロットに思わず唸る。新鋭が放つ超絶の問題作！

19505-2

氷の天使
マロリー・シリーズ1
キャロル・オコンネル
務台夏子訳
〈警察小説〉

キャシー・マロリー。NY市警巡査部長。ハッカーとして発揮される天才的な頭脳、鮮烈な美貌、そして、癒しきれない心の傷の持ち主。老婦人連続殺人事件の捜査中、父親代わりの刑事マーコヴィッツが殺され、彼女は独自の捜査方法で犯人を追いはじめる。ミステリ史上もっともクールなヒロインの活躍を描くマロリー・シリーズ、第一弾！

19506-9

アマンダの影
マロリー・シリーズ2
キャロル・オコンネル
務台夏子訳
〈警察小説〉

マロリーが殺された？　しかし、検視局に駆けつけた刑事ライカーが見たのは、彼女のブレザーを着た別人だった。被害者の名はアマンダ。彼女の部屋に残されていたのは、未完の小説原稿と空っぽのベビーベッド、そして猫一匹。彼女を死に追いこんだ「嘘つき」とは誰なのか？　上流階級の虚飾の下に澱む策謀と欲望をマロリーが容赦なく暴く！

19507-6

死のオブジェ
マロリー・シリーズ3
キャロル・オコンネル
務台夏子訳
〈警察小説〉

画廊で殺されたアーティスト。若き芸術家とダンサーの死体をオブジェのように展示した、十二年前の猟奇殺人との関連を示唆する手紙。伏魔殿のごときアート業界に踏みこんだマロリーに、警察上層部の執拗な捜査妨害が。マーコヴィッツの捜査メモを手掛りに事件を再捜査する彼女が見出した、過去に秘められたあまりにも哀しい真実とは？

19508-3

天使の帰郷
マロリー・シリーズ4
キャロル・オコンネル
務台夏子訳
〈警察小説〉

これは確かにマロリーだ！　彼女の故郷で墓地に立つ天使像の顔を見て驚くチャールズ。一方のマロリーは、カルト教団教祖の殺害容疑で勾留された。ひそかに帰郷した彼女の目的は？　いま、石に鎖された天使が翼を広げる――過去の殺人を断罪するために！　確執もつれ合う南部に展開する鮮烈無比なヒロインの活躍を描く！　シリーズ第四弾。

19509-0

ジューン・トムスン
押田由起訳
ホームズとワトスン
友情の研究
〈伝記〉

偉大なる名探偵シャーロック・ホームズと、彼を助け、その活躍譚をまとめたジョン・H・ワトスン博士。世にその名を知らぬもののない二人であるが、彼らについてわかっていることは驚くほど少ない。ワトスン博士の書き残した事件簿と、当時の歴史資料を手がかりとして、二人の生涯を鮮やかに描き出す。ファン必読の〝ノンフィクション〟。

27205-0

ジェレミー・ドロンフィールド
越前敏弥訳
飛蝗《ばった》の農場
〈サスペンス〉

ヨークシャーの荒れ野で農場を営むキャロルのもとに、奇妙な男が転がりこんでくる。不運な経緯から彼女は男に怪我を負わせ、回復までの宿を提供することにしたのだが、意識を取り戻した男は、過去の記憶がまるでないと言う。幻惑的な冒頭から忘れがたい結末まで、圧倒的な筆力で紡がれていく悪夢と戦慄の謎物語。驚嘆のデビュー長編！

23506-2

ジェレミー・ドロンフィールド
越前敏弥訳
サルバドールの復活上下
〈サスペンス〉

大学時代、ひとつ屋根の下で暮らした四人の女性。そのうちのひとり、リディアの葬儀が、卒業後離ればなれになった彼女たちを再会させる。今は亡き天才ギタリストのサルバドールと、大恋愛の末に結ばれたリディアの身に何が起きたのか？　威厳に満ちたサルバドールの母に招かれ、壮麗な居城へと足を踏み入れた女たちが遭遇する怪異と謎。

23507-9/23508-6

ピーター・トレメイン
甲斐萬里江訳
蜘蛛の巣上下
〈本格〉

アラグリンの族長が殺された。現場には血まみれの刃物を握りしめた若者。犯人は彼に間違いないはずだったが、都から派遣された裁判官フィデルマは、納得できないものを感じていた。古代の雰囲気を色濃くたたえる七世紀のアイルランドを舞台に、マンスター王の妹で、裁判官・弁護士でもある美貌の修道女フィデルマが事件の糸を解きほぐす。

21807-2/21808-9

ピーター・トレメイン
甲斐萬里江訳
幼き子らよ、我がもとへ上下
〈本格〉

疫病が国土に蔓延するなか、王の後継者である兄に呼ばれ、故郷に戻ったフィデルマは、驚くべき事件を耳にする。モアン王国内の修道院で、隣国の尊者ダカーンが殺されたというのだ。早速フィデルマは、殺人現場の修道院に調査に向かうが、途中、村が襲撃される現場に行きあい……。美貌の修道女フィデルマが、もつれた事件の謎を解き明かす！

21809-6/21810-2

ポール・ドハティー
古賀弥生訳
毒杯の囀《さえず》り
〈本格〉

一三七七年、ロンドン。老王エドワード三世の崩御と、まだ幼いリチャード二世の即位により、政情に不穏な気配が漂うさなか、裕福な貿易商が自邸で毒殺され、執事が縊死するという事件が起こる。これらの怪死に挑むは、酒好きのクランストン検死官と、書記のアセルスタン修道士。中世英国を舞台にした傑作謎解きシリーズ、ここに開幕！

21902-4